KB020106

이 책에 쏟아진 찬사

• 입양은 일회적인 사건이나 과정으로 단순하게 정의할 수 없다. 그것은 상록수처럼 성장을 멈추지 않는 삶의 이야기이다. 『내가 알게 된 모든 것』은 '입양'을 명사로, 동사로, 목적어로 뼛속 깊이 받아들여, 그것이 주체가 되는 이야기로 재탄생시킨 작품이다. 저자는 한국계 이민자의 딸로 태어나 백인 부모에게 입양되어 자란 자신의 경험을 시종 진실하고 애정 어린 마음으로 증언한다. 삶의 의미와 목적을 찾아 가는 그녀의 여정은 우리에게 깊은 감동을 선사할 것이다.

이민진(Min Jin Lee), 『파친코』 저자

• 이 책을 읽고 나는 가슴 저릿한 감동에 빠져들었다. 니콜 정은 지금까지 그가 써 온 다른 글들과 마찬가지로 자신의 내밀한 이야기를 정직하고 울림 있는 목소리로 전하는 것에서 한 걸음 더 나아가, 우리 모두가 자기 자신을 돌아보게 만든다. 인종, 부모 역할, 모든 종류의 가족 등 다양한 통찰로 가득한 이 책을 더욱 특별하게 만드는 건 저자가 자신의 정체성을 찾아 나서며 마주한 모든 사람에게 공감 어린 마음으로 다가간다는 점이다. 이 책은 가족이 있는 사람이나 가족을 바라는 사람, 또는 가족을 찾는 사람, 즉 우리 모두가 반드시 읽어야 할 책이다.

셀레스트 잉(Celeste Ng), 『작은 불씨는 어디에나』 저자

• 미국의 한국계 입양인인 저자가 자신의 정체성을 이해하려 분투하며 성장하는 삶에 대해 더없이 감동적이고 깊이 있게 들려주는 책. 『내가 알게 된 모든 것』은 복잡하기 짝이 없는 사랑, 가족, 정체성을 소중히 기리는 한편, 어떻게 이런 것들이 우리를 구원하고 무너뜨릴 수 있는지를 충격적일 정도로 명료하고 아름답게 보여 준다.

〈투데이〉

• 미국의 인종과 유산에 대한 사려 깊은 고찰이자 행정편의주의와 과거의 학대 사실을 이겨 내고 이별과 시간을 극복하고 다시 만난 자매의 이야기.

〈뉴요커〉

• 니콜 정의 이 생물학적 뿌리 찾기 이야기는 올해의 회고록은 말할 것도 없고 올해의 책 중 하나가 될 것이다. 니콜 정은 뛰어난 문학성으로 자신의 욕구와 고통, 용기를 완벽하게 전달하는 데 성공했다.

〈워싱턴 포스트〉

• 이 책은 입양, 인종, 가족 문제를 정직하고 섬세하고 공감 어린 시선으로 바라보는 비범한 책이다. 그뿐만 아니라 무척 흥미진진한 읽을거리이기도 하다. 너무 빠져든 나머지 밤늦게까지 책을 손에서 내려놓지 못했을 정도였다. 몇 달이나 지난 지금까지도 이따금 이 책을 떠올리며, 적어도 일주일에 한 번은 이 책에 나오는 문구를 인용한다.

자스민 길로리(Jasmine Guillory),
NPR 팟캐스트 코드 스위치(Code Switch)

● 니콜 정은 깊은 우울 속에서 성장한 시절을 감상 어린 시선 대신 최대한 명료한 시선으로 다시 들여다보려 한다. 저자는 작가가 되기까지의 여정, 즉 자신의 정체성을 둘러싼 난관을 극복하고 자기 자신을 긍정해 나가는 과정과 원가족의 다소 충격적인 과거에 대해 알아 가는 과정을 감상적으로 전달한다. 그의 사려 깊고 우아한 이 산문은 그가 양부모나 생물학적 언니 신디 등 타인을 응시할 때 가장 빛난다. 양부모의 따뜻한 사랑은 물론 그들이 저자 자신을 둘러싼 비밀과 인종에 대해 이야기하기 힘들어하는 모습을 솔직하게 그려 냈다. 이에 그치지 않고 성인이 되어 만난 친언니 신디와의 재회 과정을 꾸밈없이 보여 주는 한편, 자기 자신의 정체성에 대해 고민하는 저자 본인의 모습을 진솔하게 드러낸다. 그 진실은 세부적 차원에서는 개인적인 것처럼 보이지만 복잡하다는 점에서는 보편적이다.
〈엔터테인먼트 위클리〉

● '인종 지우기'와 씨름하는 진실한 용기는 니콜 정의 데뷔작이 이룩한 놀라운 성취다. 이 책은 정확하고 명료하고 우아하게 엄청난 고통에 맞서고 있다. 깊이 있는 사유와 감동을 선사하는, 매혹적인 페이지터너라 할 만하다. 자신을 둘러싼 모든 관계에 대한 명철하면서도 공감 어린 시선을 보내는 저자의 태도와 더불어 관계를 향한 강렬한 열망, 자신의 정체성을 찾아 나선 대범함, 자신만의 가족 계보를 만들어 나가는 저자의 창조적인 에너지는 이 아름다운 책을 한층 빛나게 한다.
〈보스턴 글로브〉

● 입양 문학의 이정표가 될 작품으로 다른 인종의 아이와 함께 사는 사람들의 필독서.
매리언 위니크(Marion Winik),
크리티컬 매스(Critical Mass), 전미도서비평가협회 이사

● 『내가 알게 된 모든 것』의 힘은 한 줄 한 줄 정직하게 써 내려간 문장에 있다. 이처럼 개인적인 이야기에는 그런 정직함이 필수다. 이 솔직한 책은 가족과 인종이 다른 입양인의 삶과, 훗날 자신의 가족을 만들어 가는 과정을 고통스럽지만 아름답게 탐구한다.
〈시애틀 타임스〉

● 자기 자신 및 자신의 정체성과 화해하려는 한 여자의 투쟁을 매우 설득력 있게 묘사한 이 책은 인간의 동기와 가족 간 유대의 복잡다단한 본모습을 통렬하게 그려 낸다. '내가 한결같이 들어온 이야기에 의문을 제기할 용기를 찾는 것'에 관한 심오하고 탐색적인 회고록.
〈커커스 리뷰〉

내가 알게 된 모든 것

All You Can Ever Know

기억하지 못하는 상실,
그리고 회복에 관한 이야기

니콜 정(Nicole Chung) 지음

정혜윤 옮김

신디 언니와 우리의 딸들에게 이 책을 바친다.

…난 알기를 원했어

내가 누구든, 난

—메리 올리버, 「돔발상어」

뭐라고요? 당신도 그렇다고요?

난 나만 그런 줄 알았어요.

—C. S. 루이스, 『네 가지 사랑』

목
차

1부

그분들에 대해 어머니가 해 준 이야기는 한결같았다.

네 친부모님은 한국에서 막 건너온 분들이셨어. 그분들은 네가 마땅히 누려야 할 삶을 네게 주지 못할 거라 생각하셨어.

이것은 내가 기억하는 '첫 번째 이야기'이고, 이후 나이를 먹고 용감해진 내가 진실을 직접 찾아 나섰을 때 수많은 다른 이야기가 될 이야기였다.

어렸을 때—서너 살 때쯤이었다고 한다—내가 어머니 무릎 위로 기어 올라가 그들에 관해 물으면 어머니는 그렇게 말해 주었다. 그러면서 연갈색 피부에 주근깨가 가뭇가뭇한, 앙상하고 핼쑥한 나를 두 팔로 꽉 끌어안았다. 반쯤 상상이 가미된 이

기억 속에서 어머니는, 당시에 찍은 우리의 유일한 가족사진에서처럼 소매가 나풀거리는 연보랏빛 드레스를 입고 있다. 담백하고 실용적인 어머니에겐 어쩐지 어울리지 않는 여성스러운 옷차림이다. 그 무렵 나는 반들거리는 검은 바가지 머리를 하고 있어 어머니의 벽돌색 파마머리와 강렬한 대조를 이루었을 것이다. 그때쯤이면 분명 유아기의 귀여운 티는 사라졌을 테지만 어머니는 내가 예쁘다고 생각했다. 누군가가 다른 누군가를 신의 선물로 여긴다면 그때부턴 아마 다른 무엇으로도 바라볼 수 없을 것이다.

그분들은 어떻게 날 버릴 수가 있어요?

어머니에게 백 번쯤 물었을 것이다. 그때마다 어머니의 대답은 한 치의 흔들림도 없었다. 세월이 지나고 나서 나는 궁금해졌다. 나를 달래는 법을 누가 알려 줬는지, 나에게 해 주어야 할 말이나 내가 듣고 싶어 할 말을 어떻게 알게 됐는지, 책에서 읽었거나 입양 기관에서 들었는지 아니면 내 부모가 되고 나서 그냥 저절로 알게 됐는지.

의사들이 네가 몸이 약해 평생 고생할 거라고 했대. 네 친부모님은 널 떠나보내야 한단 사실이 너무 슬펐지만 입양이 너한테 최선이라고 생각했어.

어린 나이에도 나 역시 내가 해야 할 말이 뭔지를 알았다.

저도 그렇게 생각해요, 엄마.

대여섯 살쯤엔 그 자애롭고 이타적인 친부모 이야기를 너무 많이 들어 혼자 줄줄 외울 정도가 되었다. 나는 그 일별의 순간을, 내 과거에 대한 그 실낱같은 순간을 가장 아끼는 빛나는 장난감처럼 꽉 붙들고 수집 가능한 모든 사실을 끌어모았다. 어머니는 **네가 알 수 있는 건 아마 이게 다일 거야**라고 했다. 하나부터 열까지 기분 좋은 내용은 전혀 아니었지만, 이것이 **그분들의** 이야기이고 또 내 이야기였다. 이것이 그분들에 관하여 우리가 함께 나눈 유일한 이야기였다. 이 이야기가 내 양부모가 생각한 것 외에 다른 방식으로 끝날 여지는 없었다.

그래서 사람들이 내게 가족과 외모, 내가 마주해야 했던 운명에 대해 물어 올 때면 처음엔 어린아이처럼 명랑하게, 그리고 나중에는 선생님처럼 진지한 설교조로 대답하게 된 것도 그리 놀랄 일은 아닐 것이다. 나는 최대한 차분하고 직설적으로 말하려고 안간힘을 썼다. 절대 목소리에 꺼림칙한 무언가가 스며들지 않게 하려고, 세부 사실을 바꾸지 않으려고 사력을 다했다. 내가 일찌감치 들어 아는 이야기를 해 주는 게 그들에게 내 존재가 받아들여지는 한 가지 방법이라고 생각해서였다. 그것은 내 생김새에 대한 변명이자 양해를 구하는 방법이었다.

이제 와 생각해 보면 이 이야기엔 당연히 빈틈이 많았다. 부모님도 그저 짐작만 할 수밖에 없었을 부분들과, 말을 하다 말고 머뭇대는 순간들이 있었다. 그러면 나는 더 어려운 후속 질문을 던질 수도 있었을 것이다. '그분들은 왜 도움을 구하지 않았을까요? 혹시 나중에 마음이 바뀌었으면 어떡하죠? 엄마가 아이를 가질 수 있었어도 날 입양했을 건가요?'

어릴 때 전해 듣는 가족 설화에는 평생 우리를 따라다니며 마음을 지배하는 강력한 힘이 있다. 이 설화는 우리 인생에 토대가 되는 믿음, 이를테면 우리 자신, 가족, 세상 속 우리의 위치에 관해 영향을 끼치는, 어떤 종교와도 맞먹는 믿음의 발판이 된다. 나는 작은 역심이 싹틀 때면, 길을 잃은 느낌이나 혼자가 된 기분에 시달리거나 내가 알 수 없는 모든 것에 대해 혼란스러운 마음이 들 때면, 내 친부모의 희생 같은 숭고한 무언가에는 나의 신뢰, 나의 신의가 필요하다고 스스로에게 말해 주었다.

그분들은 입양이 너한테 최선이라고 생각했어.

그것은 만들어진 '전설'이었고, 부모님은 그 이야기를 하고 또 했다. 내 친가족은 처음부터 나를 사랑했고, 부모님은 결국 나를 입양하고 싶어 했으며, 그렇게 사필귀정으로 이야기가 흘러갔다고 내가 믿기를 바란 것이다. 이 이야기는 부모님이 우리 가족을 만든 토대였고, 나 역시 자라면서 내 정체성을 여기에 기대 이해했다. 더 깊은 질문을 던지기엔 아직 어린 내게 이 이야기는 구명줄처럼 던져져 내내 나를 안심시켜 주었다. 세월이 흘러 내가 어른이 되고 내 아이를 임신했을 때, 나는 여전히 그 이야기를 믿고 싶은 마음으로 친가족을 찾아 나섰다.

2003년 어느 여름 오후, 양지바른 아파트에서 이제 막 인사를 나눈 두 사람이 내 앞에 앉아 자기들이 입양을 하는 것에 대해 어떻게 생각하는지 물었다. 수년간의 노력에도 아이를 가질 수 없었던 그들은 다른 나라에서 아이를 입양하고 싶어 했다. 관심 두고 있는 몇몇 프로그램 이름도 들먹였는데, 그중 어느 프로그램에도 백인 아이는 없었다.

그들은 혹시 내 양부모가 나의 '진짜' 부모가 아니라고 느낀 적이 있느냐고 물었다.

"아뇨, 단 한 번도 그런 적 없어요." 나는 단호하게 대답했다.

내가 친가족과 연락하는지도 물었다.

"아뇨, 한 번도 연락해 본 적 없어요." 역시 고개를 저었다.

그들은 내가 자라면서 **뭐든 문제**가 있었던 적이 있느냐고 물었다.

나는 거의 공황 상태가 되었다. 갑자기 뭔가를 들킨 것 같은 수치심이 밀려왔다.

아마 그들이 내 얼굴에서 읽은 건 혼란이 전부였을 것이다. 그들 중 한 사람이 질문을 더 명확히 고쳐 던진 걸로 봐선 말이다. 그는 내가 부모님과 달리 백인이 아니라는 사실이 불편했냐고 물었다.

나는 대답하고 싶었다. 이 커플이 마음에 들었고, 그들을 안심시키고 그들이 받아 마땅한 격려를 해 주는 일이 내 임무란 걸 잘 아는 터였다. 백인이 아니라는 사실이 불편했냐고? 그건 결국 내가 한국인이어서 불편했느냐고 묻는 것이었고, 내 대답은 **그렇다**와 **아니다** 둘 다였다. 나는 불편하기도 했고 그렇지 않기도 했지만, 두 대답 모두 내가 느낀 감정에 비하면 너무 부족했다.

진실은, 내가 한국인 입양인이란 사실을 사랑한 만큼 미워도 했다는 것이다. 어렸을 때 나는 친구와 가족 대부분이 아는 유일한 한국인이었고 **나** 역시 다른 한국인은 본 적이 없었다. 때로는 입양되었다는 사실에―아주 어렸을 땐 버림받았다고 생각할 수밖에 없었기에―, 때로는 내가 다르다는 사실에 더 화가 났다. 하지만 대부분은 인종과 입양 두 요소 모두에 화가 났다. 이 두 가지는 서로 연결되어 있었으며 나를 주변의 다른 사람들과 분리시키는 내 정체성의 일부였다. 나는 이런 사실을 바꿀 수도 부정할 수도 없었기에, 스스로 그것을 받아들이려 노력했다. 번번이 불가능하단 걸 알게 되면서도 이 분노 혹은 혼란을 꾹꾹 누르고 또 눌렀다.

사람들은 저마다 자기 이외의 다른 가족 구성원을 정의하는 방식이 있고, 부모는 아이들이 전혀 믿지 않는 사실에 대해 마치 확실한 사실인 양 말하곤 한다. 그래서 우리는 가족을 진정으로 서로 사랑함에도 불구하고 그토록 많은 사람이 문득문득 외롭고 마치 투명인간이 된 것처럼 느끼는 것이다. 어린 시절, 나는 내가 누구여야 하는지 종잡을 수가 없었다. 하지만 친척들의 모순적인 두 해석―'너는 우리의 아시아 공주야!' 혹은 '물론 우린 널 아시아인으로 생각하지 않아'―에는 모두 반발심이 들었다. 양부모 가족들은 대체로 내가 지구 반대편에서 온 정체불명의 외국인이었던 사람들이 낳은 아이였단 사실을 무시하고 싶어 했다. 부모님 두 분에게 나는 절대 이민자의 딸이 아니었다. 부모님은 나를 입양함으로써 나를 자기들 집단에 속하는 사람으로 만들었다.

만약 내 가족과 부모님을 넘어 모든 사람이 이런 환상에 빠졌더라면 나도 내가 다르다고 느끼지 않았을 것 같다. 아마 나 역시 스스로를 **거의** 백인이라고 생각했을 것이다. 인종을 대수롭지 않게 생각하는 내 가족의 이상적 태도와 다름을 명백히 알아차리는 타인들이 내보이는 묘한 낌새 사이에 끼어 있던 내가 가족들과 같은 방식으로 생각하는 편이 더 안전하게 느껴지는 건 당연했다. 나는 그렇게 생각하기로 했고, 그걸 내 정체성으로 삼으려 노력했다.

그러다 집을 떠난 뒤 언젠가부터 내 혈통이 이상하게 자랑스럽게 느껴지기 시작했다. 중고등학생 땐 자기들이 아는 몇 안 되는 아시아인임에도 나를 좋아하고 받아들여 준 아이들과 친구가 되었다. 그런데 대학에 갔더니 나와 같은 아시아인이 수두룩한 것이었다. 곧 평생 살아온 고향 마을보다 캠퍼스가 더 집처럼 느껴졌다. 그곳에서 나는 마침내 한 공간에 당당히 존재하는 기분을, 교실에 걸어 들어가도 빤히 쳐다보는 사람이 한 명도 없는 게 어떤 기분인지를 알게 되었다. 내가 수천 명의 아시아인 중 하나일 뿐이라는 사실이 너무 좋았다. 더는 나를 어떻게 여겨야 할지 모르는 백인들에게 둘러싸여 지내지 않아도 되는 삶을 찾은 것에 나는 날마다 안도했다.

그럼에도 여전히 나는 자기 문화에서 완전히 떨어져 나간 한국인이라는 게 뭘 의미하는지, 내가 스스로를 한국인이라 부를 수 있는지 알지 못했다. 기숙사의 한국계 미국인 룸메이트가 나를 '바나나'라고 부를 때 분명 그것이 좋은 의도를 담지 않았다는 것을 알았지만 제대로 방어조차 하지 못했다. 내게 한국은 먼 나라 중 한 곳일 뿐이었고, 현실이라기보단 환상에 가까웠으며, 내 한국인 가족은 내가 상상조차 하기 힘든 다른 타임라인에 존재했다. 아직 나는 입양의 자리를 내 인생의 어디에 두어야 할지를 두고 고심 중이었다. 다시 말해 입양이 내게 무슨 의미인지, 내가 그걸 어떻게 생각해야 하는지 고심하고 답을 찾는 건 아직 내게 벅찬 일이었다. 내 나이 스물둘, 두 남녀와 식탁에 마주 앉아 '진짜 내가 누군지'를 더 관대하게 이해한다는 건 여전히 손에 닿을 길 없는 희미한 불빛과도 같았다.

나는 정직한 두 쌍의 눈을 이쪽저쪽 번갈아 보면서 그들에게 이 모든 걸 어떻게 설명해야 할지 난감해했다. 나는 대체 어쩌다 이 자리에 있게 됐을까? 어떻게 부모가 되기로 결심한 커플을 안심시키는 목소리가 된 걸까? 몇 주 뒤면 대학을 졸업할 터였지만 나는 아직도 스스로를 어른이라고 생각하는 게 힘들었다. 아이를 키우는 데 뭐가 필요한지도 몰랐다. 하물며 얼굴만 봐도 자기들이 낳은 게 아니라는 걸 모두가 뻔히 아는 아이를 키우는 일에 대해선 말할 것도 없었다.

내 고향은 포틀랜드에서 자동차로 다섯 시간 거리, 세 개의 산맥으로 둘러싸인 골짜기에 자리 잡고 있다. 몇 년 전부터 고향 집에 갈 때면 비행기에서 내리자마자 공간이 달랑 하나뿐인 이 작은 공항에 있는 유색인 수를 세곤 했다. 나 혼자뿐일 때도 많았다. 나는 다른 한국인은 알지 못한 채 그곳에서 18년을 살았다.

부모님과 내가 알마드라이브의 작은 우리 집을 나서는 순간 사람들은 고개를 돌려 우리를 쳐다보았다. "널 어디서 데려왔다니?" 식품점에서 사람들은 물었다. 아니면 놀이터에서 물었다. "너 얼마에 데려온 거야?" 학교에선 아이들이 내가 왜 자기들처럼 생기지 않았는지 알고 싶어 했다. 선생님들은 헝가리어로 된 내 성을 더듬거리며 불렀고 내가 바로잡아 준 뒤에도 당황한 기색을 숨기지 않았다.

고맙게도 가족들 사이에서 내가 입양되었다는 사실은 결코 내게 비밀이 아니었다. 물론 그러지 않기란 어려웠을 테지만. 덕분에 나는 이전 세대 입양인들이 겪은 가혹한 운명을 피할 수 있었다. 자신의 입양 사실을 청소년기나 어른이 돼서야 알게 된다든지 아예 모른 채로 살아가게 된다든지 하는. 내가 만난 어느 여성 입양인은 십 대가 될 때까지 자신이 입양된 사실을 몰랐으며, 우연히 알게 됐다고 했다. 그 사실을 알고 있던 친구와 친척 중 누군가가 그만 비밀을 누설해 버린 탓이었다.

우리 부모님은 내가 기억조차 할 수 없을 정도로 어렸을 때부터 내 입양에 관해 설명해 주었다. 그리고 그 이야기를 할 때마다 자잘한 사실들을 조금씩 덧붙였고, 결국 나는 부모님이 아는 거의 모든 것을 알게 되었다. 내가 입양됐다는 사실을 처음 알게 된 날을 기억하지 못하듯, 사실상 내가 본 유일한 아시아인이 나라는 걸 언제 깨달았는지 역시 정확히 기억나지 않는다. 아마 유치원생일 때쯤이었을 것이다. 당시 나는 우리 가족 중 누구도 나처럼 생기지 않았다는 걸 이미 알고 있었다. 우리 이웃도, 건넛마을 할머니네 이웃도 마찬가지였다. 하지만 내가 우리 동네의 유일한 가톨릭 학교에 들어가기 전까진 그게 별문제가 되지 않았다. 우리 가족의 범위를 넘어선 사람들에 대해서는 아는 바가 거의 없었기 때문이다.

학교에 입학하기 전에 다닌 유치원 오후 교실에는 스물다섯 명가량의 아이들이 있었는데 전부 백인이었다. 아침 모임과 운동장에서도, 전교생이 빽빽하게 끼어 앉은 미사 때도, 조례 시간과 콘서트, 스포츠 행사 때도 다 마찬가지였다. 죄다 백인 아이들과 백인 부모들, 나완 전혀 다르게 생긴 얼굴들뿐이었다. 다섯 살 즈음엔 확실히 **한국인**과 **아시아인**이란 말로 나 자신을 설명할 줄 알았던 것 같다. 학교에서 분명 그런 말을 썼던 기억이 난다. 어쩌면 희다는 것에 대한 모호한 시각적 이해도 있었을 것이다. 하지만 이전에 누구와도 인종에 관해 이야기해 본 적이 없었기에, 그 단어들로 내가 보는 것—또는 못 보는 것—을 설명할 수 없었다. 왜 그게 갑자기 중요해졌는지도.

처음엔 우리 반에서 유일한 아시아계 아이인 게 사실 **그렇게까지** 힘든 일은 아니었다. 한번은 유독 순진해 빠진 반 아이 하나가 내게 물었다. "너 혹인이니?" 그에 대한 대답은 아주 쉬웠다. 크리스마스 가장행렬을 하던 때엔 금발의 여자아이들 중 하나가 말했다. "마리아는 검은 머리가 아니었어!" 나는 상관없다고 생각했다. 천사들한텐 날개가 있고 노래도 더 잘하니까. 나는 내가 다른 아이들과 다르다는 걸 알았지만, 유치원 시절엔 그걸 내게 별 고통을 주지 않는 그저 하나의 사실로 받아들였다.

조금 더 자라 초등학교 1학년 때 일이다. 차례가 돌아와 '매우 특별한 사람'으로 선정됐을 때 나는 다른 아이들처럼 흰 포스터 보드에 가족사진들을 붙여 가져갔다. 카펫 위에 반원 모양으로 둘러앉은 반 친구들은 자연스레 왜 사진 속 내 옆에 붉은 머리털에 주근깨가 있는 백인 엄마와 머리가 희끗희끗한 백인 아빠가 있는지 알고 싶어 했다. 하지만 아이들은 그렇게 묻는 대신 "저분들이 네 부모님이시니? 왜 너만 다르게 생긴 거야?"라고 물었다. 나는 그 연유를 설명하느라 내 발표 시간 대부분을 썼지만 그리 신경 쓰지 않았다. 어떤 면에선 그렇게나 많은 반 친구들의 관심을 사로잡은 것에 신이 나기도 했다. 그런데 야릇한 기분도 들었다. 앞으로 입양에 관한 사람들의 질문에 대답하느라 엄청난 시간을 보내야 할 것만 같은 예감이었다.

하지만 나는 괜찮다고, 내가 그 점에 대해 이미 이렇게 많이 아는 게 얼마나 다행이냐고 혼자 생각했다.

그런데 한 아이가 손을 번쩍 들었다. 기대에 찬 얼굴에 약간은 책망하는 듯한 표정이 어려 있었다. 마치 내가 신나는 이야기를 읽어 주다가 결말이 나오기 직전에 멈춰 일부러 모두를 계속 마음 졸이게 만들기라도 한 것처럼. "**진짜** 부모님 안 만나 보고 싶어?"

가족 중 누구도 내 친부모를 '진짜 부모'라고 부르지 않았다. 하지만 일단 최초의 충격을 극복하고 나니 그 아이가 왜 그런 질문을 하는지 이해가 됐다. 당연히 다른 아이들은 내 친가족에 대해 궁금할 터였다. 나 역시 집착했던 그 미스터리를 그들도 해결하고 싶은 건 당연했다.

그 뒤로 쭉, 변형된 형태의 같은 질문을 듣고 또 들었고, 더는 그 질문에 놀라지 않게 되었다. 그저 뭐라고 대답해야 할지 몰랐을 뿐. 그때 내가 뭘 **원하는지**가 뭐가 중요했겠는가? 어쨌든 내가 그분들을 만날 일은 **없을** 텐데.

포스터를 챙겨 자리로 돌아올 시간이 됐을 때 나는 내 이야기를 할 기회를 가질 수 있어서 기뻤다. 여전히 내 역사의 모르는 부분, 또는 혼란스러운 부분은 별로 중요치 않다고 되뇔 수 있었다. 반 친구 누구도 내가 한국인이라는 점이나 내 가족이 자기들 가족과는 다르다는 점을 별로 신경 쓰지 않는다고 생각할 수 있었다. 그때가 그렇게 생각할 수 있는 마지막 해였다.

희망에 찬 커플을 마주하고 앉은 나는 무슨 말이든 해야 한다는 걸 알았다. 우리는 서로의 친구들 소개로 만나게 됐는데, 내가 입양 가정에서 자라는 일이 얼마나 좋은지 이 커플에게 이야기해 줄 수 있겠다는 이유에서였다. 자리를 주선한 친구는 이렇게 말했다. "그 사람들이 너랑 이야기를 좀 해 보면 좋을 것 같아서." 그러니까 나는 나를 사랑하는 백인 부모 손에서 크는 일에 대해 확신의 말을 해 주러 그 자리에 간 거였다─내가 동의했다!─. 나는 도움이 되고 **싶었다**. 그런데 왜 망설였을까?

10년 전, 아니 5년 전까지만 해도 그건 그리 어려운 일이 아니었다. 나는 내가 듣고 자란 이야기를 결코 꺼린 적이 없었다. 중학교 때 한 친구가 내게 입양인으로 자라는 건 어떤 느낌이냐고 물었을 때─마치 내가 그걸 다른 경험과 비교라도 할 수 있는 양─씩 웃으면서 냅다 이렇게 말해 버리기도 했다. "보통은 자기가 낳은 아이를 그냥 키우지. 근데 우리 부모님은 나를 선택했어." 하지만 재학생 4분의 1이 아시아인인 대학교에서 4년을 보내고 나니 대처에 영 서툴러져 있었다. 내가 부모님과 함께 있는 모습을 본 적이 없는 친구, 학우, 교수 들은 내가 입양됐냐고 물을 이유가 없었다. 내가 그 이야기를 하면, 룸메이트든 상담 교수든 심지어 내 남자친구 댄 같은 사람조차 그 사실을 그냥 부차적인 개인사의 한 부분으로 여겼다. 사람들은 보통 고개를 한 번 끄덕이고는 기억 저편으로 보내 버렸다. 간혹 눈에 호기심의 불꽃이 반짝 솟아오르는 사람도 있었지만. 나의 두 세계는 서로 8000킬로미터나 떨어져 있었고 완전히 다른 경험의 세계였다. 두 세계가 부딪칠 일은 드물었다.

대학 3학년이던 해 10월, 댄이 우리 부모님을 만나러 왔을 때 나는 너무 긴장되어 안절부절못했다. 그때 댄이 너그럽고 친절한 우리 부모님을 이해하지 못하거나, 부모님과 자신 사이에 공통 요소를 찾지 못할 거라는 비합리적인 확신을 한 기억이 난다. 댄이 그 이유를 물었을 때 나는 한 가지 대답밖에 떠오르지 않았다. **우린 그냥 너무 달라.** 그 케케묵은 자의식, 세상 모든 십대에게 익숙한 청소년기의 과장된 수치심 때문에, 십 대 때보다는 덜해도 여전히 우리 부모와 내가 모든 면에서 정반대라고 확신하는 마음에 온몸이 오그라들었다. 두 분은 내 부모라기보다 또래 친구처럼 행동하는 경향이 있었다. 두 분은 늘 내게 '너는 공부도 생각도 조심도 너무 많이 한다'고 했다. 언젠가 어머니는 이렇게 말했다. "우린 사실 너 같은 아이를 키울 준비가 제대로 안 돼 있었어." 만일 자기 말을 곱씹는 습관이 있었다면 후회했을지도 모르는 말이었다.

어머니가 그렇게 말하지 않았어도 나는 알았을 것이다. 가족에게 충분히 사랑받았지만 그럼에도 그 안에서 명백히 이질적인 존재로 느껴 온 터였으니. 나는 우리가 으레 다른 사람들에게 쉬이 이해되는 존재가 아니란 걸 알았다. 물론 나의 입양 사실이, 그 명백한 설명이 뻔히 존재했지만 나는 그걸 먼저 나서서 언급하지 못했다. 댄에게조차도. 가족에 대해 이야기할 때 그런 말부터 하는 건 옹졸하고 잘못된 일로 느껴졌다. 마치 내가 감사해야 하는 무언가를 탓하는 것만 같았다. 나는 우리 가족이 '평범한' 가족으로 여겨지기를 바랐다. 그게 무슨 뜻이건 상관없었다. 우리의 차이가—그리고 내가 우리 부모님 품에 안기게 된 사연이—우리가 만나는 사람들에게든 나에게든 문제만 되지 않는다면.

이제 어쩐지 정이 가는 사람들, 꼭 나의 부모 같은 부모가 되고 싶어 하는 이 두 사람에게 **그 사실이 불편했나요?**라는 질문을 받았을 때, 나는 이들이 키울 미래의 아이는 생각하지 않았다. 그저 당장 이 사람들을 안심시켜 주고 싶었다. 그들의 눈에 연민과 조용한 격려, 우정의 약속, 그리고 완전히 숨기지 못한 걱정의 물결이 어려 있었다. 그들이 지닌 무언가가 내가 우리 가족에게 품어 온 조용한 의구심과 강렬한 방어 본능을 일거에 허물어뜨렸다. 여기에 입양에 대해 굳건한 믿음을 가진, 나아가 내가 행복하게 잘 성장했음을 믿을 준비가 된 잠재적 부모가 있었다. 그렇지만 그게 진짜 어떤 건지를 어떻게 설명할 수 있을까? 우리 가족 안에서, 그리고 특히 내가 자란 동네에서, 나란 존재가 스스로 잘 이해되지 않았던 적이 많았던 사실을. 당신들의 아이도 아무리 사랑을 듬뿍 받고 자란들 나와 똑같이 느낄지도 모른다고 어떻게 말할 수 있을까?

물론 이들은 내 부모가 아니었다. 하지만 그들은 부모가 되려는 사람들이었고 보나 마나 그런 사람은 그 누구든 선의로 똘똘 뭉쳐 있을 터였다. 그들은 잘 알지도 못하는 사람에게 마음의 문을 열고 자신들의 취약함과 두려움을 드러낼 정도로 간절히 아이를 원했다. 사랑할 아이에 대한 갈망, 일이 뜻대로 흘러가길 바라는 그들의 갈망에 나는 감동하지 않을 수 없었다.

두 사람의 질문에 대해 너무 골똘히 생각하느라 공연한 지연 작전이라도 쓰는 기분이었지만, 아마 그 시간은 고작 몇 차례 호흡하는 정도였을 것이다. 비록 방금 처음 만난 사이이긴 해도 나는 내가 두 사람에게 느끼는 온기를 똑같이 돌려주려 애썼다. 그리고 의자에 앉은 채로 몸을 약간 앞으로 빼고는 아니라고, 큰 '문제' 같은 건 없었다고 말했다. 나는 사랑받았고 별 탈 없이 자랐다고, 아마 두 사람 아이도 그럴 거라고.

나는 행복과 안도의 두 미소로 보답받았다. 그리고 나도 모르게 활짝 웃었다. 두 사람은 딱히 놀라지도 않는 것 같았다. 물론 나는 별 탈 없이 자라 지금 이 자리에 이 사람들과 함께 앉아 있었다. 그렇지 않은가? 건강하고, 행복하고, 어디서든 적응 잘하고, 몇 주만 있으면 대학 학위를 딸 테고, 손가락에는 약혼

반지를 끼고 있는데. 분명 내 인생의 모든 것이 별 탈 없이 굴러왔고, 아마 그들의 아이도 그럴 것이었다. 그게 바로 그들이 내내 듣고 싶었던, 듣기를 기대해 온 말이었다.

나를 깎아내리는 말을 처음으로 들은 것은 2학년 아니면 3학년 때였을 것이다.

운동장에서 남자아이 하나와 말다툼을 벌이던 중이었다—이유는 기억나지 않는다—. 그 아이는 나를 못생겼다고 했고, 나는 약간 따끔했다. 하지만 그건 아이들이 시도 때도 없이 서로에게 던지는 평범한 욕이기도 했다. 녀석이 거기서 멈췄더라면 나중에 떠올리며 그냥 웃을 수 있는, 수십 수백 가지 다른 비슷한 순간들과 함께 유년기의 티격태격하던 기억 속에 파묻혔을지도 모른다.

하지만 그 아이는 자기 두 눈을 양옆으로 쭉 잡아당기더니 비아냥거리며 외쳤다. "넌 너무 못생겼어. 그러니까 네 부모님도 널 버렸지!"

내 입양 사실을 욕으로 쓴 사람은 그 아이가 생전 처음이었다. 눈을 잡아당기지 않았어도, 엉터리 가락에 맞춰 놀려 대지 않았어도, 아마 그것만으로도 충분히 충격적이고 고통스러웠을 터이다. 그 아이는 오만상을 지으며 자기 눈을 가늘게 뜨고는 뭐가 보이기는 하느냐고 물었다. "나 중국 쌀람, 나 안 보여!"

　'중국 쌀람'은 무슨 별명 같은 건가? 나는 그 뜻을 알지 못했다. 하지만 내가 가진 무엇이나 내가 한 행동을 놀리는 게 아니란 건 본능적으로 알았다. 그 아이는 내가 다른 애칭 같은 걸로 대치할 수 있는 이름이나 부모님이 바꿔 입힐 수 있는 옷, 쉬는 시간에 벗을 수 있는 안경 따위를 놀리는 게 아니었다. 그 아이의 표적은 나란 **사람**이었다. 자기가 볼 때 내가 속할 곳이 아닌 게 확실한 이곳에 내가 오게 된 연유를 공격하는 거였다.

　나는 목소리가 나올 때까지, 내 날카로운 혀가 반격을 가할 때까지 애타게 기다렸다. 하지만 어떤 앙갚음의 욕설도 목구멍에 턱 걸려 저 혼자 사그라지고 말았다. 나는 투명인간이라도 된 것처럼 무력해졌다. 마치 저 아스팔트 위를 떠다니는 유령이 되어, 다른 아이들이 나의 수치와 침묵에 웃고 놀리는 걸 우연히 지나던 행인이나 목격자처럼 지켜보는 기분이었다.

　그 애는 더 이상한 표정을 이리저리 지어 보였다. 그 와중에도 눈을 힘껏 양옆으로 잡아당긴 손은 내려놓지 않고 있었다. 오히려 내가 그 아이가 앞이 보이는지 궁금했다. 그 모습을 지켜보던 아이들에겐 아마 내가 평소처럼 으스스할 정도로 차분해 보였을 것이다. 그 애는 나와 카풀을 하는 사이였고 우리 이웃에 살았다. 그 일이 있기 직전까지 나는 그 아이를 친구라 생각했다. 그날 오후 그 애 엄마의 파란 세단 뒷자리에 나란히 앉아 같이 집으로 돌아오면서 나는 아무 말도 하지 않았고 그 애도 마찬가지였다. 마치 그날 우리 사이에 아무 일도 일어나지 않았던 것처럼. 하지만 내 안에선, 고요하고 깊은 곳의 무언가가, 소중한 무언가가 부서져 있었다.

그날 이후로 그 애와 다른 반 아이들에게 그런 말을 다시 들을 때면—그리고 내가 만난 어른들이 내 발음에 외국 악센트가 없는 이유 혹은 국적을 묻거나, 자기들이 믿는 아시아인의 전형과 비교해 나를 평가할 때면—이제 어느 정도 예상한 일로 받아들이게 됐다. 끝없는 설명을 요하는 것만 같은 내 정체성을 방어적으로 규정하게 될 때마다, 어떤 모욕에 대해 알게 된, 그 명칭은 아직 몰라도 **의미**는 알게 된 그날의 쉬는 시간이 어김없이 떠올랐다. 버럭 화를 냈어야 했는지도 모른다. 내가 아닌 다른 사람들이 문제라는 걸 깨달았어야 했는지도. 하지만 내 이웃의 말이 과녁 한가운데 내리꽂힌 그날 이전에도 나는 이미 의문을 품고 있지 않았던가? 어쩌면 아무 권리도 없이 공간을 차지하고 있는 **내가** 잘못인지도 모른다고 이미 생각하지 않았던가? 그 작은 백인 학교를 다니기 시작하면서부터 느꼈지만 갈 길을 몰랐던 자의식은, 갑작스럽고 고통스러운 인식으로 피어났다. 오랫동안 알고 지내 온, 서로 사는 곳도 알고 서로의 엄마들끼리 알고 지내는 사이마저 안전하지 않다면 이제 아무도 믿을 수 없다는.

내게 벌어진 일을 부모님께 전부 다 말하지는 못했던 것 같다. 그냥 누가 내가 입양인이라고 놀렸다고만 했지, 그 아이가 한 다른 말들은 언급하지 않았다. 그날의 일을 이야기하는 건 또 다른 종류의 모욕처럼 느껴졌고, 내 감정을 부모님이 이해할 수 있을 것 같지도 않았다. 두 분은 내가 한국인이란 사실이 아무 문제 될 것 없다고, 중요한 건 내가 '어떤 사람인가' 하는 거라고 줄기차게 말해 온 터였다. 그런 분들에게 내가 어떻게 당신들이 틀렸다고 말할 수 있었겠는가?

설령 부모님이 놀라거나 화가 났다 해도 내 앞에서 그걸 드러내진 않았을 것 같다. 두 분 모두 평소 인간 본성에 대해 기대치가 낮은 편이어서, 무지한 어린 소년의 악의적이고 노골적인 잔인함에 아마 그리 충격을 받지도 않았을 것이다. 어머니는 그 아이가 입양인이라고 놀리면 안 되는 거였다고 했다. 그러면서 "갠 그냥 네가 어떻게 하는지 보려고 그러는 거야."라고 말했다.

"그냥 무시하면 그만둘 거야." 아버지도 동조했다.

그렇게 해 봤지만 놀림은 갈수록 심해졌다. 이제 다른 아이들까지 가세했다. 그 아이들이 새로운 말을 찾아내 놀리거나, 내게 중국으로 돌아가라고 하거나, 아무렇게나 지어 낸 말로 지껄일 때 날 위해 나서 주는 아이는 한 명도 없었다. 유치원 때부터 알아 온 아이들이 이제 생판 모르는 남이 된 것 같았다. 적대

적이 됐거나 멀어졌거나 다가가기 어려운 대상이 되어 있었다. 나는 변한 게 없었다. 어쩌면 그들도 그랬을 것이다. 하지만 그들은 꼭 전혀 모르는 사람처럼 나를 바라봤다.

우리 학교는 학년이 올라가도 반 아이들이 바뀌지 않았다. 늘 같은 기독교 성인을 본뜬 이름의 남자아이들과, 같은 밝은 머리털의 예쁜 여자아이들과 함께였다. 2학년 때 어떤 아이로 인식되면 4학년 때도 6학년 때도 그 인식은 바뀌지 않았다. 그래서 놀림은 6학년 때까지는 물론이고 상급 학교로까지 이어졌다. 나는 중학생이 되어서도 더러 같은 말을 들었다. 부모님의 충고를 떠올리면서 눈 찢기, 놀리는 노래, 한때 친구라 생각했던 아이들의 냉정한 무관심에 반응하지 않으려 무진 애를 썼다. 당시 상황을 그나마 알아차린 사람이 있다면 3학기 성적표에 나의 전반적인 침울함을 암시한 2학년 때 담임뿐이었다. 하지만 성적은 늘 좋았고, 주위에 선생님들이 없을 때만 표적이 되었다. 학교에서 점점 더 나 자신을 고립시키며 가능한 한 자주 도서관으로 숨어들었고, 모르는 사람이 보기에 나는 그저 늘 책을 좋아하는 아이였다.

당시에는 내게 벌어지는 일을 규정할 말을 몰랐다. 삶을 대놓고 망가뜨리거나 물리적 존재를 지우는 게 아닌 다른 종류의 인종차별에 대해서는 들어 본 적도 읽어 본 적도 없는 터였다. 책이나 수업에서 언급되는 그런 직접적인 폭력조차 '지난 과거의 일'로 밀쳐졌다. 내가 초등학교 운동장과 중학교 통학 버스에서 겪은 일들, 그리고 나머지 세월 동안 남부 오리건에서 사람들이 내가 어디서 왔는지, 왜 백인 가족이 있는지 대놓고 물어 댄 일은 **진짜** 인종차별 근처에도 못 가는 사소하기 짝이 없는 일들처럼 보였다. 부모님과 나는 두 분이 내게 안전하다 믿은 우리 학교와 동네와 가족 안에서 내가 인종차별주의자를 만날 가능성에 대해 한 번도 이야기를 나눠 본 적이 없었다.

이상한 건 속으로는 늘 내가 주변 사람들과 **똑같다고** 느낀다는 것이었다. **나는 너희들과 똑같아.** 아이들이 내 눈을 놀린답시고 실눈으로 나를 볼 때마다 나는 생각했다. **왜 너희들은 그걸 모르니?** 어렸을 땐 확실히 아시아인 여자아이보단 백인 여자아이처럼 느꼈고, 눈결에 본 거울 속 내 얼굴에 흠칫 놀라며 맘에 안 드는 차이점 목록을 헤아리곤 했다. 날 괴롭히는 무리와 이전에 친구였던 아이들을 보면서 그들이 보는 나와 내가 믿는 내가 너무도 다르단 걸 알게 되는 일 역시 충격이었다. 나는 왜 이렇게 생겼을까? 왜 꼭 외국인처럼, 만난 적도 없는 친부모처럼 생겼을까? 왜 입양이 됐는데도 나는 내가 느끼는 사람으로 바뀌지 않았을까?

나는 자주 생각했다. 만약 내가 동화 속 주인공이고 요정이 내게 소원을 들어주겠다고 한다면, 복숭앗빛 감도는 크림색 피부와 수영장 물처럼 짙은 푸른색 눈동자, 칠흑이 아닌 금실

같은 머리카락을 달라 할 거라고. 나는 이 모든 걸 가질 자격이 있었다. 그런 마법, 그런 아름다움만 가질 수 있다면 포기하지 못할 게 없었다. 예쁘기만 하다면, 평범하기만 하다면, **백인**이기만 하다면 모두의 눈에 보이는 그 좋은 겉모습이, 내 안에 실재하는 좋은 내면과 일치할 터였다. 아침에 눈을 떠 보니 완전히 다른 사람, 어디에서든 사랑받고 환영받는 사람이 되어 있다면 얼마나 신날까? 거울을 보면서 내가 언제나 변함없이 여기에 속하는 사람이란 걸 안다면 얼마나 행복할까?

입양을 바라는 그 커플이 내게 백인 부모의 한국인 자녀로 자라는 게 어땠느냐고―괜찮았는지, 마음이 불편한 적은 없었는지―물었을 때, 나는 평생 날마다 백인이 아닌 게 불편했다고 말하고 싶지 않았다. 내가 백인 부모를 가진 한국인이란 사실은 아직도 가끔 날 괴롭혔다. 마침내 나만의 새로운 삶을 찾았지만 내 이야기는 여전히 타인들이 나를 보며 기대한 것과 달랐다.

그 커플에게 부모님과 선생님들이 머리카락을 비비 꼬는 내 버릇을 알게 된 날에 관해서도 말하고 싶지 않았다. 나는 내가 갖고 싶은 아름다운 금발과 너무도 다른 검정 머리카락을 검지 첫 관절에 돌돌 감는 버릇이 있었는데, 그러다 머리카락이 너무 꽉 끼어 버려 나중에 억지로 휙 잡아당겨 풀려다가 몇 가닥이 뽑혀 나가곤 했다. 내 머리 왼쪽에 휑한 부분을 발견하고

서 놀란 부모님은 나를 샬로테라 부르는 심리치료사에게 보내 1년 반 동안 놀이치료를 받게 했다. 나는 일주일에 한 차례씩 심리치료사와 진료실 놀이방에 들어가 옛날 저택 모양의 장난감 집 안에서 옷 갈아입기 놀이도 하고, 두려움을 그림으로 그리기도 했다. 심리치료사에게 내 기분이 어떤지도 이야기했고—무슨 말이었는지 지금은 기억이 안 나지만—그 이야기는 당연히 우리 부모님에게 전해졌다.

어느 해 크리스마스에는 특별 주문한 아시아인 아기 인형이 트리 밑에서 나왔다. 인형 선물을 받기엔 당시 나이가 좀 많았던 것 같지만. 아홉 살 어느 날 밤엔 우연히 텔레비전에서 나의 첫 아시아계 미국인 영웅 크리스티 야마구치(일본계 미국인 여자 피겨 스케이팅 선수—옮긴이)가 군중의 환호와 사랑을 받는 모습을 보게 되었다. 그전까지 나와 닮은 사람이 그럴 수 있으리라고는 상상도 못 했다. 그 뒤로 나는 다른 사람에 대한, 내가 갈망한 다른 삶에 대한 수십 가지 이야기를 써 댔다. 머리카락 꼬는 버릇은 사라졌으며 마침내 더는 심리치료사를 찾아가지 않게 되었다. 하지만 그 버릇에 대한 기억만은 절대 못 잊을 것이다. 그리고 그 버릇을 떠올릴 때마다 깊고 끔찍한 수치심을 느끼곤 한다. 여전히 소외감을 느꼈지만 이젠 절대 타인들이 그걸 보지 않도록 했다. 학교와 이 동네를 벗어나는 유일한 길은 얼른 자라 집을 나가는 것뿐이었고, 여기서 벗어나고 싶다면 예전처럼 공포나 슬픔에 빠져 있으면 안 되었다.

결국 나는 탈출에 성공했다. 우리 부모님과 닮은 점이 하나도 없는 동시에 모든 면에서 똑같은 이 젊은 부부를 만나던 즈음엔, 대학으로 최대한 멀리 도망쳐서 한국인이나 입양인과는 아무 상관 없는 방식으로 스스로를 규정하느라 수년째 싸우고 있었다. 20대 초반의 나는 내 입양 사실을 두고 '인종은 별 상관 없다'라던 지난날의 관점에 막 의문을 품기 시작하던 차였다. 이제 나는 그걸 편견이라 부를 수 있었지만, 그나마 편견이 명명백백한 순간에만 그러했으며, 그때마다 자의식에 얼굴이 빨개지고 가슴이 콩닥콩닥 뛰고 안절부절 어쩔 줄을 몰랐다.

불현듯 어떤 기억 하나가 떠올랐다. 4학년 땐가 5학년 때의 어느 날 정글짐 꼭대기에 앉아 있는데 백인 여자아이 한 무리가 내 옆으로 기어올라 왔다. 아이들의 미소 띤 얼굴에 나는 어떤 희망이 솟아올랐다. 저 아이들이 나에 대한 생각을 바꾼 것일까? 그중 잿빛 어린 금발 머리카락에 날카롭게 생긴, 그 무리에서 그리 예쁜 편은 아닌 아이가 내게 다가와 낮은 목소리로 물었다. "니콜, 우리가 궁금한 게 있는데 너밖에 물어볼 사람이 없어서." 오랜 경험으로 볼 때 당연히 함정이 도사리고 있을 수밖에 없었음에도 나는 순간적으로 혹해 정다운 말이나 같이 놀자는 초대를 기대하고 있었다. 그런데 그 아이는 목소리를 키워 이렇게 말했다. "네 거기는 수평으로 생겼니? 우리 오빠가 아시아 여자아이들은 그렇다고 해서."

　　나는 내 어린 시절의 이런 순간들이 다른 유색인들이 견뎌낸 것에 비하면 그저 웃고 넘어갈 수준이란 걸 알았다. 그렇지만, 혹시 이 희망에 찬 커플에게 있는 그대로 설명해야 했을까? 입양한 아이의 인종이 당신들에겐 아무 문제가 아니어도 다른 사람들에게는 문제가 될 수 있다고, 당신들이 어찌해 볼 여지가 전혀 없는 곳에서 당신들 귀에는 닿지도 않을 말과 방식으로 끝도 없이 그 문제가 제기될 거라고 경고해 주어야 했을까? 내가 마음을 정하기 전에 두 사람 중 하나가 예상했던 질문을 했다.

　　"**니콜 씨도** 우리가 입양을 하는 게 좋겠다고 생각하세요?"

　　두 사람은 이미 국제 입양 프로그램들을 조사해 순위까지 매겨 놓았다. 이미 가장 맘에 드는 아기 이름에 대해서도 의논을 마친 터였다. 거실에서는 여자가 만든 맛있는 음식 냄새가 났고 그들의 안락한 아파트는 중고 가구와 대학 기숙사에서 가져온 포스터로 가득한 손바닥만 한 내 자취방보다 훨씬 집처럼 느껴졌다. 이 사람들은 나보다 고작 네다섯 살 위였지만 진짜 **어른**이었다. 책임감 있게 가정을 꾸리고, 직장을 갖고, 부모가 되길 갈망만 하는 대신 실제로 그럴 준비가 되어 있었다. 두 사람 모두 출산이든 입양이든 둘 다든, 어떤 방식으로든 갖게 될 자신의 아이를 열렬히 환영해 줄 따뜻하고 든든한 가족이 있었다. 그런 그들에게 그 계획이 정말 좋기만 한 건지, 내 가족 같은 가족을 만드는 게 과연 올바른 선택인지 다시 생각해 보게 할 말을 꺼낼 수는 없었다.

나의 뇌가, 혹은 아마도 나의 충직하기 짝이 없는 입양인 심리가 내게 주어진 질문을 그 자리에서 지우고 다시 썼다. **이 사람들이 자기 아이를 사랑할 거라고 생각하는가**라고. 물론 그럴 것이다. 그들은 최선을 다할 것이었다. 그것 말고 뭘 더 할 수 있겠는가. 그들이 아닌 **누구라도** 말이다.

"당연하죠." 나는 나도 모르게 이렇게 대답했다. "입양은 큰 문제가 아니에요. 가족을 만드는 또 하나의 방법일 뿐이죠. 저는 제가 정말 운이 좋았다고 생각하고, 두 분 아이도 틀림없이 그럴 거예요."

내가 엉터리 대답을 했다고 생각하지 않는다. 애초에 옳고 그른 대답이란 게 있다고 생각하지도 않았다. 지금은 누가 물으면 이제 더는 입양을─내 입양 사실이든, 입양이라는 행위 자체에 대해서든─옳고 그른 문제로 여기지 않는다고 말한다. 사람들에게 눈을 크게 뜨고 보라고, 그게 실은 얼마나 복잡한 일인지 제대로 알아야 한다고 알려 준다. 입양인들에겐 자기 이야기, 우리 이야기를 사람들에게 들려주고 그들이 우리의 이런 경험을 마음대로 규정하도록 내버려 두지 말라고 말해 준다.

하지만 당시에는 입양을 완전무결하게 좋은 것, 모든 입양인에게 이로운 것, 이타적인 사랑의 확실한 증거라 생각해야 했다. 그러지 않으면 마치 내 부모와 가족의 사랑을 배신하는 것만 같아서였다. 당시 그 커플에게 확신을 주면서 내가 느낀 좋은 기분과 **옳은 일을 했다는 감각**은 지금도 생생하다. 수치스러웠던 기억들을 그들에게 말할 필요는 없었다. 굳이 내가 갖가지 방식으로 겉돌기만 했다는 실상을 드러내어 그들에게 부담을 줄 필요가 없었다. 미래에 두 사람이 키울 아이는 내가 아니었다. 그들 가족은 내 가족이 아니었다. 그들은 그저 행복하게 살고 싶은 거였다. 그러면 안 될 이유가 대체 무엇이겠는가.

문간에서 여자는 나를 한참 동안 포옹했다. "우리 아이도 **꼭** 니콜 씨처럼 자라면 좋겠어요." 여자가 말했다. 그 집을 나오면서 나는 어떤 내적 의구심도, 양심의 가책도 의식하지 못했다. 내가 두 사람에게 한 말은 거짓도 아니고 비겁함도 부정도 아니라고 생각했다. 나는 **진짜로** 운이 좋았다. 나는 **진짜로** 감사했다. 만약 내가 입양되지 않았더라면 어떻게 됐겠는가. 이 사람들은 자신들의 이야기를 쓰려는 중이었다. 어려움을 무릅쓰고 아름다운 가족을 만들려는 중이었다. 돌아오는 길에 시작도 전에 내가 주저앉혀 버린 건 아닌지 걱정하지 않아도 되어 정말 다행이다 싶었다. 그들이 나를 자신들의 행복한 결말에 의문을 제기한 사람으로 기억하지 않게 되어 얼마나 다행인지 몰랐다.

우리 부모님의 이야기는 1973년 봄 두 분이 결혼식을 올리고 서부로 넘어가 독립해 살면서 시작되었다. 각각 스물하나와 스물둘 나이의 어머니와 아버지가 몇 달째 만남을 이어 오던 중, 어머니가 지겨운 도시 클리블랜드를 떠나 그동안 늘 꿈꿔 온 시애틀로 가겠다고 했다. 시애틀은 어머니의 어머니가 전쟁 시기에 이모와 스웨덴 출신 어부 이모부와 함께 살던 곳이다. 어머니가 자기 어머니에게 물려받은 거라곤 붉은 머리카락과 급한 성격, 그리고 매연과 시멘트로 가득한 클리블랜드와는 확연히 다른 워싱턴주 시골의 아름다운 녹음에 대한 강렬한 애착뿐이었다. 그곳은 당시 살던 도시 외곽의 작은 농장 마을과는 너무 달랐다. 어머니는 어렸을 때 식구들과 스테이션 왜건을 타고 대륙을 가로질러 이모할머니 부부를 뵈러 시애틀에 간 적이 있었는데, 그 뒤로 그 소나무 향이 은은하게 나는 공기, 자욱한 구름에 둘러싸인 하얗게 눈 덮인 산봉우리, 차가운 바닷물이 찰랑이는 해안가가 있는 이 언덕진 도시를 결코 잊지 못했다. 결국 어머니는 그곳 간호학교에 입학했고, 아버지는 어머니를 따라 떠날지 혼자 남을지 결정해야 했다.

그들의 가족은 두 사람이 자기들을 저버리고 떠났다고 원망했지만 나름 괜찮은 선택이었다. 두 사람 모두 다섯 형제 중 만이였고, 부모들이 각자 다른 방식으로 두 사람을 힘들게 하는 터였다. 결혼식에는 300명이 넘는 하객이 참석했다. 당시만 해도 헝가리 총각이 다른 동네 폴란드 처녀와 결혼하는 것이 다소 이례적인 일이었다. 으레 신부 측 친척들이 싸움을 시작하고 끝내는 관행대로 피로연 때 주먹다짐이 벌어졌지만, 이 커플을 떠나보낼 때쯤엔 모두가 깔깔 웃고 있었다.

신혼부부는 서부로 떠났다. 하지만 곧바로 시애틀로 향한 건 아니었다. 알래스카 알렉산더 군도 내 레빌라게도섬에 있는 케치칸이란 도시의 한 인쇄 공장에서 아버지에게 일자리를 제의했고 어머니는 같은 동네 병원에 일자리를 얻었다. 부부는 인사이드 패시지 끝자락 작은 집 맨 아래층에 세를 얻어 살았다. 한 발짝만 나가면 잔물결을 일으키며 물 위를 빙글빙글 도는 흰 머리수리를 볼 수 있는 곳이었다. 클리블랜드에서 나고 자란 두 사람에겐 케치칸의 어부들과 대단할 것 없는 관광업, 거리와 바닷가 데크의 나무 말뚝이 1년에 140일 동안 내리는 비에 젖어 번들거리는 풍경이 믿기 힘들 정도로 진기했다. 그게 어머니가 꿈꿨던 변화와 일치하는 건 아니었지만 그래도 오하이오를 벗어나 새로운 삶을 살아 볼 기회는 되어 주었다. 두 사람은 그곳을 좋아했고 마치 개척자가 된 기분이었다.

　몇 년 뒤 시애틀로 이사했을 때 두 사람은 다시 도시에 살준비가 되어 있었고 새로운 사람들을 만나길 갈망했다. 어느 날두 사람은 무슨 바람이 들었는지 자신들이 세 들어 살던 동네위쪽 언덕배기 교회에 가 보았다. 흰 첨탑이 있는 작은 가톨릭교회였다. 어린 시절 클리블랜드에서 다녔던 크고 썰렁한 구식교회와는 완전히 달랐다. 미사에도 다들 청바지를 입고 왔다. 사제의 온화한 폴란드 억양이 어머니가 사랑하는 할아버지를 떠올리게 했지만 두 사람의 관심을 끈 이는 따로 있었다. 단출한 베일 밑으로 뭉툭하게 자른 갈색 앞머리가 삐져나온 통통하고 작달막한 체구의 수녀로, 어린 시절에 마주한 엄격하고 깐깐한 수녀들과는 영 딴판이었다. 두 사람은 이 메리 프랜시스 수녀에게 자신들은 어렸을 때 다닌 교회는 고사하고 종교 자체에별 관심이 없다고 말했지만, 수녀는 어찌어찌 두 사람을 설득해다시 교회에 나오게 만들었다. 어머니는 곧 성경 공부 모임을 이끌게 되었고, 아버지는 수녀의 노모를 위해 자잘한 심부름을 해 주었다. 두 사람은 그렇게 일말의 변명도 없이 교회에 복귀했다.

하지만 이번엔 두 사람 모두 달라졌고, 이제 그 모든 것을 믿었다. 두 사람은 하느님에게 자신들의 삶 속으로 들어와 달라고 기도했다. 전에는 한 번도 신을 찾지 않았던 곳에서—친구를 만날 때, 직장을 구할 때, 일상생활에서—신의 손이 작동하는 것을 보았다.

두 사람이 리즈를 만난 건 그들이 새로 다니기 시작한 이 교회를 통해서였다. 리즈는 태산 같은 믿음을 가진, 항상 만면에 상냥한 미소를 머금고 다니는 교인들 중 하나였다. 하지만 당시 두 사람은 그가 자신들의 삶을 바꿔 놓을 거라고는 생각하지 않았다. 세월이 흘러 1981년 여름, 아버지가 마침내 남부 오리건으로 터전을 옮긴 뒤였고, 두 사람이 결혼한 지 10여 년이 흐른 시점이었으며, 그중 절반은 생기지 않는 아이를 기다리며 보내다가 최후의 수단으로 입양을 알아보기 시작한 시기였다. 바로 그 무렵에 리즈가 전화를 걸어 시애틀 어린이 병원에 간신히 살아남은 여자 조산아가 하나 있는데, 그 아이를 키울 가족을 찾고 있다고 말해 준 것이다.

서두르진 않았지만 두 사람은 늘 아기를 가질 계획을 세웠다.

가톨릭 가정엔 꾸준히 아이가 생겨났다. 이따금 쌍둥이가 태어날 때도 있었고, 전혀 뜻밖의 출산도 있었다. 하지만 나의 어머니는 딱 한 차례 임신했고, 그나마 몇 주 안 있어 태아의 심장 박동이 멈춘 사실을 알게 되었다.

두 사람은 불임 커플은 일반적으로 유산을 겪은 뒤 생물학적 아기의 상실을 슬퍼하고 이후 희망을 가졌다 실망하기를 반복하다가 결국 입양을 도모하게 된다는 말을 들었다. 하지만 그들은 슬픔에 빠져 몇 년 혹은 몇 달을 보내는 게 썩 바람직하지 않다고 느꼈다. 유산은 끔찍한 일이었지만, 그들은 자신들의 미래에 생물학적 아이가 생기지 않을지도 모른다는 사실을 이미 받아들이고 있었다. 만일 입양이 자신들을 위한 하느님의 계획이라면 임신과 출산 경험을 놓친들 상관없다고 어머니는 말했다. 마음을 완전히 내려놓고 나서는, 그 힘든 일을 다른 사람이 전부 대신해 준다면 자기한테도 나쁠 게 없다는 농담까지 했다. 두 사람은 그저 아기를 원할 뿐이었다. 운이 좋아 입양만 할 수 있다면 자신들에게 주어지지 않은 것들에 대해선 절대로 되새기지 않을 자신이 있었다.

리즈가 전화를 걸어 시애틀의 아기에 대해 말해 줬을 때 두 사람은 마침내 신이 자신들에게 미소를 보내고 있다고 느꼈다. 그들의 친구가 깜빡했다는 듯 아기가 한국인이라는 말을 덧붙였을 때도 두 사람의 열의는 한 치의 변화도 없이 그대로였다. 두 사람은 자신들의 가족, 특히 부모님에게 미리 알려야 했는지도 모른다. 하지만 입양할 아이를 간절히 바라 왔고 이를 위해 기도해 온 그들이었다. 리즈의 전화가 그 기도에 대한 신의 응답이 아니라면 대체 무엇이었겠는가? 나눠 줄 사랑이 그렇게 많은 사람들에게 아이의 피부색 따위가 무슨 문제였으랴? 그런 선물 앞에서 인종 같은 것에 주목하는 건 감사를 모르는 꼴사나운 행동일 터였다. "네가 검든 희든 물방울무늬가 들어간 보라색이든 우리한텐 아무 문제도 안 됐을 거야." 부모님은 자기들 딸이 자신들에게 오게 된 이야기를 딸이 이해할 나이가 됐을 때 이 말을 하고 또 했다.

　들을 때마다 이 맹세가 내겐 좀 이상하게 들렸지만 나는 매번 그 말을 믿었다.

리즈의 어머니는 병원에서 일하는 분인데, 소아과 의사가 동료 의료진에게 혹시 아기 입양에 관심 있을 만한 사람을 아는지 묻는 것을 들었다. 자기 어머니에게 그 소식을 전해 들은 리즈는 집으로 돌아와 기도를 한 다음 오리건 친구에게 전화를 걸었다. 그 친구 부부가 입양을 원하며, 이제 막 가톨릭 자선단체의 입양 프로그램을 통해 가정 조사를 마친 상태란 사실을 알고 있었다. 의사는 리즈의 어머니에게 입양 기관을 통하는 대신 변호사를 고용하면 일이 더 빨리 진행될 것이라고 알려 주었다.

리즈의 도움으로 두 사람은 시애틀에서 캐시라는 가족법 변호사를 찾았다. 캐시는 '그 한국 아기'를 입양하고 싶은 게 확실하다면 절차를 대리해 주겠다고 했다. 과연 확실했을까? 솔직히 당시 두 사람에겐 아이의 국적보다 위태했던 출생 과정이 훨씬 더 우려스러운 대목이었다. 두 사람은 이제 막 입양 절차를 시작한 터라 아직 실격 요건 목록도 제대로 확인해 보지 않은 상태였다. 그들은 수입이 넉넉하지 않았다. 그런데도 과연 독립적으로 살아갈 수 있을지 없을지조차 모르는 아이를 돌볼 수 있을까? 만약 24시간 돌봄이 필요한 아이라면?

그들은 하느님 앞에 양털을 놓아두기로 했다(성경의 판관기 6장에서 이스라엘 지도자 기드온이 하느님의 뜻을 확인하기 위해 한 행동을 본뜬 표현. 기드온은 이스라엘 군대를 모아 침입자들을 무찌르라는 지시가 진짜 하느님의 뜻이라면 바깥에 놓아둔 양털을 적셔 달라고 기도했고, 다음 날 아침 그것이 흠뻑 젖어 있는 걸 확인하고 이를 믿었다―옮긴이). 이것은 믿음을 확인하는 행위이자 자신이 보지 못하는 것에 대한 시험이었지만, 병원에서 일하면서 신생아 집중치료실에 있는 조산아들을 본 경험 때문이기도 했다. 어머니가 지켜본 바에 의하면 훗날 가장 어려움을 겪는 아기는 몇 주 동안 산소 호흡기를 달고 있던 아기였다. 어머니는 아기가 기계의 도움으로 연명하고 있지 않다면 그걸 입양을 진행해도 된다는 신호로 받아들이겠다고 하느님께 말했다.

두 사람은 부디 자신들을 옳은 방향으로 인도해 달라고, 하느님의 뜻이 이루어지도록 해 달라고 기도했다. 물론 아이가 건강이 좋아질 때까지 기다릴 수 있다는 걸 알았지만 진짜 가능성을 눈앞에 두고, 진짜 아기 바로 앞에서 거부 의사를 전하는 건 훨씬 더 힘든 일이었다.

일주일 뒤에 리즈가 두 사람을 병원 소아과 의사와 연결해 주었고 덕분에 아기의 상황에 대해 간략하게 전해 들을 수 있었다. 아기는 예정일보다 10주 정도 일찍 태어났다. 아직 머리카락은 하나도 없고 눈썹 자리만 약간 보이는 상태였다. 간호사들이 가장 예뻐하는 아기였고, 아주 느리긴 해도 조금씩 체중이 늘고 있었다. 나중에 몸 상태가 어떨지 예측할 방법은 없었다. 하지만 리즈는 그 아기가 호흡기를 단 적은 한 번도 없다고 들었다고 했다. 스스로 숨을 쉬면서 세상 밖으로 나왔다고 했다.

바로 두 사람이 기다리던 신호, 그들에게 꼭 필요했던 신호였다. 마침내 두 사람은 이 작은 여자아이의 부모가 되기로 결정했다.

캐시는 입양 일을 맡은 경험이 아주 많지는 않았다. 총 열 건 정도에 불과했다. 그런데 우연히도 아기 친부모와 인연이 약간 있었다. 그들이 운영하는 가게에 가 본 적이 있는 터였다. 세월이 흘러 어쩌다 캐시가 그 가게에 다시 들렀을 때, 그를 알아본 아기 친모는 자기 아이가 어떻게 됐느냐고 물었다. 나중에 이런 일이 일어날 줄 알았더라면 우리 부모님은 아마 다른 변호사를 골랐을 것이었다.

이제 실제 아이가 눈앞에 있었고 두 사람은 일을 빨리 진행하고 싶어 했다. 캐시는 아이의 가족을 알고 있었지만, 나의 부모는 자신들의 딸이 될 아이의 가족에 관해 많은 질문을 하지 않았다. 두 사람은 그 부부를 만나기는커녕 이름조차 알고 싶지 않았다. 그들 이야기를 하는 것만으로도 위험하게 느껴졌다. 마음속으로 그려 온 가족이라는 미래는 두 사람에겐 아직 소망 단계에 불과했고, 어느 지점이든 너무 힘을 주면 이 불안한 약속이 순식간에 깨져 버릴지도 모른다고 생각했다.

그래서 친부모 가족의 사회적 배경에 대해 긴 논의를 한다든지, 당시에는 매우 드물었던 공개 입양에 대해 논의한다든지 하는 일은 없었다. 인종, 배경을 불문하고 모든 아이에게 필요한 건 **안정**이라는 게 자명한 사실이었고, 내 부모는 외부 간섭이나 법적 문제에 대한 두려움 없이 아이와 관계를 다져 나가고자 했다.

친부모에겐 법률 대리인이 없었다. 아마 경제적으로 여의치 않았거나 불필요하다고 생각해서였을 것이다. 캐시는 그들과 몇 차례 이야기를 나누었다. 대부분 입양 부모의 바람을 전달하고 서류 작업을 진행하기 위해서였을 것이다. 캐시가 보기에 아이 친부가 먼저 입양 이야기를 꺼냈고 친모는 좀 망설이는 것 같았다. 하지만 결국 두 사람 모두 입양에 찬성해 서류에 서명했고, 어쨌든 그들이 캐시의 의뢰인은 아니었다.

그렇게 양측이 비밀 입양에 찬성했다. 서로 정보도 교환하지 않고 두 번 다시 접촉하지 않겠다는 내용이었다. 나중에 이 변호사는 그걸 **표준 문안**이라 불렀다. 양측 모두 특별한 요구가 없는 상태로 서류 절차는 특이할 정도로 빠르게 진행됐다. 공식적으로 이것은 '특수 입양'으로 간주되었고, 취약한 아이를 몇 주 또는 몇 달 동안 어딘가에 위탁시키는 건 아무도 원치 않았다. 그래서 법률상으론 최종 결정까지 6개월의 유예 기간을 둬야 했지만 이 입양 부모는 아이가 병원에서 나오자마자 데려갈 수 있었다.

두 사람이 각자의 가족에게 자신들의 계획을 말했을 때 한국인 아기라고 반대하는 사람은 아무도 없었다. 그들이 얼마나 부모가 되고 싶어 하는지 가족과 형제자매 모두 잘 알고 있는 터였다. 가족 중 이 여아를 사랑할 능력을 약화시킬 다른 의견 혹은 편견을 가진 사람이 있을 거라고는 그 누구도 생각하지 않았다. 아시아 사람에 대해 평소 무슨 생각을 하든(이상한 음식이든, 원정 출산이든, 표정을 헤아릴 수 없는 로봇이든, 수학 도사든) 그 아시아인이 **당신의** 딸 혹은 사촌, 손녀 혹은 조카라면 이야기가 달라진다. 그렇지 않은가? 한참 뒤에 부모님과 할머니는 내 사촌 중 하나는 열두 살이 될 때까지도 내가 자기 가족에게서 태어나지 않았단 사실을 깨닫지 못했노라고 깔깔 웃으며 말했다. 최소한 입양 사실을 아는 친척 대부분은 아이 피부와 머리카락의 멜라닌 색소를 완전히 무시했다. 아이가 어디에서 왔건, 누구에게서 왔건 그 서류들로 인해 아이는 그들 중 한 사람이 되었다.

아이에 대해 알게 된 지 3주쯤 지났을 때 부부는 시애틀로 차를 몰고 갔다. 병원에 가서 아기를 데려오기 전에 우선 킹 카운티의 사회복지사와 면접을 치러야 했다. 앞서 캐시가 했던 것처럼 사회복지사는 아이 친부모와 이야기를 나누고 그들이 진짜로 입양을 원한다는 걸 확인했다. "이해를 못 하겠어요." 복지사는 솔직한 말로 이 부부를 약간 놀라게 했다. "그 사람들한테 그 말을 내뱉게 하기가 어찌나 힘들던지!"

복지사는 친부모를 언급할 때 성으로도 이름으로도 부르지 않았다. "성이 발음하기가 너무 어려워요!"라면서 자신이 얼마나 헷갈려했는지 굳이 숨기려 하지도 않았다. 친부모는 결혼한 부부였고 엄청 잘되진 않아도 그럭저럭 먹고살 만한 가업이 있었다. 집에는 동생이 오기를 기다리는 언니들이 있다고 했다. 부부는 아기의 조산에 큰 충격을 받았고 수많은 다른 이민자들처럼 의료보험이 없었다. 그들은 의사의 심각한 예측을 믿는 듯했고 자기들은 아이에게 좋은 환경을 제공해 줄 수 없다고 생각했다. 한국말을 못 하는 복지사는 통역사도 없이 친부모의 어색한 영어에 기대 최선을 다해 친부모에게 그들의 권리와 마음을 바꿀 모든 기회를 길게 설명했다. 그들이 활용할 만한 기관과 받을 수 있는 도움들에 대해 설명하려 하자 그들은 그저 고개만 절레절레 내저었다.

"만일 친부모가 입양에 이의를 제기하거나 아이를 되찾아 가려고 한다면, 제가 양부모님 편에서 증언할 겁니다." 복지사가 말했다. 그런 정도의 말만 듣고도 두 사람은 움찔했다. "저는 꼭 이렇게 할 필요는 없다고 그분들한테 분명히 말해 드렸어요."

친부모는 새 부모가 아이 병원비 일부를 낼 수 있는지 물었다. 요구한 몫은 3000달러가 좀 안 되는 돈이었다. 대부분의 유아 입양에 비하면 훨씬 부담이 덜한 수준이었다. 마지막으로 양모가 될 사람은 아이의 인종에 대해 물었다. "아이가 한국인이라서 혹시 제가 알아야 할 게 있나요? 아이한테 해 줘야 하는 특별한 뭔가가 있다든지 하는."

복지사는 그 질문에 놀란 것 같았다. 그는 잠깐 그들을 쳐다보더니 고개를 저으며 말했다. "특별히 해야 할 일은 없을 거예요."

7월 21일, 두 사람은 병원 간호사의 품에서 아기를 건네받아 차에 태우고, 5번 국도를 타고 남쪽으로 향했다. 가는 길에 세 차례 휴게소에 들러 우유를 먹였고, 아홉 시간 뒤에 골목 끝 자신들의 아늑한 단층집에 도착했다.

부부는 까만 눈과 앙증맞은 코를 가진 딸이 너무 예쁘다고 생각했다. 아직 속눈썹과 눈썹도 없고 머리카락도 몇 가닥 안 났지만 볼살은 이미 통통했다. 그들은 아이를 **아기 부처**라고 부르며 함께 웃었다. 아이는 2.3킬로그램밖에 안 나갔다. 태어난 지 두 달 반이 지났는데도 아직 신생아나 다름없는 크기여서 제 아버지 손아귀에 쏙 들어갈 정도였다. 자극에 민감하게 반응하고 매우 진지했지만 웃는 법도 알아 가고 있었다.

아이는 예상했던 것보다 더 시끄러웠다. 끝없이 옹알댔고 그 와중에도 오르락내리락하는 톤으로 까르륵거리며 꼭 누구와 대화하는 듯한 소리를 냈다. 부부는 첫 사흘 동안 자신들 방에 같이 재웠는데 아기는 가끔씩 깨어 기분 좋게 재잘대다가 다시 잠들곤 했다. 계속 그렇게 뜬눈으로 밤을 지낼 순 없는 노릇이라 이후엔 다른 방에 놓아둔 아기 침대로 옮겨 재웠다.

이따금 복도 건너 아기방에서 소리가 들려왔다. 보이지 않는 친구들과 자기만의 언어로 대화하는 소리 같았다. 엄마는 작게 한숨을 쉬면서 모든 새 부모가 치러야 하는 첫 의례 중 하나인 수면 부족을 호소했다. 아버지는 이렇게 농담했다. "아이고, 또 천사들하고 대화 중이구나."

아이가 어떤 방식으로 가족의 일원이 되었건 아이의 등장은 기존의 모든 규칙을 바꿔 놓는다. 아이는 가슴으로 들어와 새 방을 만들고, 존재하는지도 몰랐던 벽을 허물어뜨린다. 그래서 부모가 된 이들은 다른 무엇보다 확신을 갈망한다. 우리는 우리 자신이 훌륭한 부모가 될 거라고 스스로 되뇌고 다른 사람들도 그렇게 말해 주길 바란다. 우리 아이들은 행복할 거라고. 그들의 고통은 가벼울 거라고, 적어도 우리가 옆에서 도울 수 없는 종류의 것은 아닐 거라고. 우리는 이 말들을 믿고, 어떤 도전도 당당히 받아들이겠다고 스스로에게 약속해야 한다. 그러지 않고서는 절대 시작할 엄두조차 못 낼 테니까.

나의 부모에게 인종과 문화적 차이를 넘어선 입양이 특별한 준비가 필요한 색다른 도전이 될지도 모른다고 알려 준 사람은 아무도 없었다. 내 부모가 가족을 형성할 때 '인종을 대수롭지 않게' 여기는 관점을 지닌 건—내가 한국인이라는 사실이 가족과 모든 사람에게 별로 상관 없다고 믿는 건—그건 두 분이 큰 틀에서 자신들이 교육받고 자란 이상과 조언을 따랐기 때문이다. 하지만 나와 같은 처지의 입양인들을 만날 때면 종종 같은 경험을 이야기하게 된다. "우리 부모님과는 인종 얘길 거의 안 해. 우린 그게 중요하단 걸 제대로 인정하지 않았어. 나는 우리 가족 중 한 사람이 인종차별적인 말을 해도 그걸 지적해 본 적이 한 번도 없어." 입양한 자녀 나라의 문화에 대해 옛날보단 더 관심을 갖고 더 '기념하는' 지금도, 많은 부모들이 백인 가족, 백인 공동체, 백인 우월주의 사회에서 유색인 자녀를 키우는 데 필요한 지침이나 정보 등을 제공받지 못한다. 나의 백인 부모가—처음엔 전문가들에 의해, 나중엔 나에 의해—접근할 수 없었던 것들을 두고 충분히 이해하지 못한다고 책망하는 건 더 큰 핵심, 즉 우리는 그 시대의 수많은 이인종 간 다문화 입양 사례 중 하나였고 지금도 그렇다는 사실을 간과하는 일이다.

나는 시시때때로 상상해 보려 애썼다. 부모님이 시애틀 어린이 병원의 신생아실에서 나를 데려오고 6개월이 지난 뒤 킹 카운티 법원에 출석한 그 겨울날, 내 입양이 최종 결정된 그 날을. 중년의 대머리 판사가 일생에 한 번뿐인 진지한 표정을 짓고 있는 새치 하나 없는 우리 아버지와 주근깨 박힌 크림색 얼굴에 초조한 미소를 지으며 내 이름을 흘림체로 수놓은 분홍 담요로 나를 싸안고 있는 우리 어머니를 내려다보고 있는 장면을. 부모님은 나의 친모가 결정을 번복할지도 모른다는 두려움을 애써 떨쳐 버리려 안간힘을 쓰면서, 나를 돌보는 법을 배우며 지난 6개월을 보냈다. 수많은 초보 부모들처럼 우리 부모님 역시 자신들이 할 수 있는 최선을 다하길 바랐고, 그러면 충분하리라 기대했다.

판사는 두 분의 결정, 나와 오리건주를 상대로 한 약속에 더없이 진지한 다짐을 받았다. 이제 절대 마음을 바꿀 수 없었다. 이제 법적으로 두 사람은 내 진짜 부모, 유일한 부모가 되었다. 마음으로 이미 아는 사실에 주의 공식 직인이 꾹 찍히는 것에 흥분한 부모님은 판사에게 혹시 해 줄 말이 없는지 물었다.

사회복지사처럼 그 판사도 놀랐을지 궁금하다. 이미 예상했던, 흑인 아이를 입양하는 백인 부모들에게서 수없이 들은 질문이었는지도. 그가 들려준 대답은 깊게 생각할 것도 없이 오랜 경험으로 익힌 것이었을까? 그 모든 가족들에게 똑같은 조언을 해 주었을까? 아니면 열의에 찬 나의 젊은 부모를 빤히 쳐다보며 따로 생각을 좀 해 본 걸까?

"그냥 두 분 가족으로 흡수하세요. 그럼 모든 게 괜찮을 겁니다. 이제 그 아이는 두 분 거예요."

그 아이는 두 분 거예요. 수년 전 아이를 갖기로 결정한 뒤부터 두 분이 내내 듣고 싶던 말이었다. 두 분은 판사의 축하 인사에 활짝 웃으며 감사하다고 말했다. 그런 다음 1월의 차가운 공기에 대비해 나를 꽁꽁 싸안고 법원을 걸어 나와 집으로 향했다.

⚜

신디는 아무도 자신에게 아기가 죽었다고 말해 준 기억이 없다.

당시 고작 여섯 살이었기에 아기가 어디서 나오는지는 아직 몰랐지만 몇 달째 엄마 배 속에 아기가 들어 있다는 건 알았다. 아무도 자길 앉혀 놓고 설명해 주지 않았다. 기대에 찬 발표도, 가족 모임도, 식사 자리에서 '넌 이제 곧 언니가 될 거야'라고 말해 주는 일도 없었다. 신디는 부모 중 누구와도 긴 대화를 나눠 본 적이 별로 없었다. 부모님은 항상 돈과 자기들이 운영하는 가게 때문에 스트레스를 받았다. 가게는 신디도 깨어 있는 동안 대부분의 시간을 보내는 곳이었다.

신디가 아기였을 때 부모님은 이부언니 제시카를 데리고

미국으로 이민을 갔다. 당시 제시카는 열두 살 즈음이었고 그 정도면 가족 사업에 일손을 보탤 수 있는 나이였다. 신디는 친할머니와 한국에 남았다가 나중에는 하와이에 있는 다른 친척들과 살았다. 신디가 부모와 다시 살게 된 건 다섯 살이 되어서였다. 그러니 여섯 살 때만 해도 아직 자기 엄마와 아빠를 알아가는 중이었다. 부모님은 엄했고 자주 말다툼을 벌였다. 동이 틀 때부터 밤늦게까지 일했고 항상 서 있었다.

신디도 열심히 일했고, 조용히 고개 숙이고 있는 법과 뭐든 고분고분 시키는 대로 하는 법을 배웠다. 학교 가기 전에 가게 일을 도왔다. 창고 물건을 내리고, 진열대에 물건을 채우고, 바닥을 걸레질하고, 얼룩을 닦고, 먼지떨이로 먼지 뭉치를 털어냈다. 방과 후에도 같은 일을 했고 한밤중까지 부모님과 언니와 가게에 남아 있는 때가 많았다. 신디의 세상은 아주 작았다. 집, 가게, 학교, 다시 가게로 뱅글뱅글 돌기만 했다. 휴일도 휴가도 없었다. **무슨 가족이 이렇게 살아?** 제시카는 가끔씩 투덜댔지만 신디는 그게 자기가 아는 전부였고 아직 그런 삶에 의문이 찾아들기 전이었다.

나중에 돌아보니, 신디는 그때 자신이 어머니의 임신 사실을 어떻게 알았는지조차 의문이었다. 제시카 언니가 말해 준 걸까? 아니면 한동안 함께 살았던 외할머니에게 들은 걸까? 어쨌든 돌볼 아기가 생기면 할 일이 훨씬 많아지리란 것만은 알았다. 신디는 자신이 도울 수 있기를 바랐다. 나머지 식구들이 일하는 동안 아기가 가게에서 자고 있는 모습을 상상했다.

어머니는 일단 체구가 작았고 임신 개월 수가 꽤 됐는데도 배가 많이 나오지 않았다. 그냥 보면 임신한 줄도 모를 정도였다. 나중에서야 어머니가 아침마다 배를 꽉 쪼이고 일하러 나갔다는 걸 알게 됐다. 굳이 물어보진 않았지만 신디는 날마다 궁금했다. 얼마나 더 기다리면 아기가 태어나는지.

그해 어느 봄날, 어머니가 마구 흥분해서 신디에게 소리를 질러 댔다. 신디는 무엇 때문에 어머니가 그렇게 화를 냈는지는 기억하지 못한다. 아마 자신은 아무 일도 안 했을 것이다. 늘 그랬듯 부당하단 걸 알면서도 어머니가 소리 지르는 동안 시선을 떨구고 입을 꽉 다물고 있었다. 말대꾸는 사태를 악화시키기만 할 뿐이니.

고개를 들어 보니 어머니가 의자에 널브러져 고통스럽게 얼굴을 찡그리고 있었다. 그리고 더는 소리를 지르지 않았다. 뭔가 잘못된 거였다. 할머니가 달려가서 뜨거운 수건을 가져와 어머니 배에 올렸지만 별로 도움이 되지 않는 것 같았다. 할머니는 눈을 질끈 감았다. 어머니는 헐떡거리다가 간간이 비명을 질렀다.

"아기가 나오려나 봐." 어머니가 말했다.

어머니의 배는 너무 작았다. 아기가 나올 때가 되려면 아직 한참 멀었다. 어머니는 아무리 고통스럽고 두려워도 병원에 가지 않으려 했다. 병원에서 진료를 받으면 돈이 들기 때문이었다. 하지만 결국 아기가 더 기다리지 않을 게 분명해지자 어머니는 마침내 병원행을 받아들였다.

신디는 집에서 기다렸다. 언제나 기다리는 데는 선수였다.

아기는 안 보이고 달랑 부모님만 집에 돌아왔을 때 신디와 제시카는 어리둥절했다. 나중에 아기가 병원에서 죽었다는 걸 알게 됐다. 신디는 더 자세한 이야기는 물어볼 엄두도 나지 않았다. 그때도, 그 뒤에도. 신디는 동생 생각을 할 때마다 슬프고 혼란스러웠지만 자신은 부모님에게 설명을 요구할 주제가 못된다는 걸 알았다. 그건 가당치도 않은 일이었다. 그래서 그저 부모님이 말해 주는 대로만 알고 있을 수밖에 없었다.

어렸을 땐 늘 양부모님을 닮으면 좋겠다고 생각했다. 두 분이 백인이어서가 아니라 나를 입양한 사실에 대해 적어도 겉으로 보기엔 부러울 정도로 태연한 태도를 보였기 때문이었다. 아버지는 누가 유독 꼬치꼬치 캐물으면 이렇게 대답하길 좋아했다. "폴란드인과 헝가리인을 섞으면 한국인이 생겨요! 여기 이 사람들이 다 어디서 왔다고 생각하세요?" 어머니는 무언의 웅변을 하는 듯한 굳은 표정만으로 그런 질문을 한 사람이 미안하게 느끼게 만드는 보기 드문 재주가 있었다. 어머니의 꾸짖는 듯한 표정은 이렇게 말하는 듯했다. "당신 체면을 봐서 그 말 안 들은 걸로 하려 애써 볼게요."

나는 부모님과 달랐다. 다른 사람들의 주제넘은 호기심을 농담으로 넘길 줄도, 그런 사람들을 후회하게 만들 줄도 몰랐다. 그런 질문을 받으면 나는 때와 장소가 안 맞더라도 주석을 단 개인적 입양사를 읊어 주었다. 그게 일상이었다. 내가 왜 그래야 하는지 자문해 보지도 않았다. 내가 볼 땐 그게 사람들을 이해시키는 유일한 길이었다. 그렇지 않았을까? 물론 내 뿌리에 대해 앞으로도 절대 알 수 없는 부분이 있을 테지만, 사람들이 물으면 미소 띤 얼굴로 적어도 내가 아는 만큼은 이야기할 수 있었다. 나를 설득한 이야기가 다른 모두를 설득하도록 해 볼 수 있었다.

하지만 사실 내겐 추측이 반쯤 섞인 일련의 사실들과 단순한 해피엔딩 외에는 해 줄 말이 딱히 없었다. 버림받은 아기였던 사실이 얼마나 상처가 되는지는 굳이 말하지 않았다. 그건 아무래도 자존심 때문이었던 것 같다. 모르는 사람은 물론 친구라도 내가 친가족 생각을 얼마나 자주 하는지 왜 알아야 하는가? 나를 참 안됐다고 느낄 이유를 내가 왜 말해 줘야 하는가? 나는 기억조차 못 하는 상실을 극복한 것에 대해, 거울 속 내 얼굴이 이방인처럼 느껴진 것에 대해 사람들에게 어떻게 말해야 하는지 몰랐다. 그리고 무엇보다 살아가면서 계속 소외감을 느끼는 이유에 대해 나 자신을 속일 수 없었다. 언젠가 마침내 반친구에게 왜 날 싫어하느냐고 물었더니 그 아이가 눈을 동그랗

게 뜨고는 "다른 사람들이 널 싫어하는 이유랑 똑같아."라고 했던 날 이후로는. 내가 아무리 많은 대답을 해 준들, 내가 그들에게 받아들여지게 해 달라고 아무리 기도한들, 나는 백인 마을의 한국인이라는 현실에서 절대로 벗어나지 못할 것만 같았다. 진실은 가톨릭 학교에서의 일상적 괴롭힘만이 아니라 내 영어에 대한 '칭찬'과 **진짜로** 어디서 왔느냐는 모든 질문 속에 있었다.

우리 부모님은 분명 절대 이 사실을 받아들이지 않았을 것이다. 두 분에겐 내가 **자신들의 한국인 아이**가 아니라 그냥 **자신들의 아이**, 하느님의 특별 선물이었다. 두 분은 너무도 오랫동안 기다린 끝에 나를 얻은 거였고, 이 빛나는 서사에는 내가 겉도는 이유를 설명해 줄 여지가 없었다. 내가 이곳, 이 마을, 이 삶에 속하지 않는 것 같다고 말하면 부모님은 큰 배신감을 느꼈을 것이다. 틀림없이 두 분 귀에는 내가 우리 가족에 소속감을 느끼지 않는다고 생각한 걸로 들렸을 것이다.

나처럼 공상하기 좋아하고 이상한 외로운 아이가 불편한 공간들로부터 도망치려고 이야기에 의지하는 건 당연한 일인지도 모른다. 그 이야기가 이미 책으로 나온 것이든 아니면 아직 쓰이지 않은 것이든 말이다. 쉬는 시간에 반 친구들을 마주하기 힘들 때면 나는 보통 도서관 출입증을 요청했다. 그곳에서는 사서가 방긋 웃으며 내게 중급 책장을 가리켰다. 고요한 책장 사이를 지나며 책등을 훑다 보면 어느새 가슴속 긴장의 끈이 슬그머니 풀렸다. 나는 도서 목록 카드 보관함 뒤 커다란 나무 테이블에서 책을 탐독하면서, 내가 친구라고 여긴 라모나 큄비와 세라 크루, 맥 머리, 앤 셜리 같은 인물들과 모험을 하며 살았다. 하지만 내가 아무리 이 용감한 여주인공들을 사랑한들 그들 역시 전부 백인이었다. 당시에 내가 읽은 책 중 아시아계 미국인 주인공이 나오는 유일한 어린이 책은 『만자나르여 안녕』이라는 회고록으로, 저자 진 와카추키 휴스턴 가족이 일본계 미국인 포로수용소에 감금됐던 일에 관한 이야기였다. 내가 보는 텔레비전 프로나 영화에서, 우리 엄마와 할머니가 사랑하는 고전 영화에서 나처럼 생긴 사람은 아예 찾아볼 수 없거나 웃음거리로 나왔다. 꾸벅 절을 하면서 씩 웃거나 악센트가 심한 말만 겨우 한두 마디 했고, 때로는 과장된 화장을 하고 눈에 테이프를 붙인 백인이 나와 아시아계 미국인 흉내를 내기까지 했다. 스스로를 꼭 그런 웃기거나 말 없는 사람, 비극적인 흉내의 대상으로 볼 필요가 없다는 건 나도 알았지만 그게 내게 주어진 전부였다.

대학에 들어가기 전까지 내가 날마다 쓰던 이야기들은 어딘가에 소속되는 꿈을 꾸는 장소가 되어 주었다. 내가 만든 세상들은 일종의 은신처였지만 내 창작물 속에서 나의 자리를 찾기까지 오랫동안 애를 먹었다. 가장 자유롭게 상상력을 발휘해 내가 살아가는 현실의 한계 너머를 응시할 때조차 나 같은 누군가가 이야기의 중심에 있는 모습은 잘 그려지지 않았다. 소설을 쓴답시고 볼펜과 스프링 노트를 가지고 침대에 엎드려 있으면 납치당한 친구를 구하는 어른보다 더 똑똑한 여자아이, 알래스카 아이디타로드에서 개썰매 경주를 하는 여자아이, 우리 은하 너머로 여행하는 여자아이가 떠올랐지만, 그 아이들은 하나같이 백인이었다. 영웅이 되려면 아름답고 흠모받는 존재여야 한다고 생각했고, 그런 존재가 되려면 백인이어야 했다. 저 바깥 세상에는 나 같은 아시아인 여자아이가 헤아릴 수 없이 많고 크건 작건 저마다의 드라마의 주인공이라는 생각은 아직 떠오르지 않았다. 내가 그렇게 살지도, 그런 걸 보지도 못한 터였다.

열 살 무렵 어느 봄날, 부모님은 나를 데리고 시애틀에 갔다. 가파른 언덕길을 걷고 또 걸었던 기억이 난다. 도시 위로 우뚝 솟은 눈부신 레이니어산 봉우리도. 페리 갑판에 서서 배가 느릿느릿 육지를 향해 나아가며 일으키는 물결 속 흰 포말을 바라보고 있으려니 흡사 마천루 꼭대기에 올라탄 기분이었다. 부모님은 자신들이 세 들어 살았던 다락방 집으로 차를 몰았다. 집 앞에 다다라 인도 가까이에 차를 대고, 내가 스물 몇의 아버지나 어머니가 꼭대기 층 창밖을 내려다보는 모습을 상상할 수 있을 만큼 한참을 그곳에 머물렀다.

그 여행에서 가장 좋았던 코스는 차이나타운 국제 지구의 거대한 아시아 슈퍼마켓 나들이였다. 그 동굴 같은 상점은 우리가 다니던 푸드포레스 슈퍼마켓과는 완전 딴판이었다. 진기한 냄새가 곳곳에서 피어오르고, 갖가지 상자와 나무통에 가득한 채소와 과일, 활어 수조, 얼음 위의 해산물과 고기가 사방에 꽉꽉 들어차 있었고, 온갖 종류의 도자기와 옻칠 젓가락이 뒤죽박죽으로 진열되어 있었다. 만져 보고 맛보고 구경할 게 수만 가지였지만 나를 매료한 건 사람들이었다. 그전까진 온통 아시아인뿐인 곳에 있어 본 적이 한 번도 없었기 때문이다.

물론 아시아인을 본 적은 있다. 우리 동네에서 어쩌다 한 번씩, 그리고 우리가 지난날 여행한 어떤 곳보다 이번에 이곳 시애틀에서 훨씬 많이. 하지만 이 마법 같은 상점은 사방팔방에 전부 아시아인이었다. 바쁜 아시아인 쇼핑객들이 쇼핑 목록을 적은 종이를 쥐고 잰걸음으로 우리를 지나쳐 갔다. 아시아인 할머니들과 아주머니들은 날카로운 눈으로 물건을 훑어보고, 큰 자루를 집어 들고 무게를 가늠했다. 아시아인 부모들은 한 손으론 카트와 유모차를 밀고 다른 한 손으론 아이의 손을 잡고 끌고 다녔다. 어머니와 나는 나의 아기 적 사진들에서 본 것과 똑같은, 중력을 거스르듯 위로 뻗친 머리카락에 터질 듯한 볼을 가진 아기들을 보고 동시에 소리 내며 경탄했다. 어머니는 그 머리카락을 누이려고 별의별 시도를 다 했더랬다. "쟤네 중에 하나 집에 데려가고 싶지 않아?" 어머니가 내게 말했다. "네 동생 하게!"

우리 동네에서 나는 아시아 사람을 볼 때마다 몰래 숫자를 셌다. 그중 몇과는 고개인사를 나누는 사이였다. 미닛마켓 아주머니, 중식당 주인 부부, 늘 도넛 덴 카운터 뒤에 서 있는 부부 같은 사람들이었다. 몇 달, 심지어 몇 년 동안 새로운 아시아인을 한 번도 못 보고 지나간 적도 있었다. 이번 여행에서 시애틀을 걸어 다니면서 예의 아시아인 숫자 세기 놀이를 해 보려 했지만, 번번이 몇까지 헤아렸는지 놓치고 말았다. 마침내 여기선 내가 눈에 띄지 않았다. 여기선 아무도 나를 두 번 쳐다볼 이유가 없었다. 아니, 사실 몇몇 행인은 아마 우리를 흘깃 쳐다봤을 것이다. 눈을 반짝이며 내 백인 부모를 봤다가 내 얼굴을 다시 본 사람도 있었을 것이다. 하지만 그렇게 많은 사람 중 하나가 되는 건 너무도 새롭고 신나는 경험이었다. 어쩌면 내가 살아갈지도 모르는 세상을 슬쩍 엿본 느낌이었다.

우리 부모님은 왜 **이런** 곳에서 날 키우지 않은 걸까? 여기로 이사 오면 안 되느냐고 내가 물었을 때 두 분은 내가 농담을 하는 거라 여겼을 것이다. 하지만 전혀 농담이 아니었다. 그때 내 마음속에는 낯설지만 희망에 찬 생각의 씨앗이 하나 심어졌다. 저 머나먼 한국이 아닌 바로 이곳 내 나라에, 내 얼굴이 유다르게 여겨지지 않는 장소가 실재한다는.

여기선 아시아인을 셀 수가 없었다. 하지만 곧 다른 비밀

게임을 하나 만들어 냈다. 비록 친가족을 만날 일은 절대 없다고 생각했지만―설령 만난다 해도 내 백인 부모와 함께 시애틀 거리를 돌아다니는 나를 틀림없이 그쪽에서 먼저 알아보고 피할 것이다―그 주 내내 나는 지나가는 아시아 사람들 얼굴을 자세히 훑어보며 다녔다. 어머니 또래 아시아 여자를 스쳐 지나갈 때마다 혹시 저 사람이 엄마가 아닐까, 아니면 적어도 친척이거나 내 친가족을 아는 사람은 아닐까 하는 생각을 멈추지 못했다. 전부 아직 여기 살고 있을지도 몰랐다. 피로 이어진 사람들이 우연히 마주칠 때 그냥 지나칠 수 있을까? 양쪽 모두 직감하거나 알아보지 못하고 완전히 모른 채로 그냥 멀어져 갈 가능성은 절대 없을 것만 같았다.

만약 내가 길에서 그들 중 한 사람 옆을 지나가게 된다면 틀림없이 알아보지 않을까? **그냥 알 것이다.** 나는 상상해 보았다. 친모와 내가 지나가다가 불현듯, 거부할 수 없이 서로에게 이끌리는 장면을. 친모 안의 무언가가 나를 소리쳐 부를 것이다. 그러면 나는 찰나의 낯익음에 이끌려 친모의 얼굴을 자세히 들여다 볼 테고, 그러는 사이 어떤 기억이 되살아날 것이다. 우리가 모르는 사람들처럼 그냥 스쳐 지나가 다시는 서로 못 만나고 계속 모른 채 살아가는 일은 결단코 없을 것 같았다.

휴가가 끝나 갈 무렵 우리는 내가 신생아 때 머물렀던 병원에 방문했다. 딱히 볼일은 없었기에, 우리가 어떻게 신생아 병동에 들어가 유리창 너머 플라스틱 침대 안에 줄줄이 누워 있는 신생아들을 볼 수 있었는지 모르겠다. 아마 어머니나 아버지가 직원들에게 내가 여기서 태어났다고, 입양을 기다리는 몇 달 동안 여기가 내 집이었다고 설명했을 터이다. 엄마 아빠는 유리창 너머의 신생아들을 바라보면서, 자신들이 이곳까지 차를 몰고 달려오는 내내 얼마나 조바심쳤는지, 속도를 줄이느라 어찌나 애를 먹었는지 내게 말해 주었다. 두 분이 의사를 만나 이야기를 나눈 다음 당직 간호사 품에서 포대기로 똘똘 싸 놓은 나를 건네받아 안은 이야기도 해 주었다. 그때 나는 마치 작별 인사라도 하는 양 목청껏 울었다고 했다.

"의사가 뭐라고 했어요?" 그 이야기는 이미 수없이 들었음에도 나는 또 물었다.

어머니는 내가 이미 아는 그 장황한 의학적 예측을 또다시 들려주었다. "그래도 우린 그렇게까지 걱정 안 했어." 어머니가 말했다. "우리가 아는 모든 사람이 다 널 위해 기도했으니까."

모자를 쓰고 병원 담요에 돌돌 싸여 있는 아기들을 바라보고 있자니, 나는 의사들이 틀렸다는 걸 증명하는 것으로 삶을 시작했구나 하는 생각이 들었다. 부모님은 모든 걸 기도에만 맡기지 않았다. 내가 기억도 못 할 만큼 어렸을 때 수많은 검사와 테스트를 했을 뿐 아니라 세 살 때쯤엔 조산아 연구에도 참여

시켰다. 연구자들은 나와 다른 아이들에게 모양, 색깔, 음식 이름 등을 물어봤고 나는 질문마다 엉터리로 대답했다. 햄버거를 핫도그라고 하고 동그라미를 네모라고 했다. 그리고 답을 알아도 계속 "몰라요."라고 대답했다. 아버지는 지금도 내가 조사원들에게 발랄하게 말한 그 엉터리 대답이 떠오를 때마다 혼자 껄껄 웃었다. 하지만 그 사람들이 내게 그림을 한번 그려 보라고 했을 때 내가 그들을 몹시 당황하게 만들었다고 한다. 아버지에 따르면 내가 "앗, 이제 상상력을 이용해야겠군요!" 하고 외쳤다는 거였다. 그러고는 그 사람들에게 그림을 건네면서 그 장면에 담긴 이야기를 미주알고주알 떠들어 댔다고 한다. 조사원들은 궁금했다. 어떻게 색깔도 모르는 이 불쌍한 애가 그 자리에서 이런 이야기를 만들어 낼 수가 있는지. 이 아이의 어휘력은 대체 어디서 온 건지.

　나중에 아버지가 어머니에게 그 이야기를 했을 때 어머니는 고개를 내저었다. 내가 일부러 테스트를 망쳤을 거라는 생각은 전혀 해 보지 못한 터였다. 어머니가 내게 왜 그랬느냐고 물었을 때 나는 사람들이 질문을 해 대는 게 싫었다고 했다. "그 사람들은 내가 무슨 바보인 것처럼 말했어."

　청결한 복도를 지나 병원을 나오면서 나는 우리 곁을 스쳐 지나가는 사람을 일일이 쳐다보았다. 내심 혹시나 부모님이 알아보는 의사와 마주칠까 싶어서였다. 내가 다니던 소아과 의사는 여자였지만, 무슨 이유에선지 내 이야기 속 비관적이고 자신 만만한 의사는 남자로 그려졌다. 그 의사는 안경을 쓰고, 성큼 성큼 걷고, 눈은 아래로 내리깐 채 차트에 적힌 무언가를 읽고 있을 것이다. 우리 부모님은 그를 멈춰 세우고 이렇게 말할 것이다. "아이고, 선생님, 저희 기억하세요? 1981년에 우리가 요 귀여운 여자아이를 입양하러 왔었잖아요!" 의사는 나를 찬찬히 보면서 어떻게 지내느냐고 물을 것이다. 그러면 나는 이렇게 말하리라. "저는 잘 살아 있고 완전히 멀쩡해요. 제가 이런 건 의 사들이 항상 옳은 건 아니라는 걸 보여 주죠." 의사는 당황한 표 정을 지어 보일 것이었다. 어쩌면 사과를 할지도 모른다. 그때 부모님이 끼어들어 언제나처럼 기도 이야기와 천사들이 나를 돌봐 준 덕분이라고 하겠지만 의사와 나는 진실을 알고 있을 터 이다. 내가 기적이 아니라는 것을. 나는 파이터였고 운도 좋았 다. 게다가 아무리 똑똑하고 경험 많은 사람이라도 조막만 한 아기를 보고 그 아기가 정확히 어떤 사람으로 자랄지, 무엇이 될지는 알 수 없는 노릇이니까.

그 뒤로 며칠, 몇 달 동안, 그리고 몇 년 동안 내가 출생한 도시 를 방문한 일에 대해 생각하면서, 고작 여행자의 눈으로 본 도 시가 어떻게 그렇게 집처럼 편안하게 느껴질 수 있는지 궁금해 했다. 그 여행 이후로 한 가지 생각이 자라기 시작했다. 오래전 내가 너무 일찍 태어나는 바람에 인생 항로가 바뀌었을 때, **나는** 무언가를 잃어버리기도 했다고. 단지 개인사나 내 뿌리와 관련된 사람들을 알 기회만 상실한 것이 아니었다. 나는 내 존재가 그저 받아들여지거나 용인되는 게 아니라 당연하게 여겨지는 곳, 말하자면 다른 사람들이 내 모국어를 말하는 것을 듣는 곳, 나 같은 사람들이 불가사의한 존재가 아니라 평범한 존재인 곳에서 자랄 기회를 놓친 것이었다.

부모님이 나를 데리고 시애틀에 간 건, 우리가 운명적으로 만나게 된 곳을 내게 보여 주고 싶어서였지 나로 하여금 이후의 삶에 대해 의문을 품게 하려는 것은 아니었다. 물론 내가 그 의문을 소리 내어 외친 건 아니었다. 내 반란은 더 조용하고 몽상적이고 진행형이었으며, 온전히 글쓰기로만 이루어졌다. 글쓰기는 내게 여러 가지 역할을 했다. 실험 수단이자 소망 실현의 방편이었다. 조금씩 실력이 향상하자 내가 쓴 이야기를 믿을 만한 선생님 두어 분과 나누었고, 그렇게 자긍심의 원천이 되기도 했다. 하지만 그날 이후 확장된 창작 생활이 생존과 관련해 어린 내게 가져다준 가장 중요한 것은, 우리 백인 고향 동네에서는 볼 수 없는 세상을 상상해도 된다는 허가증이 되어 준 것이었다. 나는 오직 노트 위에서만 더 낫게, **옳게** 느껴지는 세상을 만들었고, 그 안에서만 살 수 있었다. 학교에서도 가족 안에서도 동네에서도 여전히 혼자였지만, 처음으로 아시아계 미국인

인물들이 등장하는 이야기로 공책을 채울 수 있었다. 어린 시절은 '견뎌야 하는' 것이었지만, 어른이 되면 내가 살 곳을 직접 고르고 그곳에서 나만의 이야기를 만들어갈 수 있을 터였다.

그래서 나는 이야기 속 인물들을 어른으로 만들었다. 물론 어른들의 세계에 대해선 거의 아무것도 아는 게 없었지만 말이다. 그들을 이름 없는 대도시의 언덕 꼭대기 집이나 화려한 아파트에 살게 하고, 그들의 삶과 일터와 역사를 다양한 배경을 가진 사람들, 자신들을 제대로 보고 이해하는 사람들로 채워 넣었다. 당시에는 내가 만든 이야기를 통해 이런 삶을 내 것이라 주장하는 것이 얼마나 반항적이고 소망 충족적인 행동인 줄 몰랐다. 대부분의 책에서 입양인은 여전히 어른이 아니다. 핵심적인 힘이나 수단이나 욕망을 가진 존재가 아니다. 우리는 고아원에 있는 아기들이다. 주변과 어울리지 못하는 아이들이다. 우리를 입양한 가족이 힘겹게 지켜 주고자 싸우는 헤매는 영혼이고, 희망의 대상, 아이를 원하는 미래의 부모의 넓은 마음씨를 드러내는 표상, 충족된 소망이다. 우리는 욕망의 대상이고, 발견되고 구원받지만 절대 자라지 않고, 절대 완전히 우리 자신이 되지 않는다.

어렸을 때 글쓰기는 알 수 없는 미래를 내다보는, 이야기 속 입양인들은 좀처럼 갖지 못하는 미래를 내다보는 나만의 방식이 되었다. 그것은 어떻게든 **더 나아질** 거라고 상상하는 일이었다. 부모님은 그런 걸 기대하지도 않았을 테고 충분히 이해하지도 못했겠지만 내게 공책을 사 주었고, 이후 전자 타자기와 중고 컴퓨터를 사 주면서 글쓰기를 장려했다. 두 분은 내가 어쩔 수 없다는 듯 슬쩍 내밀어 보여 준 걸 읽었고, 내가 이 다른 존재들을 상상하며 보낸 시간들에 대해 결코 뭐라 하지 않았다.

상상 속 이야기를 은신처 또는 구조선 삼아 의지했다고 해서 내가 더는 다른 사람이 되기를, 즉 백인이길 바라지 않게 된 건 아니었다. 그런 변화는 더 나중에 올 것이었다. 그 오랜 은밀한 욕망이 증발한 순간을 정확히 가리키지 못하도록 아주 천천히 이루어질 것이었다. 시애틀에서든 어디에서든 어른이 되기 전에는 내가 한국인이라는 사실도 실감하지 못했다. 여전히 나는 그게 무슨 뜻인지, 대체 내가 뭘 잃어버렸는지를 몰랐다. 만약 그때 누가 한국어 공부를 권하거나 입양 '문화 캠프'에 가 보지 않겠느냐고 물어봤다면 나는 틀림없이 지금의 다른 일부 입양인들처럼 거절했을 것이다. 아시아인이 혼자임을 뜻하는 거라면 나는 아직도 거기에 속하고 **싶지** 않았다.

그래도 내가 만든 이야기 속에서 나 같은 누군가가 행복하고, 받아들여지고, **평범한** 곳을 그려 보면서 전에 몰랐던 힘을 어느 정도 발견하게 되었다. 내가 그린 여주인공들은 혼자가 아니었고, 나 역시 그럴 필요가 없었다. 저 바깥 어딘가에는 내가 원하는 삶, 조만간 내가 찾아낼지도 모르는 삶이 있었다. 그리고 전에 찾아온 적 없는 돌연한 인식의 빛을 마주한 시애틀에서 보낸 한 주, 즉 다른 아시아계 미국인으로 북적이는 낯선 도시의 거리를 돌아다니며 내가 속한 사람들, 내 부모와 닮았을 낯선 이들의 얼굴에 자꾸만 이끌렸던 그 주보다 더 그런 삶이 가능해 보인 적은 없었다.

정 씨네 아기 입양을 맡은 변호사 캐시는 그전부터 친부모를 알았다. 최소한 얼굴은 말이다. 몇 년 뒤 변호사가 뜬금없이 가게에 나타났을 때 친모는 그를 즉각 알아보았다. 친모는 그의 이름을 부르면서 반겼다. 그리고 계산대 뒤에서 목소리를 낮추더니 똑같은 질문을 하고 또 했다. "그 아이 지금 어떻게 지내는지 아세요? 지금 어떻게 됐는지?"

캐시는 여전히 입양 관련 일 경험이 많지 않았다. 게다가 이 건은 다소 특이한 '특수 입양'이라 부르는 사례여서 일이 일사천리로 진행됐다. 그리고 그리 중요한 건 아닐지 모르나 두 가족은 너무도 다른 세계에 있었다. 유일한 공통점은 일이 성사

되자 양쪽 모두 무척 안도한 것 같았다는 점이다.

변호사는 그 아이가 어떻게 지내는지는 고사하고 어디서 지내는지도 확실히 몰랐다. 입양 가족과는 그간 연락을 안 하고 지낸 터였다. 설령 알고 있다 해도 그 부모의 동의 없이는 어떤 정보도 줄 수 없었다. 친모는 이에 굴하지 않고 사진을 보여 달라고 했다. 그리고 아이와, 아이 부모와 이야기하고 싶다며 변호사에게 대신 물어봐 달라고 부탁했다.

변호사는 양쪽 부모 중 어느 쪽도 약속 변경을 요청하리라고는 예상치 못했다. 그럼에도 입양 부모에게 연락을 시도해 볼 수는 있다고, 그 사람들이 아직도 같은 주소지에 살고 있는지 편지를 보내 보겠다고 친모에게 말해 주었다. 하지만 접촉을 받아들일지는 온전히 그 사람들 결정에 달려 있었다. 일단 입양이 최종 결정되면 친부모에겐 아무 법적 권리도 없었다. 설령 양측이 입양 당시에 열린 조건, 이를테면 편지, 사진, 전화 등을 주고받는 데 합의했다 해도 친부모는 그저 구두 약속에만 의지해야 했다. 입양 가족은 이유를 밝히지 않고 언제든지 연락을 끊을 권리가 있었다.

캐시는 친모의 요청을 설명하는 편지를 보냈다. 사실 입양 부모가 이것을 양측이 합의한 비밀 입양 규칙을 위반하려는 시도가 아닌 다른 무엇으로 본다는 건 상상하기 어려웠다. 틀림없이 두 사람은 기분이 언짢을 것이었다. 입양 절차가 진행되는 내내 양쪽 가족 간의 소통을 피하는 일에 그 사람들이 얼마나 단호했는지 모른다. 그 사람들은 아이 친가족에 대한 자신들의 우려를 숨기지 못했고 친부모의 이름조차 알고 싶어 하지 않았다. 그들 생각에 입양의 안정성과 아이의 안전, 안녕을 위해선 원가족과 자신들 간에 확실한 선을 긋는 일이 필수 조건이었다.

몇 주 동안 아무 대답이 없었고 변호사는 이를 그리 뜻밖으로 여기지 않았다. 마침내 캐시가 양부모로부터 답장을 받았을 때 그 내용 또한 놀랍지 않았다. 너무도 평이해서 어떤 아이에게도 해당할 수 있는 말이었다. 아무라도.

'아이는 잘 지내고 있습니다. 건강하고, 공부도 아주 잘합니다.'

캐시는 이 소식을 기꺼이 친모와 나누고 싶었다. 하지만 사진은 들어 있지 않았다.

밑에는 이렇게 덧붙여져 있었다.

그분에게 우리는 연락을 원치 않는다고 전해 주세요.

　　　　　　　　　　　　　　　　✦

"아빠, 혹시 내가 어떻게 다른 사람들 아이가 아니라 아빠랑 엄마 아이가 됐는지 생각해 본 적 있어요?"

　아버지와 나는 〈스포츠 센터〉 아니면 〈베이스볼 투나잇〉을 보면서 아버지가 매니저로 일하던 식당에서 가져온, 팔다 남은 피자를 먹고 있었을 거다. 고등학생 때였는데, 그날 저녁에 내가 무슨 바람이 불어 그런 질문을 했는지 모르겠다. 아마 철학적인 생각을 좀 하고 싶었던 모양이다. 고향에서는 기대할 게 아무것도 없다는 걸 깨달은 나는 고등학생 시절 내내 한쪽 발은 이미 집 밖에 걸쳐 놓고 있었다. 그토록 오래 묶여 있던 삶이 이제 막 항로를 바꿀 참이었기에 내가 살았을지도 모르는 더 신나는 다른 삶을 상상하곤 했다. "너무 우연인 것 같아서요. 그렇게 생각 안 하세요?" 나는 더 밀어붙였다. "제가 **누구한테라도** 입양 됐을 수 있었잖아요."

아버지는 농담 선수였고 가장 솔직한 질문에조차 진지하 게 대답하는 일이 없었다. 하지만 이번만은 정말 잽싸고 굳건하 게, 절대적 진리를 말하는 양 대답했다. "하느님은 우리가 널 키 우기를 원하셨어. 우리가 널 입양하게 된 과정에서 정말 많은 일이 일어났지. 그분의 계획이 아니었다면 절대 일이 그렇게 딱 딱 맞아떨어졌을 리가 없어."

아버지는 그 익숙한 이야기를 반복했다. 리즈가 어떻게 나 에 대해 알게 됐는지, 어떻게 자신들에게 그 이야기를 하게 됐 는지를. 부모님이 리즈 부부에게 내 대부모가 돼 달라고 부탁한 것은 그에 대한 감사의 표시였다. 나는 두 분을 딱 한 번 만났다. 우리 마을의 유일한 가톨릭교회에서 두 분이 우리 부모님 옆에 서서 앞으로 날 위해 기도하고 믿음 안에서 키우는 걸 돕겠다 고 맹세하던 날이었다. 내가 그 두 분과 이렇게 영원히 연결된 사이라는 게 나는 늘 이상하게 느껴졌다. 우연히 구축된 관계가 세례라는 의식으로 확인받은 사실이, 가족 설화에서 전달자 역 할을 한, 만난 기억조차 없는 이 인물이 우리 부모님을 내게 안 내해 줄 때까지만 우리 삶에 끼어 있었다는 사실이.

아빠가 다시 야구 하이라이트 장면으로 시선을 돌렸을 때 나는 다시 내 대모와, 감청색 앨범 속 빛바랜 사진들로 박제된 세례식과, 내 입양으로 이어진 그 모든 우여곡절을 생각했다. 나는 기적이라는 자애로운 신의 손길을 믿도록 키워졌다. 우리 가족의 독실한 가톨릭 신앙은 종종 내가 잃어버린 한국 유산의 대체물 역할을 했고 나는 그 압도적 영향 아래에서 자랐다. 성탄절 연극과 사순절 수프부터 성경책 사이에 잔뜩 끼워 둔 성화 카드와 등교 전 어머니가 이마에 성호를 그어 주는 데 사용한 작은 십자가까지, 가톨릭 육아에는 리듬과 의례, 의미와 상호 연결감이 있었다. 나는 오랫동안 그 안에서 위안을 찾았다.

두 분 중 한 분이 내 입양을 신의 명령으로, 거의 성경에 나올 만한 이야기로 설명한 게 이번이 처음은 아니었다. 비록 내가 무슨 갈대를 뽑아 만든 바구니에서 발견된 건 아니었지만 말이다(성경에서 아기 모세가 바구니에 실려 발견된 이야기를 말하는 것—옮긴이). 하지만 알게 모르게 내 입양이 이루어지게 만든 모든 요인을 생각해 보면 더는 그걸 누군가의 계획이었다고 믿을 수 없었다. 항상 내 친부모는 나를 직접 키울 수 있길 바랐다고 들었지만, 만약 그게 사실이라면 왜 하느님은 **그분들이** 원하는 건 별로 신경을 쓰지 않았는지 의문이 드는 것이다.

지금은 이해한다. 입양이 신의 섭리라는 생각에 우리 부모님이 이끌린 이유를. 오랫동안 입양 부모들은 대개 그런 정서를 가졌다고 한다. '우리는 어차피 만날 인연이었어', '우리는 서로를 위해 태어났어!' 같은 선언은 낭만적인 관계에서만 하는 게 아니었다. 이런 말은 종교가 있든 없든, 자기 아이가 빠진 삶은 상상도 못 하는 수많은 입양 부모들에게도 진실처럼 들렸다. 과연 얼마나 많은 부모가 그런 삶을 상상할 수 있을까? 또, 신이 내려준 축복에 과연 누가 의문을 품을 수 있을까?

만일 어떤 아이를 입양하는 일이 운명이고 미리 정해진 일이라면, 상실과 편견에 대해 적당히 얼버무리고 부모와 아이의 생이별을 정당화하기가 더 쉽다. 내 부모의 경우, 우리 가족을 위한 신의 의지를 믿는 일이 두 사람이 부모가 되기 위해 겪은, 때로는 고통스러웠던 기나긴 기다림에 틀림없이 의미를 더해주었을 터였다.

하지만 나를 키우는 법을 아는 게 늘 쉽지만은 않았기 때문에라도 하느님이 자신들에게 나를 보내 주었다고 믿고 싶었을 것이다. 이야기는 별로 하지 않았지만 두 분도 내가 두 분과 닮지 않은 것 때문에 힘들어하고, 내가 심겨진 이곳에서 늘 소외감에 시달린다는 걸 알았다. 그로 인해 시험에 처한 기분이나 길을 잃은 기분마저 들 때면 우리 가족이 전지전능한 신에 의해 만들어졌다고, 예전부터 이미 운명 지워진 것이기에 무슨 일이 있어도 실패할 수는 없다고 믿는 게 위안이 됐을 것이다.

고등학생이 된 나는 그 상자를 다시 꺼냈다. 내가 까맣게 잊어버린 사이 저 위 선반에서 먼지만 쌓이고 있던 상자였다. 불현듯 그 안에 든 꼬깃꼬깃 접힌 종이들이 떠올랐고, 이제 그 오래된 종이에 적힌 말들을 어렸을 때보다 더 잘 이해할 수 있을지도 모르겠다는 생각이 들었기 때문이다.

내가 커 갈수록 나도 부모님도 우리의 오래된 이야기를 되밟고 싶은 욕구를 점점 덜 느끼게 되었다. 이에 대한 대화가 줄었다는 점이 적어도 내 쪽에서는 호기심 결여를 뜻하는 건 아니었다. 내 존재에 관한 신화 같은 이야기에 대놓고 의문을 제기하진 않았지만 나는 늘 추측과 사실 간의 빈틈을 채워 넣을 단서에 민감했다. 어쩌다 내 입양 이야기가 나오면 귀를 쫑긋 세우고 어떤 암시나 새로운 사실의 흔적을 찾았다.

가끔 염탐도 했다. 그리 어려운 일은 아니었다. 우리 집은 크지 않아 각자의 사적 공간이랄 게 별로 없었다. 부모님이 귀중품과 민감한 물건 들을 보관할 수 있는 곳은 한정적이었다. 나는 어머니가 자기 이모에게 받은 자수정과 석류석이 박힌 오래된 반지 등 가장 아끼는 보석들을 세련된 머틀우드 보석 상자 맨 아래 칸에 둔다는 걸 알았다. 아버지는 사인 받은 야구공을 유일한 타이 핀이 든 상자에 넣어 두었고, 내가 시애틀 병원에서 집으로 올 때 입었던 딸기 패턴 원피스는 아버지의 서랍장 맨 위 칸 양말 밑에 묻어 두었다.

물론 신발 상자 깊이에 폭은 그보다 두 배가량 되는, 화려한 조각 장식이 달린 '그 나무 상자'에 대해서도 알았다. 어렸을 땐 그걸 보물 상자라고 상상했다. 그 상자를 뒷마당에 파묻은 다음 이웃 아이들에게 그 위치를 표시해 놓은 보물 지도를 그려 주고 찾게 하는 상상을 하곤 했다. 그러다 언젠가 그 상자를 직접 뒤져 보고는 몹시 실망했다. 아버지가 절대 안 차는 커프스단추 한 쌍, 부모님의 혼인 증명서, 어머니의 돌아가신 아버지와 아버지의 돌아가신 어머니 사진 몇 장, 그리고 나한테는 아무 의미도 없는 종이 쪼가리들뿐 특별히 신기한 물건은 하나도 없어서였다.

그걸 다시 뒤져 보았을 때 가장 눈에 들어온 건, 사진들 사이에 파묻혀 있는 살짝 빛바랜 리걸 사이즈 봉투였다. 그 위에는 시애틀 주소가 찍혀 있고 안에는 500달러 청구서와 다음과 같은 명함이 들어 있었다.

캐시 L. 샌더슨
변호사

돌연 내가 어렸을 때 사랑한 미스터리 시리즈물 속 아마추어 탐정이 된 기분이 들었다. 하지만 나는 소녀 탐정 낸시 드류가 된 것도, 모르는 사람의 비밀을 염탐하는 것도 아니었다. 이 단서는 **나 자신의** 인생에 관한 정보로 연결될 수 있었다. 부모님은 내 입양이 어떤 기관이 아니라 개인 변호사에 의해 이루어졌다고 내게 말한 적이 있었다. 그렇다면 혹시 이 사람이 바로 그 사람일까?

어떻든 500달러라는 돈은 그 구매 대상이 아기라고 한다면 너무 많은 것도, 적은 것도 같았다.

나는 캐시 L. 샌더슨 변호사의 전화번호를 옮겨 적은 다음 모든 물건을 도로 상자 안에 집어넣고 꼭대기 선반에 다시 올려 놓았다. 그리고 안 쓰는 방에 들어가 문을 잠그고 울퉁불퉁한 매트에 앉아, 내가 8학년 때 용돈을 모아 산 전화기로 손을 뻗었다. 그걸 살 당시에는 그게 그렇게 멋져 보일 수가 없었다. 수화기의 플라스틱 외장 안으로 무지갯빛 전선과 부품이 훤히 들여다보였고 벨이 울리면 숫자에 불이 들어왔다. 나는 캐시 L. 샌더슨의 번호를 눌렀다. 몹시 불안한 마음으로, 그리고 왠지 모를 죄책감을 느끼면서. 귀는 부모님 중 한 분이 집에 들어오는 소리를 탐지하는 데 반쯤 쏠려 있었다.

몇 차례 신호가 울리고 어떤 여자가 전화를 받았다. 프로다운 차분한 목소리였다. "캐시 샌더슨 사무실입니다."

"여보세요." 내 목소리가 내 귀에도 어린아이 목소리처럼 들렸다. "혹시 캐스…샌더슨 씨인가요?"

"변호사님은 지금 사무실에 안 계세요. 누구라고 전해 드릴까요?"

나는 내 성과 이름을 철자까지 또박또박 알려 주었다. 그는 용무가 뭐냐고 물었다. 사실대로 말하는 게 좋을지 아닐지 확신하지 못했고, 전화를 거는 데 신경을 곤두세울 대로 곤두세운 나머지 둘러댈 말이 생각나지 않았다. "그분이 1981년에 제 입양 일을 다뤘던 것 같은데요, 그 일로 뭘 좀 물어보고 싶어서요."

심장이 쿵쾅거렸다. 이제는 탐정이 아니라 범죄자가 된 기분이었다. 그냥 끊어 버릴까? 캐시 샌더슨이 진짜로 나한테 답신 전화를 하면 어떡하지?

문득 할머니 할아버지와 본 범죄 법정 드라마에서 들은 문구가 스치듯 떠올랐다. '의뢰인 비밀 유지 의무.' 변호사는 아마 내게 아무것도 말해 줄 수 없을 것이다. 500달러를 지급한 건 부모님이었으므로 그는 내가 아닌 부모님의 대리인이었다.

여자는 웃지도, 시간 낭비하지 말란 말도 하지 않았다. 대신 충실하게 우리 집 전화번호를 받아 적었다. 그런데 그것도 곤란한 일이었다. 내겐 번호가 따로 없었다. 부모님은 그런 추가 비용에 대해선 생각도 해 본 적 없을 터였다. 만약 캐시가 우리 집 번호로 전화해서 나를 바꿔 달라고 하면 부모님은 무슨 생각을 하실까? 수화기를 내려놓으면서, 될 대로 되라는 식으로 행동한 나 자신을 책망했다.

그럼에도 도저히 참지 못하고 그 주 말이었나, 그다음 주에 한 번 더 전화를 걸어 메시지를 남겼지만, 캐시와 나는 수년이 흐르고 나서야 이야기를 나눌 수 있었다. 그는 끝까지 우리 부모님의 충실한 변호인이었다. 마침내 캐시가 마지못해 내 전화를 받아 내 모든 질문에 대답해 준 것도 부모님이 그렇게 해 달라고 부탁해서였다.

"내 입양을 담당한 변호사가 누구였어요?" 나는 캐시 샌더슨 사무실에 몰래 전화하고 얼마 안 있어 어머니에게 짐짓 차분한 목소리로 물었다.

"캐시." 어머니는 잠깐 멈칫하더니 대답했다.

나는 성이 빠진 사실에 주목했다. 잊어버린 걸까, 아니면 내가 모르길 바랐던 걸까?

"얼마 들었어요?"

"다행히 그렇게 큰돈은 아니었어." 부모님은 늘 돈에 쪼들리며 살았다. 그래서 내가 고등학교 2학년 때부터 학점과 시험 점수, 대학교 학자금 지원 같은 것에 조바심치며 신경을 쓰곤 했다. 엄마는 이렇게 덧붙였다. "사실 그 두 배가 될 수도 있었는데."

점점 뭔가를 숨기는 듯한 느낌이 들기 시작했지만 그래도 엄마는 아예 입을 다물어 버리진 않았다. 나는 입양 뒤에 변호사한테서 연락 받은 적이 있는지 물었다. 나는 기다렸다. 어머니가 고개를 저으며 '아니, 두 번 다시 연락 안 했어'라거나 '아니, 우리한테 무슨 새로운 소식을 전해 준 일은 없어'라고 말하기를. 혹시라도 무슨 소식을 알게 됐거나 들었다면 나도 이미 알고 있어야 할 테니.

"네가 더 어렸을 때 변호사가 한 번 연락한 적이 있어." 어머니는 이상하게 주저하는 듯한 목소리로 말했다. 나는 나도 모르게 숨을 꾹 참고 있었다. "네 친모가 우리랑 연락하고 싶어 한다고."

나의 친모가 우리와, **나**와 연락하려 했다니. 내가 예상한 대답들 중 가장 가능성이 희박하다고 여기던 말이었다. 보이지 않는 줄에 팽팽하게 묶인 꼭두각시가 된 기분이 들었다. 당장 내가 할 수 있는 건 흔들리는 몸으로 다음 줄이 당겨지는 것, 다음 충격을 기다리는 것뿐이었다.

어머니는 내가 평생 봐 온 짙은 갈색 패널로 둘러싼 벽에 늘 약간 끈적이는 리놀륨 바닥 부엌에서 계속해서 각종 재료를 썰고 저으며 우리의 저녁 식사를 준비했다. 그 자리에 가만히 서 있으려니 내가 닦기 싫어하는 낡은 전기스토브, 저녁마다 우리가 함께 밥을 먹는 흰 포마이카 테이블, 그리고 그런 말을 내뱉은 뒤에도 차분히 식사 준비를 하는 어머니가 하나하나 눈에 들어왔다. 내 분노에 불을 붙이고 질문 세례를 퍼붓도록 한 건 어머니의 그 차분한 겉모습이었다. "구체적으로 뭐라고 말했어요? 뭘 알고 싶어 한 거였어요?"

"네 어머니는 네가 어떻게 지내는지 알고 싶어 하셨어." 엄마가 말했다. 나는 어안이 벙벙했다. 부모님이 내 생모를 **네 어머니**라고 부른 건 난생처음이었다. "그분은 네가 잘 지내는지 알고 싶어 하셨어. 네 사진을 달라고 했대. 그리고… 너랑 이야기하고 싶다고. 아마 널 직접 만나고 싶었던 것 같아."

그 말로 인해 마치 잔잔한 호수에 돌무더기가 와르르 쏟아진 것처럼 온 방에 경악과 불안의 물결이 출렁였다. 하지만 나는 친모의 궁금증이 불러일으킨 가능성은 도착 즉시 제거당했으리란 걸 알았다. 부모님은 그건 안 된다고 했을 것이다.

우린 한 번도 만난 적이 없으니 틀림없이 그랬을 것이다.

어머니는 사진이나 자세한 정보를 나누는 게 '불편했다'고 말했다. 나는 의도했건 안 했건 어머니의 별일 아니라는 듯한 말투에 기가 막혔다. 어머니는 마치 우리가 평소에도 내 친모 이야기를 나눴던 양 말하는 것이었다. 친모가 내게 편지를 쓰려 한 적 있다는 이 새로운 사실이 마치 나한테 아무 의미도 없는 일이라는 듯이. 어머니는 자신들은 그분을 만나거나 그분이 나와 이야기하는 걸 허용할지를 진지하게 생각해 본 적이 단 한 번도 없다고 했다.

만난다니! 어렸을 땐 상상조차 못 한 일이었다. 그건 생각만으로도 두려운 일이었다. 아이 때는 친모가 불쑥 나타나서 나를 데리고 가는 악몽도 가끔 꿨다. 하지만 그게 날 위해서였든 아니었든, 지금이든 **그때든** 스스로 결정할 수 없도록 한 것에 화가 치밀어 올랐다. 친모의 전갈을 듣고 나서 왜 우리는 전화 통화를 할 수 없었을까? 왜 우리 부모님은 친모와 나에게 그 정도도 허용해 주지 않았을까? 그랬다면 최소한 목소리는 들어 볼 수 있었을 텐데. 그분이 내 생각을 한다는 이야기를 한 번은 들어 볼 수 있었을 텐데.

"네가 행복하고 건강하게 잘 지낸다고 했다. 학교생활도 잘하고." 어머니는 자진해서 말했다.

비록 초등학생 시절이 행복했던 건 아니지만, 나는 고개를 끄덕였다. 세월이 지나 내가 아끼고 소중히 여기는 좋은 친구들을 곁에 둔 지금에 와서 돌아보면 초등학생 때 내가 얼마나 힘들었는지가 더 또렷이 보였다. 나는 노상 불안했고 이따금 괴롭힘에도 시달렸다. 부모님은 아직도 최악의 사건은 모르고 있었지만. 그때 나는 나의 가장 큰 약점인 내 신체적 외양이 불쾌한 것이고, 도무지 구제받을 길이 없다고 확신했다. 친모가 이런 사실을 전혀 몰라서, 그리고 내 행복을 위해 나를 포기한 그분에게 우리 부모님이 그 사실을 말해 주지 않아서 정말 다행이다 싶었다. 하지만 어쩌다 한 번씩은, 내가 용기를 내어 양부모님한테는 한 번도 한 적 없는 이야기를 한국 부모님에게 했더라면 어땠을지 궁금했다. 어쩌면 나를 이해해 주었을지도 몰랐다. 적어도 내 백인 가족보다는 그 고통에 더 공감했을지도 몰랐다.

"그 편지 어딨어요?" 나는 그걸 내 눈으로 **봐야만 했다**. 여태 그러지 못했다는 게 잘 이해가 되지 않았다. 그것은 내 친모가 나를 생각했다는 증거였다. "읽어 보고 싶어요. **지금 당장**. 거기 혹시 이름도 적혀 있어요?"

엄마는 한숨을 내쉬었다. "설령 이름으로 서명을 했어도 그게 뭐였는지는 기억이 안 나. 그 편지는 이제 없어."

친모가 우리에게 연락을 시도했던 때에 대해 이야기를 나눌 때면 부모님은 항상 당시의 내 나이를 헷갈려 한다. 네가 대여섯 살 때였어, 했다가 또 나중에는 아마 일고여덟 살 때였던가? 한다. 변호사도 자신이 내 친모를 만나 그분의 요구를 부모님에게 전달한 사실은 기억했지만 그 정확한 연도는 기억하지 못했다.

그 뒤에 어머니와 나눈 대화에 대해 기억 못 하는 것들이 꽤 많다. 그때가 정확히 몇 살 때였는지, 엄마가 당시에 어떤 얼굴을 하고 있었는지도. 고등학교 2학년 때 엄마가 유방암에 걸린 뒤로 엄마를 잃게 될지도 모른다는 무시무시한 사실 때문에 의식적으로 언쟁을 하지 않으려 하던 때였는지, 아니면 내가 대학 지원서를 쓰면서 이미 저 문밖에 한눈팔던 때였는지도 기억나지 않는다. 그날 밤 엄마가 준비하던 음식이 뭐였는지, 우리가 그걸 다 같이 모여 앉아 먹었는지도. 하지만 친모가 변호사를 다시 만났을 때 언니 이야기를 했다고 말해 준 건 기억이 난다. 엄마는 복수 조사에 힘을 주어 말하면서 어쩌면 언니들일수도 있다고 했다. "몇 명이나요? 몇 살이에요? 그럼 왜 그 아이들은 데리고 살고 나만 안 그런 거죠?" 왜 더 기억을 못 하느냐고, 내 친모가 날 궁금해한 사실의 유일한 증거, 유일한 접촉 시도를 왜 갖다 버렸느냐고 내가 물었을 때 어머니가 절레절레 고개를 흔들던 모습을 절대 잊지 못할 것이다. 어깨를 으쓱하던 모습도. 나중에 그 이유를 설명하면서도 결단코 사과하지 않은 사실도. 그리고 나를 똑바로 쳐다보지 않은 채 그저 "오래전 일이야."라고 했던 것도.

나는 편지 자체에 대해, 그게 타이핑한 거였는지 손으로 쓴 거였는지, 서명이 있었는지 익명이었는지 꼬치꼬치 따지듯 캐물었지만 두 분 모두 다른 건 전혀 기억하지 못했다. 만약 어린 내가 그 이야기를 들었다면 어떻게 했을지는 지금도 잘 모르겠다. 하지만 틀림없이 위안이 됐을 것이다. 당시에 내게 무엇보다 수수께끼였던 건 내 첫 부모는 대체 **왜** 나를 포기했을까 하는 거였다. 돈과 나의 건강 같은 현실적인 이유가 있었다는 건 나도 알았다. 하지만 혹시 다른 이유는 없었는지, 나의 어떤 점이 두 분의 사랑이랄지 신의랄지 그런 마음을 움직이지 못했던 건 아닌지 너무 궁금했다.

물론 이런 의문은 말도 안 되는 것이다. 친부모들은 대체로 아이가 태어나기도 전에 입양을 결심할뿐더러 신생아나 조막만 한 아기가 제 부모를 실망시킬 일이 대체 뭐가 있겠는가? 하지만 다른 입양인들, 특히 원가족을 모르는 입양인들과 이야기를 나누면서 이런 의심을 해 본 사람이 나만은 아니란 걸 알게 됐다. 혹시 아기 때, 혹은 아주 어렸을 때 우리가 한 어떤 행동 때문은 아니었을까? 혹시 우리에게 부족한 무언가로 인해 이별이 더 쉬웠거나 가능했던 건 아니었을까?

친부모 탓을 하는 입양인은 한 번도 본 적이 없다. 우리는 꼭 화살을 자기 내부로 돌려 자신에게서 잘못을 찾고 싶어 했다. 자라면서 내가 기억할 가치가 있는 사람이란 걸, 그분들이 여전히 날 생각한다는 걸, 그리고 입양이 내 잘못이 **아니란** 걸 알았더라면 많은 게 훨씬 달라졌을 것이다. 비록 대응을 하기엔 친모의 접근 시도를 너무 늦게 알게 되었지만, 그 사실을 알게 된 것만으로도 기분이 한결 나아졌다. 나는 잊히지 **않았던** 것이다. 완전히는.

내가 두 분과 접촉할 길은 없었다. 친부모는 다시는 우리와 연락하지 못했다. 그럼에도 친모가 연락해 온 사실을 알게 된 그날 이후로 나는 다른 친가족에게서 두툼한 편지 다발이 날아오는 상상을 했다. 이야기와 사진과 내 삶에 대한 질문과 사랑과 질문의 말로 가득한 손편지들, 나를 그들에게로 인도할지도 모르는 편지들이.

두 사람이 결혼 생활을 끝냈을 때 신디는 열한 살이었다. 그즈음 제시카는 대학에 다녔다. 자매의 어머니는 신디를 데리고 사촌이 있는 오리건으로 떠났다. 6개월쯤 지나 신디는 아버지와 살고 싶다고 했고, 아버지는 직접 데리러 오진 않았지만—아마 전 부인을 보고 싶지 않아서였는지—어쨌든 같이 살자고 했다. 어머니의 간청에 사촌 하나가 차를 몰고 신디를 워싱턴으로 데려다주었다.

　떠나기 전 며칠 동안 신디는 부모님이 생각을 바꿀까 봐 내내 두려움에 떨었다. 어머니가 못 가게 하거나 아버지가 그냥 거기 있으라고 할까 봐 한시도 마음을 놓을 수가 없었다. 드디어 떠날 날이 왔을 때 신디는 비닐봉지 몇 개에 다 들어간 자기 소지품을 가지고 초조하게 어머니에게 작별 인사를 했다. 두 사람은 포옹도 하지 않았다. 신디가 어머니를 다시 만난 건 오랜 세월이 흐른 뒤였다.

아버지는 신디가 같이 살러 오고 나서 1년쯤 뒤에 재혼했고 새 아내는 아주 다정한 사람이었다. 그래도 신디는 아버지, 계모와의 삶에 적응하느라 힘든 시간을 보냈다. 세 사람은 자기만의 공간이랄 게 별로 없는 서른 평쯤 되는 작은 콘도에 살았다. 두 분은 기대치가 높았다. 신디는 가끔 그 정도가 너무 비현실적이라고 생각했다. 두 분이 일하는 동안 신디가 요리와 청소를 도맡아야 했는데, 아버지는 최고 성적을 기대했다. 어머니 집에서는 숙제도 몰래 짬을 내어 해야 했지만, 작가이자 학자였던 아버지에겐 교육이 최우선이었다. 신디는 최선을 다해 공부했지만 좀처럼 인정받는다는 기분은 들지 않았다. 신디는 불평해서는 안 된다는 걸 잘 알았다. 그래도 아버지와 새어머니와 사는 게 훨씬 나았으니까.

중학교와 1학년 때까지 다닌 고등학교는 학생 대부분이 백인이었다. 신디는 좋은 친구도 몇 명 사귀었지만 대체로 학교에서 잘 어울리지 못했다. 일요일마다 교회에서 다른 한국인 아이들을 만났지만 그 아이들도 온전히 편하게 느껴지진 않았다. 가족과 가까운 친구들에게조차 하면 안 되는 말이 너무 많았다.

부모의 이혼, 친모, 왜 어머니와 살지 않는지 등 자신을 불행하게 한 모든 이야기가 다 금기였다. 신디는 누구와도 진짜로 함께 있을 수 없었고 누구에게도 자신의 진짜 모습을 보여 줄 수 없었다. 무슨 말을 할 때마다 머릿속에서 아버지의 목소리가 들려왔다. "사람들이 뭐라고 생각하겠어? 그건 그 사람들이 전혀 알 필요가 없는 일이야."

신디가 고등학교 1학년을 마쳤을 때 신디 가족은 괌으로 이주했다. 아버지가 그곳 친척 회사에 일자리를 얻은 덕분이었다. 이제 그들 가족은 2층짜리 건물에 살았고, 이웃 대부분이 일본인이었다. 그들이 아는 몇 안 되는 백인들은 대부분 군인과 그 가족이었다. 섬 주민들은 대개 친절했고 함께 있으면 재밌었다. 덕분에 신디는 한결 마음이 편안해졌다. 신디는 괌 사람과 차모로인, 필리핀인, 한국인, 일본인 친구와 얍, 트루크, 팔라우 같은 섬나라에서 온 친구를 사귀었다. 그들은 종종 축제를 열었다. 그때마다 신디는 필리핀 음식인 판싯과 룸피아, 괌 전통 음식인 치킨 켈라구엔과 포크 아도보를 실컷 먹었고 김밥, 갈비 같은 익숙하고 좋아하는 음식도 원 없이 먹었다.

전에도 비가 많이 내리는 미국 북서부 도시들에서 살았지만, 이제는 훨씬 습한 기후와 해마다 섬을 덮치는 태풍에 익숙해져야 했다. 괌에서는 폭풍이 오기 전이면 창문마다 판자를 덧대고, 수도와 전기를 끊고, 큰 플라스틱 통에 비상용 물을 받아 두었다. 태풍의 강도나 지속 기간에 따라 소방서에 가서 물을 더 받아 와야 하는 때도 있었다. 한 달 내내 전기가 나가면 신디는 화구 하나짜리 프로판가스 버너로 저녁을 준비했다.

신디는 괌에 사는 게 좋았지만 고등학교를 마칠 때가 다가오자 이제 뭘 어떻게 해야 할지 고민이 되었다. 대학에는 어떻게 갈 것이며 학비는 어떻게 마련할지 걱정이었다. 그러던 어느날 오후, 텔레비전에서 젊은 육군 장교가 세찬 강물 위에 가로놓인 밧줄을 타는 장면이 나왔다. 신병 모집 광고였다. **나도 저런 걸 할 수 있을까?** 신디는 아는 육해군 군인들이 제법 많았고, 어쩌면 군대가 자신에게 변화를 가져다주고 도전이 되어 줄 수도 있을 것 같았다. 흥미로운 사람들을 만나고, 부모님의 엄격한 시선에서 저만치 벗어나 다양한 모험을 해 보고, 무엇보다 학비도 마련할 수 있을 터였다. 가라는 대로 가고 하라는 대로 하는, 명령 체계에 복종하는 일은 신디에게 그리 어려운 일이 아니었다. 어차피 여태까지도 쭉 권위적인 사람들의 자비에 의지해 살아왔으니. 적어도 군대에서는 하루 중 스스로 무언가를 결정할 짧은 자유 시간은 있을 터였다.

신디는 방과 후에 혼자 입대 지원 사무실에 찾아가 지원서를 냈다. 그 이야기를 들은 부모님은 깜짝 놀랐다. 한국에 있을 때 카투사―미 육군에 배속된 한국군―에서 병역 의무를 마친 아버지는 군대가 딸에게 최선의 선택이라 생각하지 않았다. 아버지는 신디에게 이렇게 말했다. "너는 거기서 못 버텨. 분명히 중간에 포기하고 집에 돌아오게 될 거다." 식구들은 신디의 의지가 얼마나 확고한지 몰랐지만 신디 자신은 아주 잘 알았다. 신디는 혼자서 살고 싶었고 더 큰 세상을 보고 싶었다. 자신이 어려운 일도 잘 해낼 수 있는 사람인지 직접 확인해 보고 싶었다.

신디는 사우스캐롤라이나 포트 잭슨에서 기본 훈련을, 버지니아 포트 리에서 실무 주특기 훈련을 마친 다음 콜로라도 포트 카슨으로 자대 배치를 받았다. 이후 쿠바, 쿠웨이트에 이어 마침내 주한미군 용산기지에 배치되어, 자신이 태어난 나라에서 1년 반을 지내게 되었다.

대부분의 다른 미혼 군인들과 마찬가지로 신디 역시 부대 안에서 살면서 동료 군인과 함께 방을 썼다. 그곳에서는 언제나 할 일, 만날 사람, 새로 배울 것이 있었지만, 근무 시간이 아닌 자유 시간에 배우는 게 훨씬 많았다. 그중 최고는 음식이었다. 신디는 자신이 좋아하는 떡볶이, '뻔데기', 어묵 등을 파는 포장마차를 찾아냈고, 짜장면은 그의 '소울 푸드'가 되었다. 신디는 한국의 모든 것, 특히 모든 한국인에게 매혹당했다. 때로는 저도 모르게 고향에 온 듯한 기분에 사로잡혔다. 어쩌면 그건 단순히 그런 기분을 느끼고 싶다는 강렬한 갈망을 착각한 건지도 몰랐지만. 신디는 자신이 더 이상 이곳에 속하지 못할 만큼 완전한 한국인이 아니란 걸 잘 알았다. 자신은 이미 이방인, 미국인이 된 지 오래였다.

신디가 한국에서 지내던 중에 친할머니가 돌아가셨다. 신디는 휴가를 내고 인천에 있는 장례식장에 찾아갔다. 아기 때 이후로 보지 못했던 친척들을 만날 기회가 주어져 좋았지만 좀 어색한 만남이기도 했다. 자신도 그들도 대체로 서로를 알아보지 못한 탓이었다. 신디는 그들과 충분히 오래 머물지 못했고, 바랐던 바에 비해 그들에 대해 새로 알게 된 것도 별로 없었다.

신디는 18개월 동안 용산에 살면서 모국으로의 귀환을 실컷 즐겼다. 서울의 버스와 지하철에 끼어 타고 기회가 닿는 대로 새로운 곳을 찾아 모험에 나섰다. 가끔씩 동료 한국계 미국인 육군 특무병 친구와 함께 이곳저곳을 여행했다. 친구 역시 용산에 배치되고 싶은 저만의 이유가 있었다. 친구는 열두 살 때 입양됐는데 한국에 남은 가족이 늘 궁금했다고 신디에게 말해 주었다. 그는 근무가 끝나면 대부분의 시간을 친가족에 관한 단서를 찾아 헤매는 데 썼다. 신디는 친구가 한국에 속하는 것, 즉 오래전에 잃어버린 이 나라의 딸이 되는 것과 자신과는 다르게 친가족에 대해 거의 알지 못한다는 것이 어떤 기분일지 궁금했다.

입양 기관에서 내게 답신 전화를 걸어 올 거라고는 별로 기대하지 않았다. 어쩌다 그 웹사이트를 찾게 되어 정보 제공 면담을 요청했지만, 나는 그저 그곳 관계자 중 아무나 한번 만나 볼 수 있느냐고 물었을 뿐 그걸 그런 말로 부르는지조차 몰랐다. 나중엔 그때 내가 왜 그랬는지도 잘 이해되지 않았다. 내가 왜 모르는 사람과 입양에 대해 이야기할 기회를 찾았던 걸까? 그 모든 질문에 대답해야 했던 유년기가 지났으니 이제 그런 질문은 피하고 싶어져야 하는 것 아닌가?

부모님 집을 떠난 지 6년째였고 대학을 졸업한 지 1년이 채 안 된 시점이었다. 나는 장기적으로 내가 뭘 하고 싶은지 확신하지 못했지만 내가 회사 생활을 한다는 건 잘 상상이 되지 않았고, 그렇다고 대학원에 지원할 준비도 안 돼 있었다. 나는 항상 입양 이야기에 흥미를 **느꼈고**, 그때까지 다른 어른 입양 인도 두어 명 만나 보았다. 그중에는 대학에서 만난 중서부 출신 친구도 있었는데, 그 친구는 너무나 부럽게도 매사에 평정심을 잃지 않았고 입양에 대해서도 무덤덤했다. 나는 입양이나 위탁 과정에 대해 아는 게 하나도 없었다. 오직 나 자신의 경험밖에 몰랐다. 하지만 다른 사람들이 우리 가족을 받아들이도록 입양을 이해시키느라 평생토록 몸부림치며 살아왔다. 어쩌면 이제 훨씬 더 큰 차원에서 그 지식의 벌어진 틈을 메울 수 있을지도 몰랐다. 만약 우리 가족 같은 가족들이 더 잘 이해받는다면, 만약 더 많은 사람이 입양이 미디어에서 흔히 보여 주는 것보다 훨씬 더 복잡하단 걸 알게 된다면, 어린 입양인들이 내가 받았던 것과 같은 질문에 대답할 필요가 줄어들거나, 꼭 믿어야 하는 건 아닌 '밝은 서사'를 계속 지켜 가야 한다는 압박감을 느끼지 않을지도 몰랐다.

먼저 내가 입양에 대해 아는 게 별로 없음을 인정했다. 그리고 입양인이라는 사실 때문에 평생 소외감에 시달려 왔지만, 이제 입양인 문화라는 더 커다란 세계의 일부로 나를 바라보기 시작했다. 입양 규칙과 실제 사례를 나보다 더 잘 아는 사람들과 이야기를 나누면서 부모님 집 지붕 밑에 있는 동안에는 생각도 못 했던 방식으로 그 복잡함을 숙고하고 논의할 수 있었다. 혼자 있을 땐 친가족과 만나려면 어떤 절차가 필요한지 검색하고, 입양인 당사자와 자녀를 입양 보낸 친부모가 쓴 블로그 글과 기사를 계속 찾아 읽었다. 더 많은 입양인을 만나 교류하고 함께 이야기를 나누기 시작했다. 그중에는 공개 입양으로 입양된 사람도 있고, 이미 친가족을 찾은 사람도 있었다.

"나는 삼백예순 날 사람들의 관심 대상이었어요." 어렸을 때 입양된 한 여자는 말했다. 수많은 다른 입양인들처럼 그의 친부모 역시 극심한 생활고 때문에 딸을 고아원에 맡겼고, 딸이 타국으로 보내질 수도 있다는 사실은 전혀 몰랐다고 했다. 그는 말했다. "저는 아주 오랫동안 궁금증을 누르고 살아왔어요. 그냥 다른 사람들과 잘 어울리고 '평범한' 사람처럼 느끼면서 살아가고 싶었죠. 하지만 내 과거는 절대 그냥 모른 척하고 넘어갈 수 없었어요." 내가 아주 잘 아는 자기 고백이었다.

공개 입양을 한 친부모들과도 이야기를 나눴다. 그중에는 두 아이를 입양 보냈다가 나중에 두 아이 모두 다시 찾아온 이도 있었다. 그 어머니는 이후 입양 및 가족 전문 심리치료사가 되었다. "살면서 출산 다음으로 가장 천지개벽할 비현실적인 경험이 아이들과의 재회였던 것 같아요. 혹시 니콜 씨도 언젠가 친가족을 찾게 된다면 절대 서두르지 마세요. 다른 관계들과 마찬가지로 아주 조심해서 접근해야 해요. 여유를 갖고 가능한 한 자연스럽게 차근차근 쌓아 나가야 해요." 지극히 상식적인 충고로 들렸지만 아직도 나는 친가족 일원과 만나거나 이야기를 나눈다는 건 상상조차 되지 않았다.

다른 사람들도 입양에 대한 자기 의견을 편하게 이야기했다. "우리 경우처럼 닫힌 입양은 아동 인신매매와 크게 다를 바 없어요."라고 한 입양인도 있고, "친가족을 찾는다는 생각은 한 번도 해 본 적 없어요. 그 사람들의 존재 자체를 떠올려 본 적이 없어요."라고 한 입양인도 있었다. 이런 충격적인 말을 한 입양 부모도 있었다. "우리 아들이 자기 친모에 대해 알게 된다고 해서 좋을 일이 뭐가 있는지 잘 모르겠어요. 엄청 문제가 많은 여자거든요." 하지만 공개 입양을 택한 한 사회복지사는 내게 이렇게 말했다. "만약 니콜 씨가 친부모를 찾는다면 그분들은 틀림없이 다시 찾은 딸을 아주 자랑스럽게 여길 거예요." 그분의 이 따뜻한 마음은 절대 잊지 못할 것이다. 또 누군가는 이렇게 말했다. "친부모를 찾는 입양인은 보통 불행하게 자란 사람이죠. 니콜 씨는 아마 너무 잘 적응했으니까 안 찾은 거겠죠!" 내게 이렇게 말한 사람도 있었다. "빨리 친모를 찾아서 니콜 씨가 잘 지내고 있다는 걸 알려 드리세요. 분명 날이면 날마다 니콜 씨 생각만 하고 사실 거예요."

이 마지막 말이 내 마음에 오래도록 남았다. 나는 이 말을 이리저리 뒤집어 생각하면서, 때로는 깊은 회의에 잠겼다가 때로는 부인할 수 없는 갈망에 시달리며 갈팡질팡했다. 아직도 내 생각을 할까? 아무래도 그건 지나친 비약처럼 느껴졌다. 뭣 때문에 그러겠는가. 내가 뭐라고. 게다가 나에 대해 **알** 기회조차 한 번도 없었는데 그렇게 날마다 내 생각을 하겠는가?

설령 그분이 내 생각을 했다 해도 아직은 내가 그분을 찾아 나설 마음의 준비가 되어 있지 않다는 걸 알았다. 언젠가 그런 준비가 될지도 의문이었다.

친가족 찾기나 재회를 하지 **않고도** 정보를 더 얻을 길이 있다는 걸 알게 된 날이 정확히 언제였는지는 기억나지 않는다. 하지만 그걸 알게 되자마자 나는 줄곧 그에 대해 생각했다. 많은 주에서 '신원 비공개 정보'라는 파일을 보관하고 있었고, 이는 비공개 입양 양측 모두에게 열람이 허용되었다. 그 파일은 입양인 친부모의 간략한 사회적 배경을 입양 당시 밝히고 싶은 만큼 기록해 둔 것이었다. 나처럼 비공개 입양인 경우에도 기록을 열어 보거나 친부모에게 직접 호소하지 않고도 **어떤** 정보를 요구할 수 있다는 건 미처 몰랐던 사실이었다. 다시 말해 내가 정보를 요구하면 입양과 아무 관련 없는 중립적 기관의 대답을 얻어 낼 수 있다는 거였다. 이보다 더 간단한 일이 뭐가 있을까!

스물네 살 생일이 몇 주 지난 시점, 나는 시애틀 킹 카운티 법원에 짧은 편지를 써서 내 친가족에 관해 확인 가능한 모든 신원 비공개 정보를 요구했다. 편지에 서명을 해 보내면서, 누구의 비밀도 들추지 않고 누구의 인생도 침범하지 않는, 이처럼 무해한 방법으로 기본적인 단계를 밟을 수 있다는 게 참으로 고마웠다. 이 정보 요구 결정에 대해선 아무에게도 말하지 않았다. 친구에게도, 부모님에게도, 심지어 남편 댄에게도. 그들이 알게 되면 내게 친가족을 찾고 싶은 거냐고 물을 터였다. 그러면 대체 뭐라고 대답할 것인가?

애초에 비밀로 일을 벌일 생각은 꿈에도 없었다. 나를 아끼는 사람들에게 결코 무언가를 숨기고 싶지 않았다. 하지만 서류에 서명이 이루어지고 원가족과의 유대가 단절된 뒤 오랜 시간이 흘러도 입양인은 어떤 식으로든 소외감에 시달리게 된다. 나의 경우엔 내 경험이라는 외로운 섬과 다른 사람들, 다른 가족들이 거주하는 번듯한 대륙 사이에 망망대해가 가로놓인 기분에 밤낮 시달렸다. 남편이 아무리 날 잘 알아도, 각자의 어린 시절에 대해 우리가 아무리 많은 대화를 나눴어도, 그가 내 입양이 내게 얼마나 많은 것을 주었는지, 또 얼마나 많은 것을 앗아 갔는지를 제대로 이해할 수 있으리라 기대하지 않았다.

내 주소를 적어 보낸 회신용 봉투가 새로 찍은 초록색 카운터 도장으로 봉해져 구깃구깃해진 채로 배달되었다. 예상보다 몇 주나 일찍 도착한 거였다. 안에는 서류 두 장이 들어 있었다. 첫 장엔 내 친부모의 신상이 죽 적혀 있었다. 누군가 서류 양식에 맞춰 주요 정보들을 골라 짤막짤막한 문장으로 옮겨 적어 놓은 것이었다. 읽고 있자니 가슴이 쿵쿵 뛰고 손이 바들바들 떨렸지만, 그걸 보는 내 눈만은 거기 나열된 사실만큼이나 투명하고 건조했다. 친모는 친부보다 아홉 살이 어렸다. 친모는 키가 158센티미터였고 친부는 175센티미터였다. 두 분 모두 '한국인 얼굴'이라고 설명되어 있었다. 친모는 고등학교를 졸업했고 친부는 대학과 대학원을 나온 '모범생'이었다. 종교는 기독교라 적혀 있었다. 두 분 모두 서울에서 왔고, 입양 당시 '건강 상태는 양호'했다. 다른 자녀들이 있다는 사실도 담겨 있었는데 모두 딸이고 이름은 적혀 있지 않았다.

나는 그 한 장의 서류를 아마 열 번쯤, 아니 그보다 더 읽고 나서야 책상에 내려놓았다. 그전까진 아무리 많은, 혹은 아무리 적은 사실을 알게 되더라도 흥분하고 **감동할** 거라 생각했다. 어떤 면에서 그것은 차고 넘치는 정보였다. 그간 내가 알던 것보다 훨씬 많은 걸 알려 주는 것이었으니. 하지만 어쩐 일인지 이 딱딱하게 뼈만 발라낸 사실들은 그곳 사람들이 뒤졌을 데이터베이스만큼이나 차갑고 밋밋하게 느껴졌다. 그걸 읽고 난 내겐 그저 텅 빈 기분만 남았다.

두 번째 장에는 비밀 중개인 목록과 그들의 역할에 관한 설명이 적혀 있었다. 제3자 중개인에게 수수료를 내고 부탁하면 그 사람이 친부모와 연락해 나 대신 편지를 보내 줄 수 있다는 거였다. 내가 뭔가를 더 알고 싶거나 질문을 더 하고 싶다면 이게 유일한 길이었다.

나는 그 사람들에게 물어야 하는 것이었다.

그래서 이걸 곰곰이 생각해 보았다. 이름도 얼굴도 모르는 카운티 직원에게 몇 분 시간을 내어 파일 서랍에서 오랫동안 잊혀 온 사실을 찾아 보내 달라고 부탁하는 것과, 내 친부모에게 직접 연락을 전해 그분들이 오랜 세월 입에 올리지 않았을지도 모르는 사건이나 사람을 상기시키는 건 완전히 다른 문제였다. 그분들은 나에 대해 아무것도 몰랐다. 나는 완전한 이방인이었다. 그분들은 내게 해 줘야 할 게 아무것도 없다. 그게 바로 입양의 핵심 아니었던가. 내가 무슨 권리로 그분들에게 연락을 한단 말인가. 게다가 뭘 요구하기까지 한단 말인가.

댄에게 편지를 보여 주니 댄은 내가 그 정보를 요청했단 사실에 놀라워했다. 고맙게도 왜 자신에게 처음부터 말하지 않았느냐고 묻지는 않았다. 댄의 천진한 반응은 나의 두려움을 확인하게 했다. 이 결정은 전혀 나와 어울리지 않는, 나를 아는 사람이라면 내가 절대 할 리 없다고 여길 만한 일이 아닐까, 하는 생각이 들었다. 만일 내가 더 많은 걸 찾아 나섰다는 걸 다른 사람들이 안다면 그들도 깜짝 놀라지 않을까? 나는 양부모님의 반응을 상상했다. 그리고 혹시 이 작은 발걸음조차 신의를 저버린 행동인 건 아닌지 궁금했다.

댄은 내가 친부모에 관해 더 많은 걸 알게 되어 기쁜지 물었다. "새로운 정보랄 게 뭐 얼마나 된다고." 나는 객관적 사실을 지적했다. "그래도 당신이 뭘 더 알아내고 싶으면 최소한 이제 어떻게 해야 하는지는 알게 됐잖아."

나는 고개를 저었다. 남편의 말을 거부하는 만큼이나 스스로의 선택들을 불신하는 고갯짓이었다. **애초에 대체 왜, 뭘 찾아보겠다고 나섰던 걸까?** 이제 나도 어른이고 더는 부모님 집에서 살지 않는 덕분에 친가족을 찾겠다는 생각과 그들과 이야기를 나누거나 심지어 만난다는 생각도 이전과 달리 그렇게까지 배신처럼 느껴지지 않았다. 하지만 주야장천 사람들에게 우리 가족만으로도 충분하다고 말해 온 나였다. 우리 양부모님이 나의 진짜 부모님이었고, 그걸로 끝이었다.

하지만 아직 모르는 게 너무 많았다. 이 정보들만으로 과연 내가 만족할 수 있을까? 그 무렵 댄은 여러 주에 대학원 지원서를 보내는 중이었고 우리는 1년 내에 다른 주로 이사할 가능성이 높았다. 지금 생각 없이 내 친가족 찾기를 시작해서 우리 인생을 홀딱 뒤집어 놓을 때가 아니었다.

하지만 나는 그 서류들을 버리지 않고 잘 보관해 두었다. 다음 해에 이사할 일이 생겨도 반드시 챙겨 갈 작정이었다.

2007년 여름, 노스캐롤라이나에 하나뿐인 독립 조산원의 소독약 내 나는 작은 검사실에서 남편과 나는 조산사와 마주 앉아 있었다. 의자 두 개, 검사 테이블 하나, 세면대 하나, 폭신한 회전 스툴 하나가 딱 들어갈 정도 크기의 검사실에서 조산사는 항목마다 확인 질문을 했고, 우리가 대답하면 그걸 받아 적었다. 조산사는 좀 피곤했는지 낮은 목소리로 말했지만 친절했다. 그는 한 산모의 출산을 돕느라 밤을 꼴딱 새웠다고 했다. 살짝 흥분한 상태로 형광등 밑에 앉아 임신부 서류를 작성하는데, 괜한 걱정이 슬금슬금 밀려왔다. 기분이 좋은 동시에 아직 준비가 안 된 느낌도 들었다.

조산사는 처음에 아주 쉬운 질문부터 했다. 생일이 언제인지, 이번이 첫 임신인지, 내가 생각하기에 기간이 얼마나 된 것 같은지 따위의 질문이었다. 나는 한시도 뜸 들이지 않고 바로바로 대답했다. 서류 작성을 빨리 끝낼수록 심장 박동 소리를 더 빨리 들을 수 있어서였다.

그런데 내게 형제자매가 몇 명이냐고 물었을 땐 바로 대답하지 못했다. 어떻게 대답해야 할지 몰라서였다. 이건 정말 단순한 질문이었다. 그렇지 않은가. 명백한 대답은 '한 명도 없다'이고 그건 나름 사실이다. 나는 무남독녀로 자랐다. 내 생물학적 가족이라곤 바로 여기 내 몸 안에 들어 있는 존재가 다였다.

하지만 어릴 때부터 내 친부모에게 다른 아이들이 있는 것 같다는 이야기를 들은 터였다. 변호사는 '언니'라는 말을 언급했고, 2년쯤 전에 받은 제한된 친가족 정보에도 내가 태어났을 때 친부모에게 다른 딸들이 있다고 확인되어 있었다. 정확한 나이도, 이름도, 다른 어떤 것도 알지 못했지만 그렇다고 내 언니들에 대한 상상이 멈춰지진 않았다. 내가 입양되지만 않았어도 나를 알고, 나와 함께 자랐을 언니들이었다.

조산사는 계속 차분히 기다렸다. 이제 이 머뭇거림 아래에는 다른 종류의 두려움이 서려 있었다. "저는 입양됐어요." 내가 말했다. 내 귀에조차 꼭 무언가에 대해 사과하는 말처럼 들렸다. 나는 기분이 더 나빠졌다.

조산사는 내가 태어났을 때 어머니가—**아, 죄송합니다. 니콜 씨 친모가**—몇 살이었는지 물었다. 나는 고개를 저었다. "출산 과정은 어땠나요? 혹시 무슨 기록이라도 가지고 있나요?" 나는 내가 조산아였고 두 달 반 동안 병원에서 지냈다고 말해주었다. 내가 약간 겁에 질려 더듬거리면서 가족의 임신 합병증 여부나 병력에 대해 아무것도 아는 게 없고, 친모의 조산 원인조차 모른다고 하자 조산사는 클립보드를 향해 있던 고개를 들고 다정하게 미소 지으며 임신과 관련해 유전적인 부분이 몇 가지 있어서 묻는 거라고 했다. 어머니의 경험을 알면 내게 무슨 일이 일어날지 예측하는 데 도움이 될 수도 있었다. 하지만 그런 정보가 없어도 상관없었다. 그냥 그 상태로 해결해 나가면 되었다.

조산사의 목소리는 차분하고 확신이 깃들어 있었다. 분만통을 겪는 사람 누구라도 안심하게 만들 만한 목소리였다. 그럼에도 나는 불안한 마음으로 그가 나머지 질문들을 훑어보고 건너뛰는 모습을 지켜보았다.

내 삶에 대해 내가 아는 모든 것은 내가 입양된 날부터 시작되었다. 나는 마치 태어난 지 두 달 반 된 볼이 통통한 2.3킬로그램짜리 아기를 부모님이 병원에서 데리고 오던 그 순간 불쑥 존재하기 시작한 것 같았다. 친모가 나를 임신한 모습을 상상하기도, 나는 절대 모르고 살아갈 한 여자에게 내 존재가 오롯이 의존해 있었다는 사실을 이해하기도 어려웠다. 친가족 생각을 하느라 보낸 그 모든 세월 동안 친모의 임신과 관련된, 내가 모르는 사실들에 대해서는 생각해 본 적이 별로 없었다. 나는 젊고 건강했다. 아직 노화나 질병, 유전 문제 따위를 걱정할 나이는 아니었다. 친모를 떠올릴 때도 임신한 모습은 한 번도 그려 본 적이 없었다. 그보다는 나를 안은 채 내게 작별 인사를 하는 모습만 그렸다.

그런데 이제 **내가** 임신을 하고 보니, 친모가 나를 배고 있던 그 수수께끼 같은 시간들이 돌연 훨씬 중요하게 느껴졌다. 그분의 임신은 **어땠을까?** 왜 그렇게 일찍 분만이 시작됐을까? 혹시 내게도 같은 일이 일어난다면 어찌해야 하나?

2005년, 댄과 나는 우리의 두 번째 결혼기념일 며칠 뒤에 노스캐롤라이나로 이사했다. 댄은 박사 과정에 입학했고 내가 가장이 되었으며 우리는 첫 집을 샀다. 우리 부모님처럼 우리도 아주 어린 나이에 결혼을 했다. 좋은 의도의 질문과 비판도 친척들의 진지하기 짝이 없는 우려의 말도 우리의 결심을 더 단단하게 했을 뿐이다.

적어도 나에겐 가족이라는 개념이 줄곧 타인들의 행동에 의해 결정되고 정의되어 왔다. 그 무렵 나는 이미 성인이었고, 4년이나 부모님으로부터 지리적, 재정적으로 독립해 살고 있었으며, 외동답게 내 선택들에 대해 지나칠 정도의 자신감을 갖고 있었다. 이런 자신감은, 가족은 내가 **만드는** 것이고 순전히 의지력으로 만들어 나가는 것이라는 입양인다운 믿음과 결합했다. 젊은 여성으로서 결혼도 독신으로 남는 것도 별로 두렵지 않았다. 내가 두려웠던 건 어린 시절처럼 내 미래를 결정하는 데 수동적이 되는 것, 무기력해지는 것이었다.

이른 나이에 결혼에 뛰어드는 데는 좀 더 **신중해야** 했는지도 모른다. 하지만 책임 의식을 갖거나 변화를 두려워하기에 우리는 너무 젊었고, 우리가 함께 잘 살아가리라는 걸 의심하기엔 서로를 너무 믿고 확신했다. 결혼한 지 14년이 된 지금 그 이야기가 나오면 둘 다 웃음을 터뜨리며 하마터면 진짜 재난이 될 수도 있었다고 고개를 끄덕인다. 여하간 큰 탈 없이 잘 살아왔으니 이렇게 웃을 수 있는 것이다. 운 좋게도 그 긴 시간을 쭉 함께 살아왔으니.

2007년 봄 무렵에 댄과 나는 가족을 늘리는 것에 대해 이야기하기 시작했다. 우리는 여전히 새파랗게 젊었지만 둘만의 시간을 충분히 가졌다고 느꼈다. 댄은 박사 과정을 절반쯤 지난 상태였고, 우리에겐 주택 대출금을 다달이 갚아 나가고 여행을 하고 약간의 저축까지 하는 것에 더해, 우리가 산 집을 세심하게 고른 가구와 고양이 두 마리로 채울 여유까지 있었다. 당시 나는 창작 프로그램에 지원하는 것을 진지하게 생각하고 있었다. 그전까지는 제대로 준비가 안 됐다고 느껴 그냥 동네 글쓰기 모임에만 나갔다. 마감 날짜를 정해 두고 글을 제출해야 하는 글쓰기 모임 덕분에 하드 드라이브에 저장해 둔 이야기들에 매달릴 수 있었다.

그러던 어느 날, 저녁에 글을 쓰거나 모임 워크숍 시간 내내 앉아 있을 기력이 없다는 걸 깨닫게 되었다. 속에서 신물이 올라오고 피로가 극심한 이유는 분명했다. 하지만 며칠 동안 나는 아무 일도 없는 양 그냥 무시하고 지냈다. 댄과 내가, '어쩌면 지금이 적절한 때인지도 몰라…'라고 말했던 게 불과 두세 달도 안 된 시점이었다. 사실 우리는 노력도 안 하고 있었다. 딱히 뭘 해 보려는 생각도 제대로 하지 않았다.

나는 그저 막연히 시간이 좀 걸릴 거라 생각하고 있었다.

스물여섯 살 생일이 몇 달 지난 어느 날 아침, 남편은 부엌 개수대에서 시리얼 그릇을 헹구고 학교에 갈 준비를 하고 있었고, 나는 손에 든 하얀 막대기를 뚫어져라 쳐다보고 있었다. 고작 몇 분간이었을 테지만 마치 몇 시간이 흐른 것처럼 느껴졌다. 불신의 안개가 걷히는 데는 시간이 좀 걸렸다. 나의 뇌가 행동을 취하라는 신호를 보냈고, 나는 달달 떨리는 다리로 아래층으로 내려왔다. 댄이 돌아서며 무슨 일이냐는 듯한 눈빛을 보냈을 때 나는 그 막대기를 들어 보였다.

"혹시 이게 두 줄로 보여?"

조산사는 새 양식을 한 뭉치 꺼내 남편에게 내밀었다. 댄은 의심할 여지 없이 자기 부모님 아이였다. 아버지와 똑같은 183센티미터 키에 어머니의 함박웃음과 짙은 색 곱슬머리를 가졌고, 교사와 과학자가 득실거리는 집안에서 그 역시 과학자였다. 가족 절반은 아일랜드의 코크라는 도시에서 왔고, 어렸을 땐 그의 레바논인 할머니가 운영했던 빵집에 관한 이야기를 듣고 자랐다. 내가 아는 대부분의 사람들처럼 댄 역시 자신을 만든 사람들에 대해 아무것도 모르는 기분을, 그리고 사랑하지만 결코 완전히 인정할 수는 없는 가족 속에서 자란다는 게 어떤 건지를 절대 이해할 리 없었다. 나는 그의 답변들이 너무도 쉽게 죽죽 이어지는 게 부러웠다.

마침내 조산사는 클립보드를 내려놓고 심장 박동을 확인하러 가자고 했다. 나는 검사 테이블에 펼쳐진 서류 종이가 팔랑거리는 소리를 들으며 진료용 침대로 기어 올라갔다. 우리가 기다리던, 몇 주 동안의 입덧과 피로감을 기꺼이 감당하게 해줄 순간이었다. 조산사는 초음파 기계를 켜고 작은 봉 같은 걸로 내 아랫배를 쓱쓱 문질렀다. 모니터에서는 낮게 윙윙대는 소리가 흘러나왔다.

"아기가 숨은 것 같네요." 우려 섞인 말투는 아니었지만 나는 쿡 찌르는 듯한 공포를 느꼈다. '혹시 심장 박동 소리가 안 들리면 어떡하지?' 세상에는 우리가 보지도 통제하지도 못하는 것들이 너무 많았고, 당장 내게 무슨 일이 벌어질지 모르는 노릇이었다. 설령 내 임신이 별 위기를 겪지 않고 수월하게 출산으로 이어진다고 해도, 그때까지는 이런 불확실성을 몇 번이고 마주해야 할 터였다.

위이이잉 위이이잉 위이이잉.

정적, 콩콩콩콩… 박동 소리가 너무 빠르게 들렸다. 하지만 분명 규칙적인 **리듬이었다.** "아니 왜?" 소리가 중단되자마자 내 입에서 바로 이 말이 튀어나왔다.

내가 하고 싶었던 말은 그저 그 소리를 다시 듣고 싶다는 거였다.

봉이 내 배 위를 이리저리 지나다니는 동안 나는 숨을 꾹 참았다. **아가야, 제발.** 조산사는 손에 조금 더 힘을 주어 문지르면서 볼륨을 올렸다. 낮게 **위이이잉** 하던 소리가 갑자기 힘차게 **쿵쿵쿵쿵** 하는 소리로 바뀌었다.

"아주 좋아요!" 조산사가 활짝 웃었다. "분당 160. 완전 정상이에요." 그는 경외심에 찬 내 표정을 보더니 웃음을 터뜨리며 덧붙였다. "진짜 아기 맞아요. 제가 보증해요."

"녀석, 정말 열심히 애쓰네요." 댄이 말했다.

우리 세 사람은 잠시 그 강렬하고 확실한 고동 소리에 가만히 귀를 기울였다.

가족을 늘리는 일이 이제 더는 단순한 소망이나 먼 훗날의 가능성이 아니었다. 그것은 바야흐로 엄연한 **현실**이 되었다. 강렬한 심장 박동과 함께 황홀하게 시작된 것이다. 우리의 아이는 삶을 향해, 우리를 향해 질주하고 있었다. 내가 느낀 경이와 사랑은 내 앞을 거쳐 간 수많은 어머니들이 증언한 것과 똑같았다. 이런 생각이 왠지 내게 위안이 되었다. 적어도 이 점에 있어서는 나도 **평범한** 사람이라는 사실이. 그럼에도 아직 스스로를 누군가의 생물학적 산물이라고 생각하기는 어려웠지만, 이 아기를 사랑하는 일만은 쉬울 것 같았다. 그건 그냥 자연스레 느낄 것 같았다. 게다가 아이가 태어나면 그 순간부터 나는 더 이상 혼자가 아닐 것이다. 다른 누구와도 다른 방식으로 나와 연결된 사람, 아이가 곁에 있을 터였다.

나는 검사실 저쪽 벽에 걸린 그림에 시선이 갔다. 나처럼 머리카락이 검은 여자가 임신한 자기 배를 감싸 안고 다정한 얼굴로 그 배를 내려다보고 있는 그림이었다. 그 그림은 부모와 극도로 취약한 아이의 물리적 연결 고리, 원초적 연결성을 너무도 강렬히 표현하고 있었다. 정말이지 이것은 언제나 내게 수수께끼 같은 대목이었다. 이제 나도 마침내 그 고리에 구속되는 경험을 하게 됐지만 여전히 오리무중이긴 마찬가지였다. 나는 셔츠를 내리고 침대에서 내려왔다. "9개월이란 시간은 꽤 긴 것 같지만 사실 그렇지 않답니다." 조산사가 말했다. "두 분은 눈 깜빡할 사이에 이 아기와 만나게 될 거예요."

나는 어머니가 될 것이었다. 누군가가 **나에게** 의존하게 될 것이었다. 우리의 관계는 평생토록 이어질 것이고, 아직 시작도 안 했지만 그 관계가 끝난다는 건 상상조차 할 수 없었다. 하지만 바로 그게 나와 내 첫 어머니와의 유대에 일어난 일이었다. 관계 단절. 우리는 그걸 잘 견뎌 냈고, 헤어져 사는 법을 배웠다. 나는 기억이 시작되는 순간부터 그 사실을 알았고, 돌이켜 생각할 때마다 조금도 부자연스러운 일이라 느끼지 않았다. 내 아이의 심장 박동 소리를 듣기 전까지는.

우리 둘만의 삶을 살아가던 댄과 나는 이제 곧 모든 게 송두리째 변할 터였다. 심장 박동 소리를 듣고, 우리가 곧 진짜로 부모가 된다는 걸 알게 된 건 정말 믿을 수 없을 정도로 좋았지만, 첫 산전 검진을 마친 나는 새로운 걱정과 의구심의 원천을 마주하게 되었다. 그렇다. 나는 출산을 할 것이고 그 준비부터 단단히 해야 했다. 하지만 그건 단지 시작일 뿐이었다. 나중에 우리 아이는 우리 가족에 대해 어떤 질문들을 던질까? 나에게도 아직 우화와 다를 바 없는 그 역사와 유산을 아이가 제대로 이해하고 연결감을 느끼도록 과연 내가 도울 수나 있을까? 여태 고작 몇 장짜리 가족 정보 질문지에도 다 대답하지 못했는데.

조산원을 나서면서 나는 우리 아기가 절반은 텅 빈 가계도를 물려받을 운명이라는 사실이 바위처럼 짓누르는 느낌을 도무지 떨쳐 낼 수가 없었다. 아직 임신한 지 한 달도 안 됐지만 이미 내가 줄 수 있는 최선은 충분히 좋은 것과는 거리가 멀었다.

내가 어렸을 때 우리 가족은 혈연이나 외양, 내가 맞닥뜨리는 편견보다 입양이 내 정체성을 규정하는 결정적 요인으로 보았기 때문에, 친가족과 재회하는 일에 관해 대화를 나누기는커녕 상상조차 하기 어려웠다. 나는 부모님이 내가 친가족을 찾아 나서기를 바라지 않는다는 걸 늘 이해했다. 좀 더 정확히 말하자면, 내가 아예 그런 마음을 갖지 않기를 그분들이 바랐다는 걸 나는 이해하고 있었다. 두 분은 나만 있으면 더 바랄 게 없었고, 나 역시 그러하길 바랐다.

　　하지만 두 분은 만일 내가 친가족을 찾겠다고 한다면 반대하진 않겠다고 약속했다. 내가 두 분에게 1학년 때 같은 반 아이에게서 들은 질문을—물론 그 **진짜 부모**라는 단어는 꿈에라도 쓸 일이 없을 테지만—에둘러 말할 때마다 두 분은 늘 "네가 원한다면 나중에 네 친부모를 찾아도 돼. 네가 어른이 되면." 하고 대답했다. 그래서 나는 그런 결정은 나 같은 아이가 할 수 있는 게 아니라 더 성숙하고 책임 있는 어른이 하는 것이라고 이해했다.

우리는 나중에 그들을 찾는다면 어떻게 찾을지, 또는 왜 찾고 싶은지에 대해서는 별로 이야기를 나누지 않았다. 그런 건 어쩌다 텔레비전 프로나 소설에 나오는 신뢰하기 힘든 참고 자료를 가지고 오로지 나 혼자 떠안아야 하는 생각이었다. 책에서 읽거나 텔레비전에서 본 한 줌의 입양 이야기는 아이를 입양하는 순간 끝나 버리기 일쑤였고, 이야기의 초점은 주로 아이가 구원받기 전에 겪는 외로움과 궁핍함에 맞춰져 있었다. 또, 극적인 상봉 이야기라면 입양인과 친부모(주로 친모)가 서로를 찾는 순간 이야기가 끝나 버렸다. 아니면 입양인이 낯선 사람 집 대문 앞에 서 있다가, 마침내 문이 열리고 아무것도 모르는 친모 또는 친부가 나타나면 입양인은 눈물을 글썽이며 대범하게 활짝 웃었다. 엄마와 할머니랑 함께 보던 〈마스터피스: 미스터리!〉의 몇몇 시리즈에선 출신이 용의주도하게 숨겨진—때로는 자신조차 모르는—입양인이 원한을 품고 어른이 되어 자기 친부모를 죽이러 돌아왔다.

눈물과 포옹, 책망에 **뒤이어** 새롭게 알게 된 사실을 감당하고 앞으로 나아가야 할 때, 그리고 그 파열의 순간 이후 영점으로 돌아간 관계를 새로 만들어 나가야 할지 말지를 선택해야 할 때 무슨 일이 일어나는지를 보여 주는 영화나 드라마나 소설은 별로 없었다. 내가 정말 궁금하고 상상하기 어려웠던 건 언제나 그 대목이었는데 말이다. 어린 나이였음에도 나는 그 단순하고 훈훈한 해피엔딩이 대부분의 사람들이 보고 싶어 하는 입양 이야기라는 걸 이해했다. 약간 당혹스럽긴 했지만(내가 종종 듣던 바로 내 이야기 아닌가!) 그런 단순함에는 호소력이 있었다. 그럼에도 나는 미처 발화되지 않은 질문들, 입양인의 조용한 일상적 경험을 탐구해 가는 이야기에 대해 몹시 갈증을 느꼈다.

대학에 가기 위해 집을 떠나기 몇 달 전, 엄마와 함께 차를 타고 약속 장소에 갔다가 돌아오는 길이었다. 엄마는 내게 친구의 아들 제이슨이 최근에 자기 친가족과 재회했다고 말해 주었다. "제이슨이 이번 크리스마스에는 집에 안 온대. 이번엔 친모랑 친모네 다른 아이들이랑 같이 지내기로 했대. 지금 걔 엄마 마음이 많이 아픈가 봐." 엄마가 말했다.

제이슨의 양모는 분명 자기 아들이 자기들에게 화가 났다고 생각하는 것 같았다. 그래서 올해 집에 안 온다고 말이다. 전에 한두 번 본 적 있는 제이슨을 떠올렸다. 그는 나보다 몇 살 많았다. 부러움에 가슴이 찌르르한 느낌이 들었다. 제이슨은 백인이어서 어딜 가도 잘 어울릴 수 있었고 **게다가** 일말의 의심도 없이 자기 부모의 생물학적 아들로 여겨졌다. 그런 그가 이젠 자기 친가족까지 찾았다니.

"제이슨 엄마는 왜 그렇게 기분이 안 좋은데요?" 내가 물었다. 물론 그 이유는 이미 알고 있었지만. 나는 엄마가 비합리적일 정도로 민감한 그분의 생각을 지지할 리 없다고 믿었다. 엄마는 제이슨 편을 들거나 그게 아니면 최소한 제이슨 엄마를 깎아내리는 말이라도 해야 했다. 나는 제이슨이 부모 집을 떠나 살게 될 때까지 기다렸다가 생물학적 가족과 재회한 이유를 알 것 같았다. 이런 생각을 하다가 갑자기 더 반역적이고 뒤끝 넘치는 생각이 떠올랐다. **만약 아들이 자기 친가족을 알게 된다는 사실을 감당할 수 없다면 제이슨의 부모는 애초에 입양도 하지 말았어야 한다는.**

"제이슨 친모야 당연히 제이슨과 가까워지고 싶겠지. 그런데 그 사람이 원하는 게 그게 **다**가 아니라면 어떡해?"

엄마는 자기 친가족을 찾고 그들에 대해 알아 가려고 노력하는 아이들에 관해 '많은 이야기'를 들었다고 했다. 알고 보니 그 부모들은 양부모에게 손을 벌리는 일에 더 관심이 있었다는 것이다. 엄마의 말투는 비판보단 감사에 더 가까웠지만, 나는 알았다. 우리가 더 이상 제이슨에 대해서나, 제이슨 친모의 동기가 돈인지 순수한 것인지 따위를 이야기하고 있는 게 아니라는 것을. 이것은 엄마가 내게 보내는 메시지였다.

나는 엄마에게, 엄마가 뭘 말하고 싶은 건지, 왜 그런 말을 하는지 잘 안다고 말하고 싶었다. 하지만 당시 치기 어린 십 대였고, 과녁을 발견한 무정한 명사수로 돌변한 나는 사실을 바로 반박하는 것보다 엄마를 더 화나게 할 말이 있음을 알았다. "제이슨 부모님은 제이슨이 자길 낳은 분과 딱 한 번 휴가를 보내기로 한 걸로 죄책감을 느끼게 하면 안 되지. 그분은 자기 엄마잖아."

엄마는 입을 꽉 다물었다. 엄마는 이제 확실히 기분이 상한 것 같았다. 어쩌면 상처까지 입었을지도 몰랐다. 하지만 엄마는 그 공격을 꿀꺽 삼켰다. "그렇구나."

침묵 속에 함께 차를 타고 가면서 나는 대화를 그렇게 시비조로 끝낸 것을 살짝 후회했다. 실은 엄마에게 제이슨이 어떻게 자기 친모를 찾았는지 아느냐고, 아니면 혹시 친모가 제이슨을 찾은 거냐고 묻고 싶었다. 내겐 그 양부모의 두려움이 아무 근거 없는 감정처럼 보였다. 자기 아들을 친가족에게 빼앗기는 게 대체 어떻게 가능하단 말인가. 만약 내가 친가족을 찾는다면 우리 관계는 기분 좋은 장거리 우정을 닮게 되지 않을까? 그 사람들은 절대 내 피난처나, 위기 상황에 가장 먼저 연락하는 대상이 될 수 없을 터였다. 설령 친가족을 찾는다 해도 그들이 주

번에 계속 머물러 있으리라고 어떻게 확신할 수 있을까. 일평생 곁에 있지도 않았던 그들을 어떻게 **진짜** 가족이라 여길 수 있을까.

　오랫동안 나는 만약 친가족과의 재회가 허락된다면 어떤 모습으로 이루어질지 궁금했다. 그들을 찾아 나서기 전에 내가 어른부터 돼야 한다는 걸 알았지만, 이 무렵엔 아직 어른이 된 것 같지 않았다. 하지만 몇 달 뒤엔 5000킬로미터나 떨어진 대학으로 떠날 터였다. 비록 걱정은 됐지만—나는 오랫동안 스스로를 '집순이'라 생각했고 혼자 그렇게 멀리 떠날 만큼 용감한 사람이 아니라고 여겼다—부모님이 '저 멀리 동부'라 부른 곳에서 혼자 살아 보고 싶어 안달이 나 있었다. 지금이 친가족 찾기를 생각하기에 바람직하지 않은 때라면, 그 바람직한 때가 점점 가까이 다가오고 있었다. 혹시 내가 그걸 실행한다면 우리 가족은 누구이 약속한 대로 나를 지지해 줄까? 아니면 그러지 말라고 설득하려 할까?

　　　　　🌲

　조산원에서 첫 진료를 받은 뒤 며칠 동안 나는 중개인 목록이 딸린 그 서류들 생각에서 벗어나지 못했다. 모두 우리 파일 캐비닛 뒤쪽에 꽂아 둔 폴더에 고이 보관되어 있었다. 나는 카운티 입양 사무소에서 보낸 그 문서에 적힌 모든 사실을 통째로 외운 지 오래였지만 그걸 다시 꺼내 읽었다.

　　친가족을 찾기에 이보다 더 좋은 때는 없는 것 같았다. 하지만 그게 정말 가능할지, 가능하다 해도 그다음엔 무슨 일이 벌어질지 몰랐다. 그처럼 가깝고도 먼 관계에 있는 사람들에게 어떻게 다가가서 말을 한단 말인가? 애초에 끊어지지 않았어야 할 연결감과 관계를 도대체 어떻게 복원한단 말인가?

그 발견들이 댄과 내가 이제 막 꾸리려는 새 가족이나 부모님에 대한 나의 생각을 어떻게 바꿔 놓을지 몰랐다. 알 수 없는 변수를 추가해 우리가 어렵게 얻은 안정이 무너진다면 그건 정말 무모한 짓일 터였다. 하지만 조산원에 다녀온 뒤로 나는 그 생각에 완전히 마음을 빼앗겼다. 만약 내가 **정말로** 친가족을 찾는다면? 만약 내가 내 아이들과 나눌 더 풍부하고 완결된 이야기, 마침내 내 가계도 위의 모든 가지를 펼쳐 놓을 수 있는 이야기를 갖게 된다면? 나는 나와 가장 가까운 혈육들의 얼굴을 볼 수 있고, 그들의 이름도 알 수 있을 것이다. 만일 내가 두려워하기를 멈춘다면 나와 미래의 내 아이는 또 무엇을 얻게 될까?

믿기진 않았지만, 그 가능성은 언제나 열려 있었다. 이전부터 이미 그에 대해 생각해 왔고, 전화를 건 적도 그 절차를 검색해 본 적도 있었다. 양부모님도 나중에 언젠가 내가 마음만 먹으면 혼자 찾아 나설 수 있다고 **말했다.** 물론 어렸을 때 그 말이 꼭, 언젠가 너도 우주비행사나 유명한 배우, 올림픽 선수가 될 수 있을 거라는 말처럼 들렸다. 불가능하진 않지만 그럴 가능성은 아주 낮은 이야기처럼 말이다. 그런데 이젠 그게 얼마나 간단한 일인지 인정하라고 스스로를 몰아붙이고 있었다. 나의 친부모는 숨어 있지 않았으니까. 재회에는 기적이 필요하지 않았다. 사설탐정이나 추적 작전은 필요 없었다. 서류나 편지만 몇 차례 주고받으면 간단히 해결될 문제였다. 어쩌면 편지 한

통, 전화 한 통이면 끝날 수도 있었다.

물론 위험도 따랐다. 친부모가 나와 이야기하고 싶어 하지 않을 수도, 새롭게 찾아낸 사실이 내 마음에 들지 않을 수도 있었다. 더구나 나는 여전히 내가 그분들에게 부담을 안겨 줄 자격이 없다고 느꼈다. 또다시 거부당한다면, 아무리 그걸 이해할 나이가 되었어도 끔찍한 기분이 들 것 같았다.

그게 다가 아니었다. 그런 결정은 평생 나를 알아 온 이들을 포함해 여러 사람을 놀라게 할 것이었다. 사실 이 일을 남편에게 설명하는 것조차 잘 상상이 되지 않았다. 그런데 어떻게 양부모님에게 그 얘길 하겠는가? 대학 친구, 고향 친구한테도 마찬가지였다. 나는 입양은 정말 좋은 거라고, 내 인생에서 '빠진' 건 아무것도 없다고 단언해 왔다. 부모님의 반응을 감당하는 것도 내 몫일 것이다. '너는 네 친가족을 만나는 데 전혀 관심이 없는 줄 알았어'라고 말할 그 모든 이들을 감당하는 것도.

그건 내가 어렸을 때 하고 다니던 말이었다. 내가 충실히 배운 수많은 대처법 중 하나로, 사람들의 주목과 대답하고 싶지 않은 성가신 질문을 피하기 위해 쓴 방책이었다. 어쩌면 실제로 내가 오랫동안 믿어 온 사실인지도 몰랐다. 하지만 사람의 마음은 변하기 마련이다. 사람들은 으레 온갖 이유로 마음을 바꾸고, 나의 경우엔 이제 12주 된 자두 크기의 배아가 가장 큰 이유였다.

이런 깨달음은 또 다른 발견으로 이어졌다. 나는 이제 더는 증명할 게 아무것도 없었다. 여전히 양부모님에 대한 나의 사랑을 강조하거나 입양된다는 게 어떤 기분이고 무슨 의미인지를 전혀 모르는 사람들에게 내 가족을 옹호할 필요를 느꼈지만, 그렇다고 그게 내게 생명을 준 사람들에 대한 관심을 영영 송두리째 부정해야 한다는 뜻은 아니었다. 이제 '훌륭한 입양인', 길을 잃었다 되찾은 데 감사하는 어린 소녀라는 부담을 내려놓을 때였다. 내 결정에 대해 누가 뭐라 생각하든 무슨 상관이란 말인가. 사람들이 무슨 질문을 하든 신경 쓸 일이 뭐란 말인가!

이제 가장 중요한 질문, 내가 마침내 던질 준비가 된 이 질문이 얼마나 다급하게 느껴졌는지 공중에 대롱대롱 매달려 있는 것처럼 보이고, 그걸 속삭이는 내 목소리가 들릴 정도였다.

네가 원하는 게 뭐야?

나는 그분들을 찾고 싶었다.

이 진실을 마주하자 모든 의구심과 위험, 사람들이 어떻게 생각하거나 말할지에 대한 두려움이 서서히 사라졌다. 그것이 옳다는 것도 알았다. 스스로 되물어 볼 필요가 없었다. 떨리긴 했지만 나는 온전히 확신했다. 지금까지 내가 줄곧 해 온 대답과는 달랐다. 지금 생각해 보아도 최상의 대답, 가장 현명한 대답은 아닌지도 모른다. 하지만 그것은 내가 원하는 대답이었다.

그분들에게 편지를 쓰고 싶었다.

그분들이 내게 해 주려던 모든 말을 듣고 싶었다.

친부모는 나를 입양 보내기로 결정하면서 얼마나 고심했을까? 그 결정에 대해 지금은 어떤 기분일까? 나는 언니들과 얼마나 닮았을까? 언니들을 만나 나와 비슷한 목소리를 듣거나 비슷한 얼굴을 보게 된다면 어떤 기분이 들까?

그들이 내 이야기를 얼마나 자주 했을지도 궁금했다. 날 위해 기도했는지, 내가 잘 살고 있다는 걸 어떤 식으로든 알고 싶어 했는지도. 갑자기 우리를 갈라놓은 공간이 아주 좁아 보였다. 어쩌면 지금까지 쭉 그랬는지도 몰랐다. 그분들이 정말 나를 생각했다면, 나를 한때나마 알았다면. 그분들 생각을 하자 갑자기 수백, 수천 개의 거미줄처럼 엮인 역사와 사랑, 호기심과 기억의 가느다란 실낱들이 보이기 시작했다. 그 실낱들은 우리 사이의 시공간을 가로질러 천천히 증식했다. 보고 만지기엔 너무 연약하고, 완전히 끊어지기엔 너무 강한 연결의 실타래가.

2부

"그러니까 지금 친가족 찾기 천사를 구하신다고요?"

1981년 나의 입양을 관장했던 워싱턴주 법에 따르면 입양 기록은 이제 공공 기록물이다. 입양인은 친부모의 성과 이름이 적힌 출생 신고서 사본을 요청할 수 있고 그 정보로 그들을 찾을 수 있다. 주 정부가 자신들의 정보를 공개하길 원치 않는 친부모나 다른 입양 관계자는 연락 여부 선호 란에 그렇게 기입해 놓으면 된다. 하지만 워싱턴주에서 대부분의 입양 정보를 공개하도록 해 놓은 이 입법은 2014년 7월에야 발효되었다. 내가 친부모를 찾을 당시에는 기록 뒤지는 일을 비밀 중개인에게 맡겨야 했고, 중개인은 내 친가족에게 정보 교환을 승인받은 뒤에야 내게 알려 줄 수 있었다. 당시엔 그런 방침이 어느 정도 이해가 됐다. 지금은 모든 주에서 출신, 특히 중대한 의료 이력과 사회적 배경과 같은 기초 정보에 접근하는 걸 제한해선 안 되는 권리라고 생각하지만.

내가 처음 친가족 찾기에 나섰을 땐 중개인이 또 하나의 장애물이었다. 그것도 값비싼 장애물이었다. 그 과정을 검색하다 보니 스스로를 '친가족 찾기 천사'라 부르는 중개인이 많다는 걸 알게 됐다. 아마 자신들의 역할이 이타적인 행위로 보이길 바라서인 것 같았다. 이 용어는 무언가를 찾아 구해 주는 자원봉사자를 떠올리게 했다. 잃어버린 물건을 찾아 주는 수호성인이나 종교에 기댄 중매자 말이다. 나는 그 단어를 쓸 때마다 슬쩍 눈알을 굴리지 않을 수 없었다.

"저는 친가족 찾기 천사가 된 지 꽤 오래됐어요. 저는 그걸 제 소명으로 생각합니다." 내가 연락한 첫 중개인은 전화로 이렇게 말했다. "우선 선금 500달러 내시고요, 입양 파일을 받으실 때 수수료 500달러 더 주시면 돼요."

"천사님은 어떻게 이 서비스—수수료라는 말을 듣고 나는 하마터면 '사업'이라고 말할 뻔했고, 여전히 '서비스'라는 말은 딱 들어맞지 않는 것 같았다—를 시작하게 됐어요?"

중개인은 자기 이야기를 좔좔 풀어놓았다. 예전에 계획하지 않은 임신을 하게 된 수많은 미혼 여성들처럼 자신도 자기 아이를 아이에게 '더 나은 삶'을 줄 수 있는 부부에게 입양 보내고 '새 인생'을 살라는 주변의 압력에 굴복했고, 이후 그 결정을 날마다 후회했다는 이야기였다. 그 이야기를 들으면서 나는 그가 느꼈을 슬픔과 분노를 덩달아 맛보았다.

"처음 제가 아이를 찾았을 때 아이는 아직 절 만날 준비가 안 돼 있었어요. 그 뒤로 계속 전화를 걸어 결국 만나자는 약속을 받아 냈죠." 그 말을 들으면서 좀 불편한 마음이 들기 시작했다. 혹시 내 친부모에게도 그렇게 하겠단 건가? 중개인은 자신이 오백 건의 재회를 성사시켰다고 자랑스레 말했다. 그가 이미 나를 오백한 번째 재회 건수로 생각하고 있다는 게 확실히 느껴졌다.

"저는 친가족을 만나는 데 아주 열려 있어요. 하지만 만약 그분들이 연락을 원치 않는다면 그 마음을 존중해 드릴 겁니다. 어떤 식으로든 그분들이 압력을 느끼게 하고 싶지 않아요."

"그러니까 니콜 씨는 **건강하단** 말씀이시군요." 그는 웃음을 터뜨렸다. 나는 움찔했고 약간 놀랐다. "좋네요!"

나는 이 중개인이 내 친부모에게 전화를 걸거나 다짜고짜 대문 앞에 나타나 27년 동안 한 번도 본 적 없는 딸과 재회하라고 구슬리는 모습이 떠올랐다. 나를 치유하기 위해 날 만나 줘야 한다고 은근히 암시할지도 몰랐다. 그분들이 받는 충격이나 실제로 원하는 건 전혀 아랑곳 않고서. 그에게 내 감정이나 바람은 중요했을까? 아니면 그저 그의 인생 구원 기록장에 또 하나의 건수로 추가될까?

나는 리스트를 따라 계속 연락해 보았다. 나처럼 '선사시대'의 닫힌 입양을 한 사람들이 참 안됐다고 말하는 남자도 있었고, 내가 즉시 그분들을 만날 준비가 되지 않는 한 내 친모에게 편지를 쓸 생각이 없다고 말한 여자도 있었다. "편지를 보내 놓고 만날 생각은 없다고 하면 그분들 기분이 어떻겠어요!" 내게 공감하고 이해하는 것 같은, 입양인 출신의 사회복지사도 있었다. 하지만 첫 대화 이후로 두 번 다시 연락해 오지 않았다. 나는 내가 처한 독특한 환경에 귀 기울이고 이해해 주며, 우리 모두를 존중받아야 하는 감정과 역사를 가진 개인으로 보아 줄 사람을 필사적으로 찾아 헤맸다. 나의 친부모나 나를 하나의 건수로 보지 않을 중개인이 과연 존재할까?

중개인을 찾느라 몇 주를 흘려보내면서, 내가 친부모의 정보를 얻어서 직접 연락하는 게 가능하고 합법적인 일이면 좋겠다고 생각하기 시작했다. 나도 알았다. 사실 그건 정말 무서운 일이었다. 만약 그분들이 연락을 끊고 싶다면 중개인보다 나를 거절하는 게 더 어려울 터였다. 하지만 적어도 **나 자신**은 믿을 수 있었다. 나와 이야기를 나눈 사람들 중 그 누구도 믿음이 가지 않았지만.

마침내 나는 몇 주 전에 메시지를 남겨 둔 도나라는 중개인에게 답신 전화를 받았다. 도나는 자신이 이 일에 아직 경험이 많지 않다고 했다. 우리는 한 시간 동안 잡담을 나누었다. 도나 역시 내가 즉각적인 만남을 전제로 편지를 쓰지 않는 것에 대해 다른 중개인들과 마찬가지로 깜짝 놀랐다. 하지만 도나는 밀어붙이기 식으로 다가가지 않는 게 좋겠다는 원칙에 동의했다. 우리는 때가 되면 천천히 조심스레 일을 진전시키기로 했다.

임신 2기에 접어들면서 욕지기가 가라앉고 에너지 넘치는 나날들이 축복처럼 이어졌다. 나는 도나에게 착수금과 그에게 내 입양 파일을 법원에 요청할 권한을 주는 공증서를 보냈다. 도나는 답변을 들으려면 몇 주는 걸릴 거라고 했다. "파일이 제 손에 들어오면 바로 전화 드릴게요." 도나가 약속했다.

내가 임신 기간 동안 친부모를 찾기로 했다는 이야기를 하자 댄은 또 놀랐다. 그 때문에 나도 걱정이 됐다. 만약 댄이 내 선택을 이해하지 못한다면 다른 사람이야 말할 것도 없을 터였다. 하지만 그의 놀람은 곧 행복으로 바뀌었고, 내 부모와 자매들을 찾는 과정과 중개인의 역할에 대한 질문, 그들을 찾게 된 기분을 묻는 질문들에 자리를 내어 주었다.

"있잖아, 내 머릿속에선 당신 언니들이 항상 당신의 더 나이 든 버전으로 그려져. 뭐가 어떻든지 간에 당신이 그분들을 만날 수 있게 된다면 정말 멋질 거야!"

도나가 복잡한 행정 절차를 밟고 내 입양 파일을 손에 넣기를 기다리는 몇 주 동안, 내 친가족 찾기와 그 이유에 대해 아는 사람은 오직 댄 한 사람뿐이었다. 나는 선의를 가진 친구들이 내게 친가족을 찾았는지, 그들로부터 무슨 소식이라도 들었는지 시시때때로 물으며 진전 상황을 확인해 오는 걸 원치 않았다. 무엇보다 내가 기다리는 동안 부모님의 말―상처받거나 걱정하거나 두려워하는―이 귓전에 울려 대지 않기를 바랐다. 그래서 나의 진실 찾기 초반에는 내가 원가족을 찾고 있다는 사실을 숨기는 거짓말을 해야 했다. 그렇게 한 건 진짜로 그분들을 **찾고** 싶었고, 연락하고 싶었기 때문이다. 하지만 나는 부모님에게 나를 대신해 의료 기록을 요청해 줄 중개인을 고용했다고 했고, 이게 내가 원하는 전부라고 믿게 만들었다.

부모님은 그 말에조차 놀랐다. 나는 임신 중이고, 신경 쓸 일이 한둘이 아닌데 어떻게 그런 것까지 하게 됐느냐는 거였다. 나는 질문이 더 있을 거라 생각했다. 어쩌면 내 계획에 대놓고 반대할지도 모른다고. 부모님이 전화로 "그래, 알았어. 뭘 알아내면 우리한테도 알려 줘."라고 했을 때, 나는 과연 그 말투도 말처럼 평범했는지 곰곰이 생각해 보았다.

나는 두 분이 내게 들려준, 친가족에게 더 조심했어야 했던 입양인들 이야기가 떠올랐다. 어머니가 내게 농담조로 **너는**

다른 누구의 딸도 아닌 우리 딸이야라고 했던 것도. 당시에도 나는 그게 좀 이상하고 너무 결사적인 말이라고 느꼈다. 그때는 두 분의 소유권 주장이 왜 그렇게 불편했는지 몰랐지만, 이젠 그 이유를 알았다. 그 주장이 내 친모의 단 한 번의 접촉 시도에 완전히 문을 닫아걸게 했고, 내가 무슨 은닉 물건처럼 느껴지게 해서였다. 분명 소중하지만, 저만의 의지와 역사를 가진 사람이 아닌 일종의 물건처럼.

다행히 부모님은 친가족 정보 찾기에 대한 나의 의학적 핑계를 받아들이고 그쯤에서 내버려 두었다. 당분간은 나 역시 그랬다. 지금 돌이켜 보면, 내가 그분들의 손주를 임신했고 친가족 정보 찾기의 가장 실용적인 이유를 댔는데 그분들이 어떻게 그걸 말릴 수 있었을까 싶다. 게다가 그 이야기를 하지 **않는** 건 너무 쉬웠다. 나의 친부모 이야기는 우리 사이에 금기는 아니어도 좀 어색한 주제였다. 게다가 부모님이 나의 임신 기간 동안 대화를 나누고 싶어 한 것은 임신 자체에 대해서였다. 기분은 좀 어때? 아기 침대 샀어? 아기 이름은 뭐로 할 거니? 나는 이런 질문에 쾌활하게 대답하면서 열심히 두 분의 관심이 손주에게 집중되도록 노력했다. 이 설렘이 모든 대화를 지배하도록, 그래서 그분들이 행복해하고, 우리 모두 나의 다른 가족에 관한 질문들을 떠올리지 않도록.

매일 저녁 소파에 널브러져 과일 맛 아이스바와 짭짤한 크래커를 입에 물고 〈제시카의 추리극장〉 재방송을 보며 근근이 버티다가 8시면 잠들던 임신 1기가 지났고, 이제 정보 수집 모드로 바뀌어야 할 때라는 걸 알았다. 하지만 진통과 분만에 대한 걱정이 내 앞을 가로막고 있었다.

댄이 도서관에서 아홉 종의 임신 가이드 책을 빌려와 읽는 동안 나는 출산물품과 육아용품을 온라인 쇼핑몰 장바구니에 담아 두고, 응급조치/CPR 자격증을 갱신하고, 단백질을 충분히 섭취하는 일에 집착했다. 가까운 병원에서 열리는 출산 정보 강좌에 등록하고 나니 비로소 내가 반드시 겪고 넘어가야 하는 진통에 관해 아는 게 거의 없다는 부당하고 불편한 사실에 직면하게 되었다. 더군다나 진통만 겪는 게 아니라 '출산 계획'을 짜고 분만 방법 등 온갖 것들을 정해야 했다. 특히 자궁경관 크기와 신생아 머리 크기를 대충 그려 보며 대체 산모가 어떻게 산통을 견디는지 몹시 궁금해졌다 (그때까지 내 인생에서 가장 고통스러운 경험은 3학년 때 편도선 절제 수술을 하고 난 뒤 2~3일 동안이었다). 하지만 병원 직원들은 진통이 구체적으로 어떻게 진행되는지, 그에 어떻게 대처해야 하는지는 알려 주지 않고, 입원 수속 절차와 지난해에 그 병원에서 얼마나 많은 분만이 이뤄졌는지를 읊어 대면서 병원 내 최첨단 분만실 견학만 시켜 주었다. 그러면서 진통을 겪는 동안 우리는 침대 주변에 있어야 하니 분만실 안을 돌아다닐 수는 없을 거라고 덧붙였다.

차를 몰고 집으로 돌아오면서 나는 바보가 된 기분에 사로잡힌 채 핸드백에 넣어 온 애꿎은 그래놀라 바만 질겅질겅 씹어 대면서(임신은 간식거리를 반드시 가지고 다녀야 한단 사실 하나는 확실히 내게 가르쳐 주었다) 대체 내가 왜 아이를 가질 준비가 됐다고 믿었던 건지 계속 자문했다. '나는 못 하겠어. 나는 못 해. 아마 난 공포에 질려 아무것도 못 할 거야. 결국 만신창이가 되고 말 거야.'

입양인이라는 사실 때문에 내가 생물학적 가족에 유달리 매달렸다면, 같은 이유로 나는 출산 준비를 제대로 할 수 없었다. 나는 아이를 갖고 싶었기에 두려움을 억누르려 최선을 다

했다. 이론적으로 내가 아이를 임신하고 낳는 게 가능하다는 건 알았다. 그럼에도 상상이 되지 않았고, 그건 좋은 징조가 아니었다. 몇 주 동안 입양 기록을 찾고 공공장소에서 구역질하지 않으려고 안간힘을 쓰는 데 온통 정신이 팔려 있었다. 이제 허리선이 사라지는 임신 2, 3기에 접어들었지만 여전히 내게 출산 과정은 캄캄한 안갯속이었다. 제대로 시작해 보기도 전에 나는 이미 엄마로서 실격이었다.

지금 내게 필요한 건 견고한 사실, 분명한 지침이었다. 나는 본래 내가 잘 알고 통제할 수 있는 것에서 편안함을 느끼는 사람이었다. 하지만 이 모든 것에 대해 가장 의논하고 싶은 사람에겐 물어볼 수가 없었다. 내 어머니는 출산 경험이 한 번도 없었으니까. 가장 두려운 건 신생아 때의 나처럼 너무도 작고 연약한 아기를 낳을지 모른다는 것이었다. 나는 무엇을 어떻게 **해야** 할지를 알려 줄 누군가를 난데없이 강렬히 욕망하기 시작했다.

댄은 내가 사실에 기반한 정보와 제대로 된 계획, 통제할 수 없는 것을 통제할 수 있다는 환상을 갖게 되면 기분이 나아지리라는 걸 알고, 자기가 '진짜 출산 강좌'를 한번 알아보겠다고 했다. 그러더니 정말로 10월에 열리는 자연분만 강좌에 등록했다. "강좌에서 진통 단계, 진통에 대처하는 방법, 임신 중 운동법, 식단, 영양 전부 다 다룰 거래." 댄의 말에 나는 희망이 차

올라 속이 울렁였다. 어쩌면 입덧 증상일 수도 있었겠지만. "거기다가 책자도 준대!"

출산 강사 브렌다의 집에 가니 브렌다가 모래를 채운 길쭉한 토기에 초를 줄줄이 꽂고 있었다. 우리를 방으로 안내한 브렌다의 아들이 목청을 가다듬어 우리가 온 걸 알리고는 중학생 소년다운 날렵한 동작으로 거대한 자궁 그림 포스터가 걸린 방을 휙 나갔다. 브렌다는 따뜻하게 웃으며 우리를 맞았다. "어서 오세요! 여기 앉으세요. 바닥에서 아기처럼 다리를 양쪽으로 벌리고 앉은 다음 한쪽 발을 다른 한쪽에 올려 보세요. 그걸 테일러 자세라고 하는데 골반기저근을 강화하고 산도를 열어 줘요."

댄의 얼굴을 슬쩍 쳐다봤다. 나는 초면에 다짜고짜 골반기저근 같은 용어부터 던지기 전에 어색함을 누그러뜨리기 위한 소개말 정도는 할 줄 알았다. 쓸데없는 말을 잘 안 하는 내 산부인과 주치의조차 침대 발판을 잡아당기기 전에 컨디션이 어떠냐고 묻고 일상적인 날씨 이야기 정도는 했더랬다. 짧은 대화가 끝나고 댄과 나는 두 자리를 골라 앉은 다음 브렌다가 초에 불을 붙이는 모습을 지켜보았다.

오리건에 살던 어린 시절 어머니와 함께 가끔씩 매큼한 내 나는 건강식품점에 가곤 했지만, 나는 나 자신을 자연식 애호가라고 생각해 본 적은 없었다. 하지만 자나 깨나 다양한 약초와 비타민을 신봉하는 엄마는 이걸 '북돋고' 저걸 '보충해 준다'는 건강기능식품이 든 플라스틱병들을 내게 잔뜩 부쳐 주곤 했다. 나는 불쾌한 증상이 나타나면 그냥 강한 처방 약으로 때려잡는 편을 선호했다. "선생님, 이번엔 좀 센 걸로 처방해 주셔야 할 것 같아요." "이런 기침에는 무슨 약이 잘 들나요?" 평소 극심한 두통 때 먹는 약보다 더 약한 약을 먹으며 진통을 견디는 일이 내겐 딱히 보람 있게 느껴지지 않았다. 하지만 당시 갈피를 잡지 못하고 허우적대던 내게는 확실한 정보가 필요했다. 내 손을 잡고, '이게 바로 당신이 하게 될 일이에요, 아무 문제도 없을 거예요'라고 말해 줄 사람이 필요했다. 우리 어머니가 그럴 수 없다면 브렌다가 그 역할을 해 줄 수 있지 않을까.

브렌다는 모래 속에 박아 둔 마지막 초에 불을 밝혔다. 작은 초들에 둘러싸인 길쭉한 흰 양초였다. "이것들은 '출산 초'라고 불러요. 방금 제 학생 중 하나가 진통이 시작됐다고 연락이 와서요. 저는 그 전화를 받으면 출산 초에 불을 붙이고 순산했다는 소식을 들을 때까지 쭉 켜 놔요. 혹시 두 분 붉은 산딸기잎차 좀 드시겠어요? 자궁을 탄력 있게 만들고 강화하는 차예요."

나는 정중히 사양했고, 댄은 "그냥 물만 좀 마실 수 있을까요?"라고 물었다.

다른 커플들도 속속 도착했다. 자기소개를 마치자 브렌다가 약속한 책자를 나눠 주었고 댄은 즉시 첫 페이지를 펼쳤다.

'진통 초기에 일어나는 일'. "자궁경관 그림들을 한번 보세요. 점점 팽창되다가 사라져 버리지요?" 브렌다는 마치 우리가 그걸 놓치고 못 볼 수도 있다는 듯 물었다.

다른 학생이 자신의 출산 경험을 이야기했다. "저는 첫 아이 때는 진통 1단계가 열두 시간 정도 됐었는데 딱 좋았거든요. 그런데 둘째 아이는 너무 빨리 진행돼서 수축이 거의 쉴 틈 없이 이어졌어요. 그래서 출산 기념 그림도 다 못 끝냈어요."

브렌다가 초기 진통에 대해 이야기하는 동안 댄은 성실히 받아 적었다. 나는 우리가 첫 데이트를 하기 몇 달 전, 유일하게 같이 들었던 수업이 생각났다. 철학 수업이었는데 교수가 수업 내내 빈정대는 데다 지독히도 따분했다. 나는 진력이 나서 몇 주 뒤부터 줄줄이 그 수업에 빠졌지만, 그걸 들을 필요도 없는 의생명공학 전공자인 댄은 한 번 빼고 다 출석했다. 그 한 번은 내가 빼먹자고 꼬드겨 같이 교정 안뜰에 앉아 있었던 유난히 아름다운 어느 봄날 오후였다. 나는 내내 수업 자료와 책만 읽었고 우리 둘 다 A를 받았던 걸로 기억한다. 하지만 틀림없이 댄이 나보다 더 많이 배웠을 것이다. 문제는 이번에는 당연히도 댄이 나를 대신해 출산 준비를 할 수도 출산을 할 수도 없다는 점이었다. 그리고 내가 아무리 책을 많이 읽거나 벼락치기 공부를 한들 일단 진통이 시작되면 그 모든 게 무슨 소용이 있겠는가.

브렌다는 다양한 진통 자세를 시범해 보이면서 따라 해 보라 했고 나는 각각의 자세를 취했다. 댄은 내 등을 문질렀고, 내가 할 일은 팔다리를 특정 자세로 한 채 호흡하는 게 전부였다. 그리 힘든 건 아니었다. "진통이 오면 가능한 한 힘을 빼고 편안한 상태를 유지하는 게 중요해요. 복식호흡을 하면서요. 코치 여러분!" 브렌다는 수업에 함께 온 파트너를 이렇게 불렀다. "엄마가 호흡하면서 힘을 빼는 동안 여러분은 등이나 어깨나 발을 마사지하면서 긴장을 풀도록 도와주면 됩니다. 그리고 나지막이 달래는 목소리로 격려해 주세요. 잘하고 있다고요."

"당신 정말 잘하고 있어." 댄은 내 허리 쪽을 지그시 누르며 말했다.

수업이 끝나 갈 무렵 우리는 짧은 출산 영상 하나를 봤다. 다양한 **각도**에서 찍은 영상이었다. 물론 과학자인 남편은 눈도 깜짝 안 했다. 나는 눈을 감진 않았지만 몇몇 지점에서 텔레비전 약간 밑으로, 다시 오른쪽 옆으로 시선을 돌리곤 했다. 내가 시선을 회피하고 있단 걸 아무도 알아차리지 않기를 바라면서. 영상이 끝나자 브렌다가 우리에게 '숙제'를 내주었다. 우리 임신부들에겐 케겔 운동을, 모든 커플에겐 매일 하루에 최소 10분 동안 가장 편한 진통 자세로 이완 기술 훈련을 ("이때 복식호흡 하는 거 잊지 마시고요!") 하도록 했다.

"앞으로 명심해야 할 매우 중요한 두 가지 사항이 있어요.

첫째는 출산은 매우 어려운 일이라는 겁니다. 그래서 우리는 이걸 노동(영어 단어 'labor'에는 노동과 분만 진통 두 가지 뜻이 있다―옮긴이)이라고 부르죠. 엄청난 도전임이 분명하고, 어쩌면 여러분이 해온 일 중 가장 어려운 일이 될 테지만, 이거 하나만 기억하세요. 여러분은 해낼 수 있다는 걸. 무엇을 어떻게 해야 하는지 여러분의 몸은 이미 알고 있습니다."

나는 눈을 감고 이 말을 되새기며 믿으려 애썼다. 나쁜 소식, 끔찍한 진통 경험담, 내가 너무 일찍 나와 우리 부모님을 놀라게 한 사실에 대해 더는 생각하지 않겠다고 다짐했다. 우리 아기가 너무 일찍 나올까 봐 전전긍긍하는 일도 그만두기로 했다. 대신 나는 최근에 일어난 좋은 일을 추억했다. 우리 아기가 딸이란 사실을 알게 된 주에 다녀온 주말여행에서 석양을 바라보며 바닷가를 산책한 기억을. 그날 바닷물에 허리까지 잠기도록 들어갔을 때 파도가 내 둥근 배를 때렸고, 그러자 아기가 전보다 훨씬 세차게 발길질했다. 1초 뒤에 내가 탄성을 내지르며 웃어 젖힌 건 충격이나 오한 때문이 아니라, 그 세찬 발길질이 **아기가** 나에게 건네는 유쾌한 인사처럼 느껴져서였다. 댄과 나는 배에 손을 올리고 지그시 누른 채로 우리 아기의 깜찍한 재주넘기를 오래도록 감상했다.

이제 아기는 밤이고 낮이고 움직여 한시도 자신의 존재를 잊을 수 없게 만들었다. 나는 아기가 어떻게 생겼을지 다시 상상하려 애썼다. 나를 얼마나 닮았을지 궁금했다. 여태 나를 닮은 사람은 한 번도 본 적 없었기에 더욱더.

출산을 앞둔 사람이라면 누구나 임신의 물리적 현실을 두고 나처럼 불안해할까? 아니면 내 입양 경험이 두려움과 부족감을 더 강화한 걸까? 나는 부모가 되기를 갈망하는 만큼이나 출산의 순수한 힘에 늘 겁이 났다. 아기가 세상 밖으로 나오게 되면 내게, 그러니까 내 몸만이 아니라 내 생각과 마음에 무슨 일이 벌어질지 도무지 상상이 가지 않았다. 하지만 '내 몸이 다 안다'라는 강사의 말을 믿고 싶었다. 그렇게 스스로를 믿고 싶었다.

수업이 끝나고 댄과 함께 우리 차로 걸어가면서, 나는 내 출산 그림과 출산 시(임산부가 임신, 출산 경험과 그때 느끼는 감정을 그림이나 시 등의 예술 형태로 표현하는 활동. 두려움을 완화하고 자신의 생각과 감정을 확인하고 수용하는 데 도움이 된다고 한다—옮긴이)가 얼마나 끔찍할지에 대해 농담을 던지고 싶은 충동을 꾹 참았다. 너무도 새롭고 신기한 그 자연분만 수업, 상상도 안 가는 그 고통에 대한 여전한 두려움, 과연 내가 어떤 부모가 될지에 대한 의구심 등에 대해 할 말이 아주 많아서였다. 어쨌든 몇 주 만에 불안이 줄어든 것만은 부정할 수 없었다.

중개인이 나의 친가족을 찾아 줄지, 못 찾아 줄지 몰랐지만, 이제 막 시작하려는 이 생명은 저만의 약속과 가능성으로 확장 중인 세계였다. **내가** 만들기로 한 나의 가족은 어떻게든 무럭무럭 자라고 있었다. 그 모든 수수께끼와 두려움에도 불구하고 우리의 출산은 그저 나를 겁먹게만 하는 게 아니라 더 강하게 만들어 줄지도 몰랐다.

갑자기 브렌다에게 깊이 감사하는 마음이 들었다. 그의 포스터와 책자, 밤새도록 출산 초를 밝히며 함께 버텨 주는 마음이 고마웠다. 브렌다는 내 출생 이야기가 아무리 부자연스럽고 베일에 가려져 있더라도, 출산은 타인이 이해하고 도울 수 있는 일이고 **내가** 할 수 있는 일이라는 걸 알게 해 주었다. 앞으로 몇 주 동안 그의 수업을 통해 풍부한 지식과 위안을 얻을 것이었다. 어느 쌀쌀한 한겨울 밤 마침내 진통이 시작되면, 나는 그의 말과 우리에 대한 조용한 믿음을 떠올릴 것이다.

댄과 나는 집으로 돌아오는 차 안에서 쉴 새 없이 아기 이름과 아기방 벽 색깔, 아기 침대 장만 이야기로 수다를 떨었다. 그러는 내내 브렌다의 약속은 임신에 대한 새로운 주문이 되어 내 마음속에서 메아리쳤다. **너는 할 수 있어. 할 수 있어.**

친가족이나 도나의 친척 상황이 궁금해 그 생각에 징신이 팔릴 때가 많았지만, 임신 2기가 끝나 가면서는 아기가 최우선 관심사가 되었다. 11월 초 어느 저녁, 나는 깨끗이 세탁한 신생아용 우주복과 잠옷을 잘 개어 아기방에 정리해 넣는 즐거운 일을 하고 있었다. 최근 서재에서 아기방으로 바뀐 그 작은 공간은, 벽을 생기 있는 보라색으로 칠하고 한쪽 구석에는 흰 목재 아기 침대를, 다른 한쪽 구석에는 기저귀 교환대를 두어 꾸몄다. 앙증맞은 아기 옷들의 단추를 채우고 가장자리를 매만져 반반하게 펴면서 이것들이 전부 서랍장 하나에 쏙 들어간다는 사실을 깨달았고, 우리 인생을 송두리째 바꿔 놓을 사람이 이토록 작은 공간을 차지한다는 데 새삼 놀랐다.

전화벨이 울려 핸드폰을 들여다보니 206으로 시작하는 번호가 떠 있었다. 206은 시애틀의 지역번호이다. 더듬더듬 수신 버튼을 누르는데 순간적으로 무릎이 사라지는 기분이 들면서 심장이 쿵쿵 요동쳤다. 물론 절대 **그분들**일 리가 없었다. 도나였다. 그냥 도나일 뿐이었다. 그럼에도 "여보세요?" 하고 전화를 받는 내 목소리가 약간 떨렸다.

중개인은 가벼운 잡담으로 시간을 낭비하지 않았다. 뜸을 들여 긴장감을 조성하는 데도 별 관심이 없어 보였다. "친가족을 찾았어요, 니콜! 니콜 씨 파일이 **바로 지금** 제 손에 있어요."

나는 전화기를 떨어뜨리지 않으려고 손에 힘을 꽉 주고는 슬그머니 안락의자에 앉았다. 규정상 친부모에 관한 자세한 사적 정보는 대부분 그분들이 접촉에 동의할 때까지 알아낼 수 없었다. 그럼에도 도나는 내게 알려 줄 정보를 구한 것이다. 그렇지 않다면 내게 전화했을 리가 없으니까. "뭐 좀 알아내신 거라도 있나요?"

도나가 마치 그 질문을 몇 분이 아니라 몇 년을 기다린 사람처럼 대답했다. "아쉽게도 그리 많진 않아요. 그래도 아주 재미있는 사실을 하나 발견했어요! 혹시 니콜 씨에게 언니들이 있다는 거 알아요?"

언니들이 있단 사실은 아주 오래전부터 알고 있었다. 비록 몇 명인지도 모르고 이름도 나이도 몰랐지만. 나는 다시 그들을 상상해 보려 용을 썼다. 하지만 도저히 내 눈이나 내 미소, 내 웃음을 가진 여자가 떠올려지지 않았다. 그럼에도 그들은 분명 저 어딘가에 존재했다. 어린 시절 동무가 되어 나와 같이 놀아 줬을지도 모르는, 나를 만나고 싶어 할지도 모르는 언니들이.

도나는 내가 태어날 당시에 언니가 둘이었는데 한 사람은 절반만 혈연관계고 다른 한 사람은 친언니라고 했다. 그러고는 경악할 정도로 아무렇지도 않게 덧붙였다. "사회복지사가 니콜 씨 부모님이 여자아이가 아니라 남자아이를 원한 것 같다고 써 놓았네요."

그 말에 내가 뭐라고 대꾸했는지는 기억나지 않지만 갑자기 울고 싶어졌던 것만은 기억에 남아 있다. 물론 그건 그 사람의 추측에 불과했지만, 그리고 그게 사실인지 알 방도는 전혀 없었지만.

도나는 그분들이 1987년에 이혼한 사실도 알아냈다. 그러니까 두 분은 이제 따로 살고 있는 거였다. 이혼 당시 아마 나는 여섯 살이었을 것이다. 언니들은 몇 살이었을까? 입양으로 동생을 잃는 기분은 어땠을까? 그런 뒤에 부모가 헤어지는 걸 지켜보는 기분은 또 어땠을까?

나는 주야장천 두 분을 향해 편지를 쓰고, 두 분과 이야기를 나누고 심지어 만나기까지 하는 상상을 했지, 두 분 중 한 분과만 재회하는 건 상상해 본 적이 없었다. 하지만 그분들의 결혼이 종말을 맞은 것도 그리 놀랄 일은 아니었다. 물론 다른 요인들도 있었겠지만 보나 마나 거기에 내 입양도 엄청난 스트레스로 작용했을 것이었다. 그보다 스트레스가 덜한 상황에서 깨지는 결혼도 천지였으니.

도나는 파일을 통해 내가 이미 아는 다른 사실들도 확인해 주었다. 나는 두 달 일찍 태어났고, 몇 주 동안 신생아 집중 치료실에 있었으며, 나의 친부모는 의사의 암울한 예후 소견을 접했다는 정보였다. 오래전부터 알고 있던 사실을 다시 들으니 일견 안심이 되기도 했다. 그러나 지금껏 알던 역사의 메아리는 마치 또 다른 충격이 강타해 오기 전의 숨 고르기처럼 들렸다.

"복지사는 니콜 씨 친부모가 아픈 아기를 집으로 데려오면 주위 사람들이 뭐라고 쑤군댈지 걱정하는 것 같다고 생각했어요. 아기를 왜 집으로 데려오지 않았는지 설명하는 것도 원치 않았고요. 니콜 씨 언니들을 비롯해 다른 사람들한테는 분만 중에 아기가 사망했다고 말하는 게 더 편하겠다고 생각했다는군요."

도나는 계속 말을 이어 갔지만 나는 더는 이야기를 따라갈 생각이 없었다. 마음 같아선 그에게 그만하라고 외치고 싶었지만, 그 자리에서 꼼짝도 못 하고 아기 침대와 옷, 댄의 어머니가 아기를 위해 손수 만든 보랏빛 퀼트 이불만 멍하니 바라보았다. 이건 친부모의 이혼 사실보다 더 괴로웠다. 두 분이 내가 '또 딸'이기보단 아들이길 바랐는지 궁금해진 것보다 더, 더. 내가 건강하지 않아서 날 포기하기 쉬웠을까? 그분들은 정말로 사람들에게, 그리고 언니들에게조차 내 존재를 부정하며 살아온 걸까? 만일 그렇다면 그분들은 대체 어떤 사람들인 걸까?

단 한 번이라도 나를 원한 적은 있을까?

시간이 얼마나 흘렀는지 몰라도 도나는 계속 무슨 말을 해대고 있었다. 도나는 이제 내 친부모가 지척에 있으니 '설레지' 않느냐고 물었다. 그러니까 그는 이것이 **좋은** 소식이라고 생각한 거였다. 내 파일을 손에 넣기까지 몇 주 동안 기다리다가 이제 그 모든 가슴 저미는 세부 사실들을 찾아낸 것이. 도나는 그분들에게 편지를 쓸 생각인지 물었다. 그는 다음 단계가 무엇인지 알고 싶어 했다.

오래전, 한 친구가 내게 혹시 친부모를 이상화하여 떠올리는 건 아니냐고, 그분들의 부재가 오히려 그분들을 너무 쉽게 상상하고 사랑할 모범적인 존재로 만든 건 아니냐고 물었을 때 나는 그냥 비웃었다. **그분들이 완벽한 존재가 아니란 걸 누가 모를까!** 하지만 마음속 깊은 곳에서 그분들은 다른 수많은 친부모들과 마찬가지로 사랑 때문에 힘겨운 결정을 한 용감한 사람들이었다. 지난날 내가 간청해 알아낸 모든 정보 조각들, 내 어머니 무릎에서 전해 들은 모든 이야기가 내 생물학적 부모에 대한 나의 관점을 더 공고하게 만들었는데, 그건 그분들이 내가 더 나은 삶을 살 수 있도록 나를 알아 가고 키울 기회를 희생한 강하고 이타적인 사람들이라는 것이었다. 그게 바로 내가 믿어야 했던 이야기였고, 내가 사랑받았다는 증거이기에 소중히 여긴 이야기였다.

마침내 수화기 저편 도나의 음성이 잦아들었다. 나는 내가 원하는 바에 대해 말해야 한단 걸 알았지만 무슨 말을 해야 할지 갈피를 잡지 못했다. 흥분과 호기심과 질문들로 녹초가 된 기분이었다. 눈을 떴는데 내 앞에 친부모님이 떡하니 서 있어도 무슨 말을 해야 할지 몰랐을 것이다. 진실을 찾다가 또 뭘 알게 될지 누가 알겠는가? 아이와 남편은 우리 인생에 이 새로운 친척을 들인 걸 과연 고마워할까? 나는 그분들을 찾겠다는 내 결정을 너무도 확신했었다. 아기와 나 자신을 위해 옳은 일을 하는 거라고 믿어 의심치 않았다. 하지만 이제 나는 뭐가 더 나쁠지 자문하고 있었다. 아무것도 모르는 게 더 나쁠까, 아니면 내 가슴을 무너지게 만드는 사실들을 알게 되는 게 더 나쁠까?

그분들에게 꼭 편지를 쓸 필요는 없었다. 그냥 이 상태로 내버려 둘 수도 있었다. 내가 너무도 사랑하는 댄과 배 속의 아기와 함께 지금 이대로 만족하고 지낼 수도 있다. 어쩌면 그것만으로도 충분할 터였다.

도나는 침묵을 깨고 다시 말문을 열었다. "니콜 씨가 알고 싶어 할지도 모르는 사실이 하나 더 있는데요…" 수화기 너머로 종이 뒤적이는 소리가 들렸다. "파일에 이름이 하나 적혀 있어요. 아마 니콜 씨를 입양 보내기 전에 부모님이 지어 준 이름인가 봐요."

가슴이 철렁하더니 다시 세차게 고동치기 시작했다. 이름이라고? 그분들이 내게 지어 준? "그 이름이 뭐지요?"

"수전요."

수전. 예쁜 구식 이름이었다. 기억을 더듬어 내가 아는 모든 수전을 떠올렸다. 내가 사랑한 2학년 때 담임 선생님, 우리 가족의 오랜 친구, 대학 때 같은 기숙사에 살았던 여자아이. 하마터면 웃음을 터뜨릴 뻔했다. 나는 수전이라는 이름과는 도무지 **어울리지** 않았기에.

여태까지 내 친부모가 내게 이름을 지어 줬을 거라 생각해 본 적은 단 한 번도 없었다. 내가 두 사람의 인생에 함께 있었던 건 고작 며칠, 혹은 몇 시간뿐이었다. 만일 내가 내 아이를 키울 권리를 포기할 생각이라면, 그래서 두 번 다시 만날 일이 없을 거라면, 그래도 그 아이에게 이름을 지어 주고 싶을까? 앞으로 절대 불릴 리 없는 그 이름으로 아이를 기억하는 게 무슨 도움이 될까?

그 이름에 대해 더 생각할 거리는 없었다. 그건 나에 대한 그분들의 사랑의 증거가 아니었다. 그분들이 누구고 뭘 소중히 여겼는지, 날 원한 적은 있는지에 대해 아무것도 말해 주지 않았다. 하지만 몇 달 전 내가 택한 길로 나를 되돌려 놓기엔 충분했다. 비록 내가 찾게 될 것에 대해 전보단 덜 확신하게 됐지만 그럼에도 여전히 따라가 보고 싶은 그 길로.

적어도 부모가 아무 신경도 안 쓰는 아이에게 이름을 지어 줬으리라는 생각은 들지 않았다.

"편지를 한번 써 볼게요." 내가 말했다. 그 뒤에 혼자 생각한 말은 이것이었다. **용감해질게요. 끝까지 마주할게요.**

나는 친부모님이 날 위해 고른 이름을 듣자마자 선택을 감행했다. 그리고 다시 내 딸을 생각했다. 아직 태어나진 않았지만 너무도 원하는 그 아이를. 통화를 끝내고 나서 미래의 아기 방에서 나와 노트북을 열었다. 댄과 내가 찾아 놓은 수많은 아기 이름 중 하나를 고를 참이었다. 아비게일은 '내 아버지의 즐거움', 줄리아는 '젊음'을 뜻했다.

검색해 보니 수전은 '백합'을 뜻했다. 나의 친부모님에게 그 이름은 무슨 의미였을까? 그분들은 무슨 이유로 그 이름을 골랐을까?

어쩌면 곧 그걸 알게 될지도 몰랐다.

도나는 내게 친부모님 각자에게 편지를 쓰라고 했다. 거기에 너무 자세한 정보는 담지 말라고도 했다. 예컨대 내가 어디서 자랐는지, 어느 학교에 다녔는지 언급하지 말고 성도 쓰지 말라고 했다. 그분들이 접촉에 동의하기 전까진 어떤 '신원' 정보나 개인 정보도 알려서는 안 된다고 했다.

나는 한 번에 하나의 재회에 초점을 맞추기로 했다. 우선 친모에게 편지를 써서 그분이 하는 말을 들어 본 다음—물론 답장을 받는다면—친부에게 편지를 쓰기로 했다.

도나와의 통화 이후로 친부모가 더 복잡하고 인간적인 존재, 더 현실적인 존재로 느껴졌다. 정확히 어딘지는 모르지만 저 어딘가에 내 친모가 살아가고 있었다. 혼자 살았을까, 아님 언니들 중 하나와 살았을까? 도시의 작은 아파트에서 살았을까, 아니면 교외 주택에서 살았을까? 아직 직장에 다닐까, 아니면 육십 대인 지금은 은퇴했을까?

내 계획에 대해선 상상도 못 하고 하루하루 살아가는 그분 모습을 떠올릴 때마다 나는 항상 풀이 죽었다. 그분은 나란 존재는 궁금해하지도 않은 채 현 생활에 더없이 만족하며 살아갈지도 몰랐다. 하지만 분명 나와 연락하고 싶어 한 적이 있었다. 양부모님에게 편지를 보낸 뒤로도 계속 내 생각을 했을까? 나의 편지는 우리 두 사람의 인생을 모두 바꿔 놓을 터였다. 나를 포기하겠다는 그분의 선택이 그랬던 것처럼. 하지만 딱히 허락을 구할 방법이 없었다. 자신이 포기한 아이가 달랑 편지 한 통의 거리까지 성큼 다가와 있다는 걸 미리 경고해 줄 방법도 없었다.

도나는 기억을 상기해 주려는 듯 편지에 대해 묻는 이메일을 보냈다. 하지만 나는 서두르지 않을 셈이었다. 이것은 내 어머니가 내게 듣는 첫 이야기였고 그 이야기는 **정확해야** 했다. 완벽해야 했다.

내가 수전이라는 이름으로 불린 적이 있단 사실을 알게 되고 한 달쯤 지나 크리스마스가 2주 앞으로 다가온 어느 날, 나는 노트북을 펴고 앉아 이미 끼적여 놓은 여섯 통의 초안은 무시한 채 새 파일을 열었다. 이번엔 편지를 다 쓸 때까지 자리에서 일어나지 않기로 다짐했다.

친애하는 엄마

나는 이 인사를 재빨리 지울 수밖에 없었다. 다른 여자를 **엄마**라 부르는 건 아직도 뭔가 잘못된 일처럼 느껴졌고, 날 어떻게 생각할지도 모르는 친모를 가족이라 주장해선 안 되었다. 하지만 서두를 어떻게 시작할 것인지가 딜레마였다. 나는 그분의 성도 모르고, 호칭을 미즈로 써야 할지 미세스로 써야 할지도 몰랐다.

안녕하세요? 저는 니콜이라고 합니다. 1981년 5월 5일에 태어나 1981년 7월에 입양된 귀하의 생물학적 딸입니다. 아마 제가 왜 이렇게 연락을 하는지 궁금하시겠지요. 이 편지를 받고 깜짝 놀라셨으리라 생각합니다. 그래도 부디 불쾌해하지는 않으셨으면 좋겠습니다.

이제 정확히 무슨 말을 할 것인가라는 문제에 봉착했다. 도나가 개인 정보는 말하지 말라고 했다. 하지만 무언가는 이야기해 주어야 했다. 만약 내게 딸이 있는데 그 아이에 대해 내가 아무것도 모른다면 뭐가 가장 궁금할까?

> 저는 지금 행복하게 잘 살고 있고, 부모님 사랑을 듬뿍 받으며 잘 자랐다는 걸 알려 드리고 싶어요.

이렇게 써 놓고 보니 내 양가족의 단단한 사랑에 더욱 안심이 되었다. 여러 면에서 나는 운이 좋았다. 나는 사랑받았다. 이것이 나의 친모가 신경 쓸 만한 사실의 전부이고 그분이 알아 마땅한 사실인 것 같았다. 하지만 혹시 이 말이 친모는 나를 사랑하지 않았다는 말처럼 들리진 않을까? 나는 뜻을 좀 더 명확히 하려고 정신없이 자판을 두들겼다.

> 귀하에게 입양 결정이 절대 쉽지 않았으리란 걸 잘 압니다. 귀하가 제게 최선이라 믿는 대로 결단한 것에 저는 항상 존경심을 느꼈습니다. 이제 제가 좋은 삶을 누렸다는 것을 아시고 부디 조금이나마 마음의 평화와 확신을 얻으셨으면 좋겠습니다. 제가 지금 이 편지를 쓰는 이유는 혹시 귀하가 기꺼이 허락하신다면 귀하 가족에 대해 조금 더 알고 싶기 때문입니다.

한 줄 한 줄 뭉툭뭉툭 써 내려간 편지는 섬세하고 좋은 글과는 거리가 멀었다. 편지 내용은 어쩔 수 없이 모호했고, 27여 년을 오매불망 기다려 온 질문들도 전혀 들어 있지 않았다. 그런 질문에 앞서 우선 그분의 허락부터 구해야 했다.

하지만 나는 꼭 하고 싶은 말이 있다는 사실을 깨달았다.

귀하께 할 말이 딱 하나 있다면 이것입니다. 고맙습니다. 27년 전, 저를 다른 사람이 잘 돌볼 수 있도록 저를 알아 가고 키울 기회를 포기하는, 참으로 어려운 결정을 하신 것에 대해 감사드립니다.

친모에게 편지를 쓰면서 양부모 생각이 떠올라 마음이 쓰라렸다.

"하필 **지금**? 지금은 네 출산 준비만으로도 정신없지 않아?" 내가 결국 친모에게 편지를 쓸 거라고 털어놓자 엄마는 이렇게 말했다.

"바로 그것 때문에 하는 거예요." 내가 대답했다. 사실이었다. 하지만 공감하거나 물러서야 할―어쩌면 둘 다 필요한지도 모를―순간에 나는 또다시 어머니의 실용주의 성향에 호소하고 있었다. 어머니는 오랫동안 병원에서 일했고, 나보다 먼저 내 유전적 특질을 고민한 여성이었다. "내 가족력에 대해 알고 싶다고 했잖아요." 나는 어머니에게 전에 한 말을 상기시켰다. "이게 유일한 방법이에요. 이 방법이 아니면 왜 제 친모가 그렇게 일찍 저를 낳았는지 알 길이 없다고요. 앞으로 우리 가족한테 무슨 병이 생길지도 모르잖아요. 저도 이제 나이 들어 가고 새 가족이 생기니까… 이 정보를 꼭 알아야 해요."

엄마는 내 가족력 정보가 중요하다는 데 동의했다. 물론 자신의 손주를 위해서였다. 엄마가 무슨 다른 말을 하겠는가? 엄마는 그분들에게 편지를 써야만 그 정보를 알아낼 수 있다는 사실이 정말 유감이라고 했다. "그분들이랑 직접 대화도 할 거니?"

"그분들이 원한다면요."

엄마는 내 진짜 가족이 누군지 잊지 말라고 했다. 마치 두 분이 내가 아는 유일한 가족이란 사실을 내가 잊을 수 있기라도 한 것처럼. 내가 그분들에게 은혜를 입었다는 것은 우리 모두가 다 알았다. 그건 말할 필요조차 없었다. 나는 다른 부모를 엄마나 아빠라 부를 생각이 전혀 없었다. 절대 내 양부모를 생물학적 부모로 대체하지 않을 것이었다.

하지만 내 생물학적 가족은 나란 존재를 만들어 낸 가족이었다. 그분들이 누구건 내 친부모는 나를 이 세상에 데려다 놓은 사람들이었고, 나는 그 사실 외엔 그분들에 대해 아무것도 모르지만, 그럼에도 그 사실에 대해 존중하는 마음을 가질 수 있단 걸 그분들이 알았으면 했다. 나는 그 점에서 분명 그분들에게 은혜를 입었다고 느꼈다.

> 저는 건강하고 행복하고 충만한 삶을 살았습니다. 그
> 점에 대해 귀하께 감사드립니다.

나는 최대한 친모의 입장에서 생각해 보려 애를 썼다. 얼굴은 도저히 그려지지가 않아 대신 나와 닮았을지도 모르는, 하지만 나보단 더 작고 주름졌을 손을 떠올렸다. 그 손이 우체통을 열고, 내 편지를 집어 들고, 두 장의 편지를 펼치는 모습을. 그것이 내가 쓴 편지라는 걸 알았을 때 그분은 어떻게 반응할까? 기쁨이나 슬픔의 눈물을 흘릴까? 아니면 내가 자신의 삶에 불쑥 쳐들어온 것에 짜증을 낼까?

> 혹시 답신을 하고 싶으시다면 이 편지를 전한 분에게
> 제 정보를 물어보시기 바랍니다. 만약 편지나 전화를
> 원치 않으신다면, 혹시 제게 가족 의료 정보를 보내
> 주실 수 있는지 여쭙고 싶습니다. 어떤 선택을 하시
> 든, 이 편지를 끝까지 읽어 주셔서 감사합니다.

끝맺는 말로 '행운을 빌며'는 너무 딱딱하고, '진심을 담아'는 더

별로였다. 나는 한동안 머뭇거리다가 이렇게 썼다.

　　　사랑을 담아,
　　　니콜

아직 정확히 내가 느낀 감정은 아니었지만 사랑은 내가 열망하는 무엇이었다. 그분은 나의 어머니였다. 또는 한때 나의 어머니였던 분이었다. 아마 나의 일부가 그에게서 왔다는 생각 자체를 사랑하고 싶었는지도 모르겠다.

결국 나는 내 편지에 완전히 만족하지 못했다. 묻지 못한 질문이 너무 많았고 그 짧은 몇 단락에 욱여넣어야 할 내용도 너무 많았다. 나는 내 편지가 따뜻하고 영리하고 듬직한 글이 되길 바랐지만, 결국 나의 안녕을 확인하고 내 삶에 대한 자세한 정보는 쏙 빼고 힌트만 여기저기 끼워 넣은 소개장에 만족하는 수밖에 없었다. 도나는 원래 시작은 그렇게 하는 거라고 말했다. 다른 이야기를 하려면 좀 더 기다려야 했다. 그런 일이 가능해졌을 때 얘기지만.
　　나는 크리스마스가 일주일 앞으로 다가와서야 그 편지를 출력해 서명을 하고 우편으로 부쳤다. 단어 하나하나를 갈가리 찢어 버리고 완전히 새로 쓰고 싶은 충동을 꾹꾹 누르면서. 어쟀거나 친모가 편지에 담긴 나의 농담이나 단어 한둘로 나와 이야기할지 말지를 결정하진 않을 테니.

도나는 편지를 잘 받았다고 내게 이메일을 보냈다. 메일에는, 중개인들 사이에는 크리스마스를 앞두고는 생물학적 친척에게 연락하지 않는 '암묵적 규칙'이 있다는 말이 덧붙여져 있었다. "크리스마스는 감정적으로 민감해지는 시기라 더 스트레스를 받을 수 있으니까요." 그러니 크리스마스가 지나고 나서 편지를 부치겠다고, 하지만 새해 전에는 반드시 부치겠다고 했다.

새해 첫날 나는 임신 32주 차가 되었다. 나를 밴 친모는 다다른 적 없는 시기였다. 아이를 분만하기 전까지는 그분들과 연락이 닿기를 바랐지만, 이제 나의 임무는 그저 다음 단계에 대한 타인의 선택을 묵묵히 기다리는 일뿐이었다. 막상 편지를 써 보내고 나니 희한하게도 이 불확실한 상태가 더 견딜 만해졌다. 이제 곧 내 인생의 모든 것들이 변할 참이었다. 나는 남은 시간 동안 이 평화와 고요를 실컷 음미하고 싶었다.

새해를 맞고 며칠이 지난 그날, 신디는 자신의 직장인 지역 보건센터에서 일하는 중이었다. 신디는 의사도 간호사도 아닌 사무직원이었다. 센터장을 포함해 직원들의 스케줄을 관리하고, 당직 순번을 확인하고, 내부의 돌아가는 상황을 누구보다 자세히 파악하고 있는 사람이었다. 신디는 자신의 일을 사랑했다. 자신의 가치를 알았고, 늘 정신없이 바빴다.

　　그래서 제시카에게 '지금 바로 전화 좀 부탁해'라는 아리송한 이메일을 받았을 때 처음엔 그 말을 그냥 무시했다. 당장할 일이 너무 많았기에, 일을 다 끝내고 전화하면 될 거라 생각했다. 아마 제시카와 함께 다른 주로 가서 사는 엄마 이야기를 하려는 거겠지. 하지만 점점 더 다급한 어투의 문자가 연이어 울려 댔다. '지금 이거 보고 있는 거니? 진짜 중요한 일이야.' 결국 신디는 잠깐 자리를 빠져나와 전화를 걸었다. "언니, 대체 무슨 일이야?"

제시카가 득달같이 말하는 동안 신디는 대체로 가만히 듣고만 있었다. 중간에 끼어들어 무슨 질문을 할 기회가 있었던들 뭘 물어야 할지도 몰랐다. 물론 자신의 가족에게는 문제가 있었고, 부모님에게도 말 못 할 비밀이 있을 터였다. 하지만 제시카가 하는 말은 터무니없을 정도로 충격적이었다. 두 자매에게조차 말이다. 그건 절대 사실일 리 없었다.

그렇지 않은가?

신디는 제시카에게 이제 그만 다시 일하러 가 봐야 한다고 말했다. 하지만 자리로 돌아가는 대신 친한 동료 직원에게로 갔다. 동료는 신디의 얼굴을 보더니 대체 무슨 일이냐고 물었다.

"방금 나한테 여동생이 있다는 사실을 알게 됐어요. 여태난 그 애가 죽은 줄로만 알고 있었는데… 그게 아니었어요. 그때 입양됐던 거래요."

동료는 자녀가 둘이었는데 모두 위탁시설에서 입양한 아이들이었다. 동료는 신디의 팔을 부드럽게 잡고는 문 쪽으로 데려갔다. "정신 차리고, 나랑 잠깐 좀 걸어요."

그날 저녁, 집에 돌아온 신디는 남편 릭에게 그 이야기를 전했다. 두 사람은 군 복무 때 만나 2002년에 결혼했다. 릭은 신디가 자기 어린 시절 이야기를 한 몇 안 되는 사람들 중 하나였다.

"우리한테 **거짓말**을 한 거야." 신디는 이 말을 하고 또 했다.

부모님이 무언가를 감춘 것, 상상을 초월하는 비밀을 가진 것은 그렇게까지 충격적이지 않았다. 하지만 도대체 **왜** 그걸 비밀로 했을까? 신디가 이해할 수 없는 건 바로 그 대목이었다. 두 분은 늘 신디에게 자신들은 아무것도 설명할 필요가 없다고 우겼다. **그건 우리가 알아서 할 문제지 네가 신경 쓸 일이 아니야.** 두 분은 신디에게 입양에 관한 진실을 말해 주고 늘 그랬던 대로 더 이상 그에 대해 이야기하는 걸 금지할 수도 있었다. 그렇게 한들 신디가 할 수 있는 일은 아무것도 없었을 것이다. 하지만 적어도 무슨 일이 벌어졌는지 알고는 있었을 터였다. 그렇지만 두 분은 동생의 존재를─**한 사람**을 통째로!─숨기기로 한 것이었다.

그 아기가 여자아이였다는 게 신디가 기억하는 전부였다. 그리고 그 아기를 수지(수전의 애칭─옮긴이)라고 부를 거라는 것도. 신디는 자신이 언니가 될 뻔한 그 이상하고 혼란스러운 시간을 까맣게 잊고 지낸 지 오래지만, 자신들이 고른 그 이름만은 또렷이 기억했다.

릭은 잠깐 동안 아무 말도 하지 않았다. 전혀 릭답지 않은 행동이었다. 그는 두 사람이 데이트를 시작했을 때 신디가 자신의 가족에 대해 말해 준 일을 떠올렸다. 그 모든 이야기를 다 하는 데는 꽤 시간이 걸렸다. 신디는 수많은 장거리 드라이브와 주말여행에서 고심에 고심을 거듭하여 자기 이야기를 들려주었고, 덕분에 릭은 어린 시절 신디가 견뎌야 했던 압박감을 이해하게 되었다. 입양 이야기가 좀 충격적이긴 해도 사실일 것 같다고 그가 수긍한 것도 아마 그 기억 때문이었을 것이다.

"일단 최대한 정보를 알아내. 어떻게 하고 싶은지는 그다음에 생각하면 돼." 닉이 말했다.

신디는 다시 제시카에게 전화를 걸었다. 그리하여 한 젊은 여자가 입양 중개인을 통해 자기들 어머니에게 편지를 보냈다는 걸 알게 됐다. 그 여자는 의료 정보를 요청했고, 곧 아기를 낳는다고 했다. 자란 곳은 오리건이라는 말을 듣고는 '정말 가까운 곳에 있었네'라고 생각했다. 그 긴 세월 동안 동생이 그렇게 가까이에서 살고 있었다니.

신디와 제시카의 어머니는 영어가 서툴렀다. 그 탓에 청구서나 계약서 따위의 중요한 서류는 딸들이 뜻을 해독해 주곤 했다. 그 수수께끼 같은 편지가 도착했을 때도 어머니는 도대체 거기에 무슨 말이 적혀 있는 건지 혼란스러웠고 제대로 이해할 수가 없었다. 그래서 제시카에게 번역을 도와 달라고 부탁한 것이었다.

그렇게 제시카는 자기 동생이 아직 살아 있다는 사실을 알게 되었다.

어머니는 그 사실을 부정하려 하지 않았다. 그리도 작고 아팠던 아이가 다른 가족에게 입양되어 지금 이렇게 멀쩡히 살아 있다고 솔직하게 인정했다. "엄마 말에 따르면 그때 두 분에겐 의료비를 감당할 여유가 없었다는 거야. 그래서 **아버지가** 입양이 유일한 선택이라고 했고." 제시카가 말했다.

어머니는 제시카에게 입양은 자기 남편의 '잘못'이라고 말했다. 그리고 자신은 딸들에게 사실대로 말하고 싶었지만 그가 그러지 못하게 막았다고 했다. 제시카와 신디는 그 말이 사실인지 궁금했다. 사실 오래전, 지금은 돌아가신 할머니가 생전에 **너희의 다른 여동생**이란 말을 한 적이 있었다. 그때 할머니가 노화 때문에 정신이 잠깐 오락가락하셨던 건지, 아니면 자기들한텐 숨긴 입양에 대해 알고 계셨던 건지 문득 궁금해졌다.

제시카는 그 젊은 여성이 혹시 신디의 아버지에게도 연락했는지는 알지 못했다. 다 같이 살던 시절에는 신디 아버지가 비록 제시카의 생물학적 아버지는 아니어도 두 사람 모두의 아버지였다. 하지만 이혼 후 제시카는 어머니와만 연락했고, 신디가 자기 아버지에게 간 뒤로는 두 자매가 서로 왕래하는 일이 금지되었다. 자매는 멀리서나마 서로 연락하고 지내려 노력했지만 직접 만나지는 못했다. 이제 신디는 어머니와, 제시카는 신디의 아버지와 연락하지 않고 지냈기에 각자 자기 부모에게 물어서 정보를 비교해 봐야 할 터였다.

두 사람은 정식으로 절차를 밟아 서명하고 서류를 만들기 전까지는 자기들 동생과 어떤 이야기도 할 수 없었다. 그 절차를 마치는 데는 시간이 좀 걸린다고 했다. 몇 주, 아니면 한 달이 걸릴 수도 있었다. 제시카는 그 여자의 연락처를 알게 되는 즉시 신디에게 알려 주겠다고 약속했다. "근데 신디, 우리 그 애한테 나쁜 이야기는 하지 말자." 제시카가 덧붙였다. "계속 긍정적인 얘기만 하자. 일단 우리를 더 잘 알게 되면 그때 가서 진실을 더 말해 줄 수 있을 테니까. 그 아이가 겁먹고 줄행랑쳐 버리길 바라는 건 아니잖아, 그치?"

신디는 예의 그 논리가 또 등장했다고 생각했다. 물론 자신도 그 아이를 겁먹게 해 내쫓고 싶진 않았지만, 무슨 말을 하고 무슨 말을 하지 말라는 이야기를 평생 귀에 못이 박히도록 들어 온 터였다. 신디는 어린 시절 내내 부모님의 가치와 규칙을 무조건 따라야만 했다. **집에서 일어난 일은 아무한테도 말하지 마. 이혼 이야기는 아무한테도 하지 마. 우리 가족 비밀은 꼭 지켜. 우리 체면을 생각해서.** 신디는 쭉 그 말을 고분고분 따랐다. 때로는 마지못해 그렇게 했지만. 설령 그것이 끔찍한 이야기를 입에 올리지도 인정하지도 않는다는 뜻이었을 때조차 그 말을 따랐다. 막내로서 자기 의견이 가장 하찮게 취급된다는 것을 이미 알고 있었다.

하지만 이번엔 달랐다. 신디는 자신이 이 새로운 사실을 어떻게 다루어야 하는지, 연락을 취할 때 무슨 말을 해야 하는지에 대해 어떠한 지시를 받는다는 사실에 벌써 화가 치밀었다. 자신은 더 이상 아이가 아니었다. 게다가 부모가 키우기를 포기해 버렸을 뿐 아니라 존재 자체를 부정당한 이 아이에게 비밀을 지키려 한다면, 그런 자신은 과연 어떤 사람이 되는 것인가?

신디가 자기 가족이 자신이 믿어 온 것과 다르단 사실을 알게 된 건 서른셋 생일을 두 주가량 앞둔 때였다. 동생이 살아 있었다니. 모르는 사람들에게서 키워졌다니. 그 부모는 어떤 사람들일까? 동생의 어린 시절은 나와 어떻게 달랐을까? 안전했을까? 행복했을까?

신디는 이미 알고 있었다. 자신이 지체 없이 그 아이에게 편지를 쓰리라는 것을. 지금부터 무슨 말을 할지만 정하면 되었다.

마치 평생 체스판을 쳐다보고만 있다가 이제야 처음으로 먼지 투성이 낡은 말을 움직이기 시작한 기분이었다. 새해가 시작되고 며칠이 지난 어느 날, 도나가 내게 전화를 걸어 친모가 편지를 받았고 언니들 중 하나가 번역을 도왔다고 전해 왔다. 나는 친모에 대해 더 많은 정보를 물어보고, 그분이 나와 이야기하기를 간절히 바라는지 아닌지 알고 싶었지만 순간 생각이 옆길로 새 버렸다. 언니들 반응은 어땠을까? 도나는 그들의 성까지는 말해 줄 수 없지만 이부언니 이름은 제시카이고 친언니 이름은 신디라고 알려 주었다.

도나는 아직 나와 친가족에게 서로의 연락처를 알려 줄 수 없었고, 서류 작업에는 몇 주 정도 소요되었다. 그 사이에 내가 원하면 친부에게도 편지를 쓸 수 있었다. 그것 역시 도나가 대신 부쳐 줄 수 있었다. "기다리는 건 정말 힘든 일이죠." 도나가 말했다. 그의 말이 맞았다. 하지만 출산일이 다가왔고, 다른 데 마음을 빼앗기지 않고 아기에게만 온전히 집중하려 애쓰는 게 더 힘들었다. 나는 도나가 그 외 다른 사실은 알려 줄 수 없다는 걸 확인하고 전화를 끊었다.

임신 기간에 출산만이 아니라 내 친가족과의 재회를 고대하며 기다렸다는 게 얼마나 이상한 일인지! 임신과 친가족 찾기라는 두 여정을 처음 생각했을 땐 그 구불구불한 두 길이 지금 이렇게 정상에서 서로 만나리라고는 꿈도 꾸지 못했다. 두 이야기가 만나게 된 건 느린 행정과 내가 친모에게 편지 쓰는 걸 망설인 탓이었다. 이제 어쩌면 한 가족을 만들면서 그와 동시에 또 한 가족에 다시 합류하게 될 수도 있었다. 과연 내가 그 모든 걸 감당할 수 있을까? 설령 힘들다 해도 지금은 계속 앞으로 나아가는 것 외에 다른 선택의 여지가 없었다.

나는 전화를 끊고 나서야 도나에게 친모 이름을 물어본다는 걸 깜빡했음을 깨달았다.

2월 첫 주가 지나고 나서 제시카에게 이메일이 왔다. "안녕, 니콜. 무슨 말을 어떻게 시작해야 할지⋯. 26년 전에 무슨 일이 벌어졌는지는 나도 정확히 알지 못했어. 부모님은 우리한테 네가 사망했다고 하셨어."

이 말에 나는 또다시 슬픔과 분노를 느꼈다. 내게 그럴 권리가 있는지는 확신하지 못했지만. 내 입양 파일 속 추측 글을 확인해 주는, 흰 바탕에 검은 글자가 박힌 컴퓨터 화면을 보고 있노라니 마음이 무너져 내렸다. 친부모가 자기 아이들에게 내 이야기를 하지 않았고, 내가 병원에서 사망했다고 믿게 한 것은 사실이었다.

나는 언니들이 겪었을 감정에 죄책감을 느끼지 않을 수 없었다. 중개인 말대로 언니들은 나와 이야기하기를 간절히 바랐을지도 모르지만, 그렇다고 그것이 부모의 거짓말에 충격받지 않았다는 뜻은 아니었다. 게다가 그 원인 제공자는 바로 나였다. 나의 호기심, 진실을 찾겠다는 나의 의지, 그리고 어쩌면 나의 이기심이 그 원인이었다. 그랬다. 나에겐 하고 싶은 질문들이 있었고 이 여정에서 얻을 것이 많았다. 하지만 과연 내게, 자신들의 부모가 밝히고 싶지 않아 했던 진실을 알리는 편지로 언니들의 삶을 뒤흔들어 놓을 권리가 내게 있을까? 조만간 모두가 진실을 알고 나면 가족의 평화를 깨 버린 이 이방인에게 다들 분개하지 않을까? 어쩌면 이미 나를 비난하고 있는지도 몰랐다.

제시카는 나를 탓하는 것 같지는 않았다. 제시카는 내 편지와 동봉된 사진을 보고 어머니에게 정면으로 따져 물었고, 어머니는 입양에 관해 솔직하게 털어놓았다고 했다. 당시 친부모는 경제적으로 힘든 상태여서 의료비를 감당할 처지가 아니었고, 친부는 입양이 '최선의 방법'이라 생각했다고 한다. 나는 이 대목에서 잠깐 멈추었다. 바로 내가 양부모에게서 지겹도록 들어 온 이야기였기 때문이다.

제시카는 어머니가 나와 직접 통화하고 싶어 한다고 했다. 거기에는 **네가 준비가 되면** 이라는 단서가 달려 있었다. 그동안 우선 의료 기록을 작성해 중개인을 통해 보내 주겠다고 했다. **이건 다 예정돼 있던 일이야. 하느님의 도움으로.** 제시카는 이렇게 말했다. 이것 역시 입양이 하느님의 뜻이라고 너무도 확신하는 우리 양부모님을 떠올리게 했다. 다른 사람들의 눈엔 아직도 신의 계획, 운명 같은 게 보이는지 모르나 내 눈엔 몇 달 아니 몇 년 동안 심사숙고해 내디딘 내 작은 발걸음의 결과가 보였다.

제시카는 어머니가 마음속에 엄청난 고통을 품고 살았을 거라고 했다. 그러면서 내가 치유에 도움이 될 수도 있다는 뜻을 은근히 내비쳤다. 하지만 내게 무슨 치유 능력 따위가 있겠는가. 친부모가 내 입양 사실을 숨겼다는 점은 그 결정에 대해 두 분의 마음이 편치 않았다는 증거처럼 보였다. 그건 불길한 징조였다. 한때 그분들이 내 자매들에게 이렇게 설명하는 장면을 상상했던 내가 너무도 멍청하게 느껴졌다. **힘들긴 했지만 옳**

은 결정이었어. 설령 아직 어린 아이들에게 그런 말을 하고 싶지 않았다면 나중에 그들이 어른이 되고 나서 앉혀 놓고 진실을 알려 줄 수도 있었을 텐데, 그분들은 그렇게 하지 않았다.

이제 나는 어떻게 해야 할까? 내가 직접 그분과 한 번 혹은 여러 번 이야기를 나눈다고 해서, 그동안 자기 아이들에게 진실을 꽁꽁 숨겨 온 사실에 대해 그분 마음이 조금이라도 더 편해질 것 같지는 않았다. 결국 지금까지 내가 알게 된 사실 중 그 무엇도 당장 달려가 서부행 비행기표를 끊고 싶게 만들지는 않았다.

접촉에는 언제나 위험이 따랐다. 내가 친모에게 편지를 쓴 것은, 그 일이 중요하다고 느껴서였다. 인생의 모든 일이 단순한 상태로 남을 수 없으며, 우리가 영영 따로 구분돼 있을 수는 없다는 걸 알아서였다. 하지만 어떻게 답을 할지 고민하는 동안, 그다음엔 또 무슨 일이 벌어질지 모른다는 사실을 깨달았다. 이제 그들은 내가 그들에 대해 아는 것보다 나에 대해 훨씬 많이 알게 되었다. 만일 그들이 서로 진실을 공유하지 않는다면 나는 뭘 더 알 수 있을까?

자매가 하나 더 있어. 이름은 신디고 나이는 서른셋.
너처럼 예뻐. 그 아이에게 네 얘기를 해 줬어.

제시카의 이메일에서 무엇보다 내 관심을 끈 것은 이 대목이었다. 나는 이 대목을 읽고 또 읽으면서 '나처럼 예쁘게 생겼다'는 게 무슨 뜻인지 이해하려 애썼다. 그때까지 나는 스스로 매력적이라 생각해 본 적이 한 번도 없었다. 아마 백인만 득실대는 고향에서 자란 탓도 있을 것이다. 혹시 내 친자매인 신디가 가족 중 나와 가장 닮았을까? 신디는 나보다 키가 클까, 작을까? 신디도 나처럼 야행성이고, 수다쟁이지만 낯을 가리고, 게을러서 화장도 안 하고, 책 다섯 권을 동시에 읽는 사람일까? 자동차 안에서 노래를 곧잘 부르는 사람일까? 작가가 되는 꿈을 꾼 적이 있을까?

친부모에 대해서는 일단 나 자신을 보호해야겠다는 충동이 느껴졌다. 설령 그게 정당한 일이 아니더라도. 딱히 이유를 설명할 순 없지만, 아예 문을 닫아 버리지는 않더라도 더 천천히, 조심스레 일을 진전시켜야겠다 싶었다. 하지만 이런 불안감과 언니들에게 충격을 안겨 준 데 대한 죄책감에도 불구하고, 그들이 더는 내 존재를 모르지 않는다는 사실에 야릇한 희망이, 새로운 종류의 생생한 행복감이 차올랐다.

저 어딘가에 그들이 있었다. 나에 대해 더 알고 싶어 할지도 모르는 언니들이. 우리 부모님에게 어떤 일이 있었든, 우리 가족에게 무슨 일이 있었든 이것은 새로운 시작일 터였다.

신디는 아버지에게 설명할 기회를 드려야 한다는 걸 알았다. 하지만 주중에 차로 세 시간 반 거리를 대뜸 찾아갈 수는 없는 노릇이어서, 제시카에게 진실을 들은 다음 날 아버지에게 전화부터 걸었다.

"뭐 좀 물어볼 게 있어서요. 혹시 저한테 제가 모르는 자매가 있어요?"

긴 침묵이 이어졌다. "네 이부언니 말이니?"

"아뇨." 신디는 벌써부터 화가 치밀었다. "언니 말고 다른 자매요. 내 친자매. 엄마, 아빠가 우리한테 말 안 한 다른 아이를 낳은 적 있냐고요."

아버지는 즉각 부인했지만 목소리가 약간 이상했다. 아버지는 신디 어머니가 이혼 뒤에 다른 남자와 아이를 가졌는지는 모르지만 자기가 아는 다른 아이는 없다고 했다. "다른 애가 있었다면 네가 아직 모를 리가 있겠니?" 아버지는 반문했다.

신디는 자기 언니의 편지를 떠올렸다. 가짜라기엔 너무 엄청나고 너무 자세했다. 어딘가에 출생증명서와 입양 서류가 있을 터였다. 아직 눈으로 확인하진 못했지만 그게 확실한 증거가 되어 줄 것이다. 게다가 편지에 사진까지 동봉되어 왔다고 했다. 제시카는 그 아이가 우리와 닮은 면이 있다고 했다.

신디는 자신에게 동생이 있다는 걸 확신했다. 자신은 고작 며칠 전에 알게 되었지만 아버지는 27년을 알고 살았다. 아버지에게 딱히 뭘 기대하고 전화한 건 아니었으나 아버지가 그 사실만은 인정하기를 바랐다. 자기 동생이 왜 남의 손에 보내졌는지 설명해 주기를 바랐다.

신디는 혼란스럽고 실망도 했지만 체념하는 마음도 들었다. 평생토록 말대꾸하지 않고, 화내지 않고, 가족에게 뭘 물어보지 말라는 훈련을 받아 온 영향이었다. 이제 이야기를 전해들을 다른 방법이 있었다. 사실 아버지가 진실을 말해 주지 않는다 해도 신디에겐 그분의 마음을 바꿀 의지도 에너지도 없었다. 적어도 오늘 밤에는. "알았어요." 신디는 이렇게 대답하고 전화를 끊었다.

신디와 릭은 생일이 둘 다 1월이었고 며칠 차이가 나지 않았다. 그래서 생일이 있는 주말을 신디의 아버지와 계모 부부와 함께 보내기로 계획을 짜 두었다. 그런데 이제는 도저히 계획대로 할 수가 없었다. 신디는 두 분 얼굴을 볼 자신이 없다고 릭에게 말했다. 그러고는 센터에 주말 당직 신청을 해서 아예 갈 수 없는 상황을 만들어 버렸고, 계모에게는 전화를 걸어 그냥 릭과 집에 있겠다고 말했다.

계모는 실망만 한 게 아니라 몹시 걱정하는 것 같았다. 계모는 아버지가 신디와의 통화 이후로 너무 이상하게 행동한다고 말했다. 아버지는 내내 좌불안석하는 것 같더니 식사도 잘 못 했다고 한다. 그런데 이제 신디와 릭이 집에 안 오겠다니. 다들 왜 그러는 건지, 대체 무슨 일이 벌어지고 있는 건지 그로서는 알 길이 없었다.

신디는 계모를 사랑했다. 여러 면에서 계모는 자신에게 누구보다 더 부모다운 부모가 되어 주었다. 어린 신디가 안정된 가정에서 살게 해 준 유일한 분이었다. 아버지는 틀림없이 계모에게 입양 이야기를 숨기고 싶었을 것이다. 하지만 신디는 자신을 길러 준 여자에게 거짓말을 하고 싶지 않았고, 자신이 화난 사실을 부정하지도 못했다.

거짓말이라면 이제 지긋지긋했다.

"아무도 저한테 말 안 해 준 여동생이 하나 있단 사실을 이제야 알게 됐어요."

"뭐? 그게 무슨 말이니? 누구?"

"그 애는 제 친동생이에요. 그 애가 저희 엄마한테 편지를 보냈어요. 제가 여섯 살 때 태어났대요. 근데 아빠한테 물으니 생전 처음 듣는 얘기라고 하시네요."

"알았다." 계모가 대답했다. "음, 우리 할 얘기가 아주 많을 것 같구나. 우리가 너희 집으로 가마."

그건 좋은 생각이 아니었다. 신디는 아직 아버지와 마주할 준비가 되어 있지 않았다. 하지만 계모는 바로 그 주 주말에 아버지와 함께 오겠다고 밀어붙였다.

어쩌면 직접 만나면 이야기를 더 해 줄지도 몰랐다. 신디는 알았다고 대답하고, 걱정하는 남편에게 두 분이 계신 동안 '예의 바르게 행동하라'고 말했다. 그러고는 아버지와 나눌 일생일대의 대화를 떠올리며 마음을 단단히 다잡았다.

신디 언니가 내게 보내 준 첫 번째 사진 속에서 언니는 이가 안
보이게 미소 지으며 짙은 갈색 눈동자로 카메라를 똑바로 쳐다
보고 있다. 어깨 길이의 검정 머리칼을 뒤로 싹 넘겨 하나로 묶
고서. 지금은 이게 언니가 노상 하고 다니는 머리라는 걸 안다.
흰색 윗도리와 긴 갈색 치마는 언니의 호리호리하고 단단한 몸
을 흘러내리듯 감싸고 있다. 언니와 그의 남편 릭은 누군가의
마당에서 나무 앞에 서 있다. 언니의 얼굴과 팔은 햇빛이 반사
되어 보통 때보다 더 창백해 보이고, 주근깨도 보이지 않는다.

   니콜, 나한테 자매가 또 있다는 걸 처음 알게 됐을 때

얼마나 깜짝 놀랐는지 몰라. 네가 어디까지 알고 싶은지는 모르겠지만, 부모님은 우리한테 네가 죽었다고 했어. 우리가 너에 대해 알게 된 뒤로 두 가지 버전의 이야기를 들었는데, 어쩌면 둘 다 사실이 아니거나 그중 하나만 사실이겠지.

내 언니였다. 나는 그의 얼굴에서 친숙한 부분을 찾느라 얼마나 사진을 뚫어져라 들여다봤는지 모른다. "난 항상 당신 언니들이 당신처럼 생겼을 거라 생각했어. 약간 더 나이 든 버전으로." 댄이 말했다. "근데 두 사람 아주 다르게 생겼네." 그러면서도 언니는 유전적으로 나와 가장 가까운 혈육이고, 우리가 쌍둥이처럼 똑같진 않아도 확실히 닮긴 닮았다고 덧붙였다.

내 눈에도 우리가 닮은 게 보였지만 정확히 **어디가 어떻게** 닮았는지는 말하기 힘들었다. 언니의 눈, 코, 얼굴 모양, 머리카락이 곱슬거리는 정도 등을 하나하나 찬찬히 뜯어보며 나와 비교해 보았다. 차이는 금방 알아볼 수 있었다. 한눈에 보였다. **오, 이건 딱 나네**라고 할 만한 구석은 하나도 없었지만, 댄은 우리가 같이 있으면 자매라는 걸 의심하는 사람은 아무도 없을 거라고 했다.

백인 동네의 백인 학교에 다니던 오리건 시절이 떠올랐다. 나처럼 생긴 사람과 이야기를 나눌 수만 있다면 얼마나 좋을까,

하고 자나 깨나 꿈꾸던 시절이었다. 나를 이해해 줄 한국 가족에 대한 갈망은 우리 양부모님이 기대하지 않은 수많은 것들 중하나였다. 방과 후 집으로 돌아와 내가 얼마나 다른 아시아인들과 알고 지내고 싶은지를 이야기한 날이 어머니의 기억 속에 단단히 박혀 있는 것도, 바로 그 말이 어머니에게 너무 뜻밖이어서였다. 괴롭힘 이야기는 하지 않았지만 사실 그럴 필요도 없었다. 나를 사랑하는 어머니는 내가 그런 것에 신경을 쓴다는 사실을 아는 것만으로도 마음이 편치 않아 했고, 결국 나는 더는 그런 생각을 입 밖에 내지 않기로 했다. 그에 대해 우리 부모님이 뭐라고 말할 수 있었을까? 뭘 할 수 있었을까?

나는 신디 언니에게 내 사진을 두 장 보냈다. 친모에게 보낸 편지에 동봉한 것과 같은 사진이었다. 결혼식 날 댄과 찍은 흑백 사진과 나무가 우거진 우리 집 마당에 혼자 앉아 있는 사진이었다. 언니는 사진이 너무 맘에 든다며 보내 줘서 고맙다고 했다.

네 얼굴을 계속 들여다보고 있는데 엄마, 아빠랑 조금씩 닮은 것 같아.

언니는 자기가 정보를 모아 보고 있다고 했다. 언니는 더는 엄마와 연락하지 않지만 제시카 언니를 통해 소식은 듣고 있었고,

아버지와는 직접 연락하고 지냈다. 최근 언니 집을 방문했을 때 아버지는 남의 손에 넘긴 동생이 있다는 사실을 자기 딸들이 감당하기엔 너무 버거울 거라 생각해 그 사실을 숨겼다고 했다. 아버지는 그 아이가 좋은 가족, 좋은 집에 갈 거라 확신했다고 한다. 언니는 이렇게 썼다.

> 우리 가족이 어땠는지 아는 입장에서 나 역시 어쩌면
> 입양이 최선이었으리라는 데 동의할 수밖에 없어.

최선. 평생 헤아릴 수 없이 많이 들은 말이었다. 분명 언니는 진심으로 그렇게 믿었고 어쩌면 나의 경우 그게 사실이었는지도 모른다. 하지만 나는 복잡하기 짝이 없는 상황을 단순하게 만들려고 우리 모두가 반복하는 그 말에 이제 신물이 났다.

그럼에도 불구하고 언니의 이메일에는 단박에 내 마음을 끄는 솔직함이 있었다. 어쩌면 내가 그걸 우리가 닮았다는 단서로 받아들인 탓이었는지도 몰랐다. 생각하는 방식도 그렇고 진실에 가치를 둔다는 점도 나와 비슷했다. 또 그의 공감 어린 말 아래에서 느껴지는 간신히 참아 낸 분노 같은 것은, 과거에 어떤 중요한 사건이 벌어졌음을 내비치는 일종의 증거처럼 보였다. 설령 그것이 숨겨진 사실에 대한 호기심과 가족의 솔직하지 못함에 대한 불만 때문일지언정 어쨌든 우리는 하나가 되었다.

신디 언니는 나도 모르게 가족에 관한 그런 엄청난 비밀을 드러낸 데 대해 나를 탓하지 않는 게 분명했다. 하지만 언니는 속상한 마음도 감추지 않았고, 앞으론 오로지 진실만을 받아들일 것임을 분명히 했다.

언니는 아버지에게 나와 연락하고 싶은지 물었다고 했다. 나는 아직 그분에겐 편지를 쓰지 않은 상태였다. 입양을 숨긴 사실을 알고 나서는 과연 그분이 내 연락을 달가워할지도 의문이었다. 아마 반기지 않을 거라고 거의 확신하기까지 했다. 친모는 제시카 언니에게 아버지는 날 원하지 않았고, 그게 그분이 입양을 밀어붙인 이유 중 하나였다고 말했다. 그 이야기를 듣고 나서 그분에게 편지를 쓰고 싶다는 갈망이 식어 버렸다. 하지만 신디 언니의 말은 좀 달랐다.

지난달에 아버지와 이야기를 나눴는데 아버지는 당시 널 남한테 줘 버리는 결정을 한 것에 대해 죄책감과 수치심을 내비치셨어. 아버지는 너만 괜찮다면 너랑 이야기하고 싶어 하셔.

언니는 모든 걸 알고 싶은 것 같았다. 자신이 아직 듣지 못한 모든 진실을. 나는 언니와 내가 우리 가족에게 일어난 일에 대해 똑같은 질문들을 갖고 있을지도 모른다는 사실만으로 수십 년

묵은 체증이 다 내려가는 것만 같았다.

> 니콜—니키—, 우릴 네 삶에 들이고 우리에 대해 알고
> 싶어 해 줘서 정말 고마워.

언니는 내 애칭을 사용했다. 나는 기억을 더듬어 보았다. 친모에게 쓴 편지에는 분명히 니콜이라고 서명했다. 혹시 전에 내가 친구들과 가족들은 나를 **니키**라 부른다고 언급했는지도 모를 일이었다. 그렇지만 우리가 함께 자랐더라면 언니가 나를 그렇게 불렀으리라는 상상은 바보 같은 환상에 불과했다. 친가족은 나를 수지라 부를 계획이었다는 걸 이제 알았으니까. 하지만 언니가 벌써 나와 가장 가까운 사람들이 고른 그 이름을 사용하는 게 너무 좋았다.

나는 언니에게 부모님에게 뭘 물어봐 달라고 부탁하지 않았다. 당분간 아무 추측도 하지 않을 셈이었다. 적어도 이렇게 언니와 이야기를 나누게 된 지 얼마 안 된 지금은. 언니는 내가 부탁하지 않아도 내게 약속했다.

> 뭐든 알게 되면 너한테 아무것도 숨기지 않을 거야.

우리가 아직 모르는 것들이 너무 많았지만, 이 답답한 질문들

속에서 마침내 나는 혼자가 아니었다.

신디 언니의 첫 이메일을 받은 지 일주일 뒤 나는 임신 막달에 접어들었다. 배 속에서 차고 구르며 제 존재를 드러내기 훨씬 전부터 내 머릿속을 가득 채운 아기는 이제 태어나도 좋을 만큼 자랐다. 만나는 사람마다 몸은 좀 어떠냐고 물었다. 사람들은 뭘 좀 안다는 듯 쌩긋 미소 지으며 "이제 아기를 맞이할 준비가 된 것 같은데요!"라는 말을 이런저런 방식으로 던졌다. 나도 그렇다고 생각했다. 하지만 출산이 가져올 격변에 대해서는 그리 확실히 준비된 것 같지 않았다. 오히려 아이가 배 속에 있는 게 아이와 나에게 더 안전한 일인지도 몰랐다.

　신디 언니의 이메일이 받은 편지함에 꾸준히 쏟아져 들어

오면서 재회의 현실이 다소 벅차게 느껴지기 시작했다. 언니가 보낸 글마다 허겁지겁 읽기 바빴지만, 한구석에선 이 결정을 한 스스로를 원망하는 마음도 들었다. 그 때문에 우리 아기의 임박한 출산에만 온전히 집중하지 못하고 있어서였다. 밤에 자다가 문득 깨어 소용돌이치는 마음으로 천장을 바라보게 된 건 번번이 내 친가족에 관한 새로운 정보 조각 때문이지 임신 막달의 불편함 때문은 아니었다.

제시카 언니는 우리들 어머니가 고되고 실망스러운 삶을 살았다고 말했다. 친모는 입양이든 이혼이든 지금껏 어긋난 모든 일이 다 남편의 결정으로 이루어진 일이라고 믿었다. 신디 언니는 부모님이 이혼한 건 두 분이 밤낮으로 싸웠기 때문이고, 그렇게 싸운 이유는 대부분 어머니가 자신을 다루는 방식 때문이었다고 말했다.

우리 가족은 문제투성이였어. 너한테 해 줄 말이 정
말 많아. 하지만 네가 그냥 지금 이대로 살고 싶다면
앞으로 힘든 이야기는 하지 않을게.

신디 언니는 내게 선택지를 제시했다. 나는 언니에게 '힘든 이야기'는 알고 싶지 않다고 말할 수 있었다. 친가족에 대해 복잡한 생각을 품게 만들지도 모르는 새로운 사실로부터 숨을 수 있었다. 우리는 그저 재회의 기쁨만 누릴 수도 있었다. 제시카 언니 말대로 과거는 과거일 뿐이니까.

나는 실망하고 싶지 않았다. 나는 너무도 오랫동안 내 친가족을 찾고 싶었다. 하지만 그들의 삶에 불쑥 끼어든 건 나였고, 속상한 사실들을 알게 된들 내 혈육들은 그저 **내가** 만든 상황에 앞다투어 대답한 죄밖에 없었다. 나는 내 친부모를 어떻게 생각해야 할지 갈피를 잡지 못했지만 적어도 신디 언니와는 거짓말을 하거나 무언가를 숨기는 것으로 관계를 시작하고 싶지 않았다. 나는 언니가 자신의 경험에 대해서든 자신에 대해서든 어떤 것도 숨겨야 하도록 만들고 싶지 않았다. 언니가 뭘 겪어 왔건 그에 대해 알고 싶었다. 듣고 싶고, 존중하고 싶었다. 딴청을 피우고 싶은 마음도 에너지도 없었다. 그렇게 계속 혼자라면 재회가, 자매를 찾는 게 다 무슨 소용일까.

"하고 싶은 말은 뭐든 다 해도 돼요." 나는 언니에게 이렇게 썼다. "저도 알고 싶어요."

엄마에게 전화한 건 그쪽 시간으로 밤 11시였다. 과연 받을까?

몇 차례 벨이 울리고 나서 엄마가 전화를 받았다. "네가 웬일이니! 아기 나왔어?"

"아뇨, 아직 배 속에 있어요."

엄마를 실망하게 한 것 같아 죄송했다. 물론 이쪽 시간으론 진짜 한밤중이었으니 그렇게 생각하실 만도 했다.

"아, 그렇구나. 요즘 어떻게 지내?"

나는 무기력한 눈으로 고요한 거실을 둘러보았다. 그 공간은 이제 곧 아기 물건으로 가득 채워질 터였다. 때는 새벽 2시였고, 남편이 깨지 않도록 살며시 침대에서 나와 아래층으로 내려왔을 때, 불현듯 내가 전화할 수 있는 유일한 사람은 엄마뿐이라고 느껴졌다.

나는 엄마에게 신디와 이야기를 많이 나눴다고 말했다. "대부분 이메일로요." 엄마는 그 말에 속상해하는 것 같지 않았다. 오히려 밤늦은 시각임에도 목소리에 활기가 넘쳤다. 정말 좋았겠다, 그치? 신디는 어땠어? 어디 살아? 직업이 뭐야? 아이도 있어?

나는 그 반응에 크게 놀라진 않았다. 어차피 자매는 그에게 안전한 존재니까. 자매는 절대 부모 자리를 대신할 수 없으니까.

나는 신디 언니와 제시카 언니는 내가 입양된 사실을 전혀 몰랐다고 설명했다. 각자 자기가 말하고 싶은 부모와 이야기했고 그 결과는 사뭇 달랐다는 말도 했다. "신디 언니는 자기 아빠를 믿어요. 자기 엄마와는 아예 말을 안 하고 지내고. 언니는 어린 시절이 정말 불행했대요."

"불행했다니, 어떻게?"

신디는 어머니가 자기를 학대했다고 했다. 거의 날마다 자기를 때렸다고 했다. 나는 이 말을 하려고 몇 번이나 입을 벌렸지만, 진실은 목구멍에 턱 걸려 좀처럼 입 밖으로 나오지 않았다. 말이 안 나온 건 불신 때문도, 실망 때문도 아니었다. 나를 오싹하게 만든 수치심 때문이었다.

어떻게 만나 본 적도 없는 사람에게 그토록 실망할 수 있을까?

수화기 너머 엄마는 아직도 기다리고 있었다. 나는 왜 엄마에게 말할 수 없었을까? 나를 낳은 여자에 대해 알게 된 사실을 말하지 않을 거면 집에 전화는 왜 한 걸까? 소리 내어 말하지 않는다고 해서 그 사실이 진실이 아닌 게 되는 건 아니었다. 나는 그게 진실이란 걸 이미 **알았다.** 언니가 한 말이 친모에게 내가 걸었던 모든 기대를 무너뜨리고 말았지만 그럼에도 나는 언니를 믿었다.

그날 그 전화를 걸기 전, 댄에게 먼저 그 말을 했을 때 댄은 예상대로 충격과 슬픔에 빠졌다. "아, 정말 유감이야. 당신한테도 신디한테도. 진짜 끔찍하다." 그러고는 내가 아직 답을 모르는 질문을 했다. "이제 어떻게 할 거야?" 우리 둘 다 그게 무슨 뜻인지 알았다. **당신 친모와는 어떻게 할 거야? 직접 이야기해 볼 거야?**

"신디 언니 말이, 어렸을 때 친모가 자길 때렸대." 나는 한 단어 한 단어 쥐어짜듯 말했다. "언니는 친모를 무서워해."

이것은 내 친가족의 수많은 비밀 중 하나이고, 아마 가장 큰 비밀이었을 것이었다. 하지만 언니는 내가 누구한테 말하든 신경 쓰지 않는다고 말했다. **너는 가족이니까.** 우리가 같이 자라진 않았지만 언니는 이것이 내 역사의 일부이기도 하다고 말하는 것 같았다. 어머니가 자신을 학대한 사실이 아버지가 입양을 제안한 이유 중 하나였다고 확신했기 때문이었다.

언니는 맨날 맞았다. 마치 그게 별일도 아니라는 듯이. 그렇게 당해 마땅한 사람처럼. 오랫동안 언니는 이것이 정상인 줄로만 알았다. 모든 막내의 숙명이라고 생각했다. 하지만 학교에서 다른 아이들의 모습이 눈에 들어오기 시작했다. 그 아이들은 밤낮 두려움에 떨지 않는 것 같았다. 저들은 어떻게 매일 좋은 옷을 입고 딱 맞는 신을 신는지, 어떻게 날마다 점심 도시락이나 점심 사 먹을 돈을 가져오는지 궁금했다. 이윽고 저 아이들 집엔 틀림없이 그들을 돌보는 누군가가 있다는 걸 깨달았다.

언니의 어머니는 늘 자신이 그럴 만한 이유가 있어서 화를 낸다고 믿었고, 그 화는 몇 시간이고 며칠이고 끝나지 않았다. 도무지 자제가 안 되는 것 같았다. 자신에겐 자기 아이를 '훈육할' 권리가 있다고 믿었다. 언니는 선생님에게 그 사실을 말했지만 선생님은 언니 말을 믿지 않았다. 언니는 도망쳤다. 날이 따뜻할 땐 길거리 벤치나 숲에서 잠을 잤다. 한번은 경찰이 언니를 발견해 언니 말을 듣고 멍 자국까지 확인하고는 아동 보호소에 연락했다. 언니는 몇 주 동안 위탁 가정에서 지내다가 다시는 학대하지 않겠다는 부모님의 약속과 함께 집으로 돌려보내졌다. 하지만 약속은 지켜지지 않았다. 부모님이 이혼하고, 언니가 아버지에게 가기 전까지는.

나는 언니가 내게 진실을 말하는 이유가 나를 보호하기 위해서라는 걸 어렴풋이 알았다. 언니는 아직 나를 잘 몰랐지만 내가 상처받는 걸 보고 싶지 않았던 것이다.

우리들 엄마에 대해 네가 품고 있던 생각에 찬물을
끼얹고 싶진 않지만, 네가 조심하길 바라는 마음에
이 말을 해 주고 싶었어.

남산 같은 배를 하고 소파에 앉아 눈물을 꾸역꾸역 삼키며 엄마에게 이야기를 전하던 그 순간, 나는 내 친모의 본성이 내 모든 불안, 수많은 단점들, 부모로서의 모든 최악의 순간들과 연결된 보이지 않는 끈이 되리라는 것을 당시엔 아직 이해하지 못했다. 그것이 나의 온갖 본능들에 대해 질문하게 하고, 아이들에게 화를 낼 때마다 그걸 떠올리리라는 것도. 세월이 흘러 눈물 많은 딸아이와 언쟁을 벌이다 말고, 아이에게 만약 내가 부당하게 행동한다는 생각이 들면 언제든지 항의해도 된다고 말하면서 친모를 떠올리게 되리라는 것도. **언제든지 말해. '**엄마, 지금 저한 테 너무 심하게 대하고 있어요.'**라고. 그러면 엄마는 그 자리에서 멈추고 네 말을 들을 거야. 약속해.**

친모와 대화하고 싶어 하고, 그분에 대해 알아 가는 것을 상상하며 내가 한때 품었던 희망이 이제는 너무 어리석어 보였다. 직접 만나 부모와 자식으로서 서로를 껴안는 상상조차도. 우리가 서로 이야기를 나누든 말든, 직접 만나든 말든 이제 친모를 떠올릴 때마다 언니 생각을 하게 될 것이었다. 다시는 그분을 나와 함께 있었어야 하는 사람으로 생각할 수 없게 된 것이다. 그분이 나를 본 마지막 날에 사랑 가득한 시선으로 나를 바라보는 상상도 이젠 못하리라. 대신 그분이 어린 언니에게 고압적으로 행동하는 모습, 도망칠 수 없는 아이의 작은 어깨 위로 자신의 분노와 불행을 터뜨리는 모습을 떠올릴 것이었다.

"네가 그런 분 밑에서 자라지 않은 게 다행인 것 같구나." 엄마가 말했다.

딱히 승리감에 찬 목소리로 들리진 않았지만, 나는 살짝 움찔했다. 하지만 모르는 척 넘어갔다. 논쟁을 벌이자고 전화한 건 아니었으니. 내가 정말 왜 전화한 건지, 엄마에게 무슨 말을 듣고 싶었던 건지 여전히 갈피를 잡지 못했다. 그러다 불쑥 이렇게 물었다. "나도 그럴 수 있다고 생각해요?"

긴 침묵이 이어졌다. 그렇다고 말하진 않으리란 건 확신했지만 호흡을 한 번, 두 번, 세 번 하는 동안 혹시나 그 대답이 분명한 부정이 아닐까 봐 두려움이 밀려왔다.

"지금 너도 네 아이를 학대할 것 같으냐고 묻는 거니?" 엄마가 되물었다.

그랬다. 그게 정확히 내가 묻는 말이었다. 차마 그 단어를 입에 올릴 수 없었을 뿐. 엄마는 그걸 알 만한 유일한 사람이었다. 댄을 만나기 전까지 부모님은 나를 가장 오랫동안 알아 온 분들이었고 엄마는 나를 가장 잘 아는 사람이었다. 내 약점을 모두 다 보지는 못했을 게 분명한, 심지어 그걸 약점이라 보지 않는 남편과는 달리 엄마는 자기 견해를 드러내는 데 망설임이 없는 분이었다. 엄마는 나를 너무도 사랑하지만, 일단 필요하다고 느꼈을 땐 내가 어떤 사람인지, 무엇이 부족한지에 대해 말하기 힘든 진실을 말해 줄 분이었다. 아마 자신의 파란만장한 가족사 덕분에 갖게 된 특성일 것이었다. 엄마는 무엇이건 자신이 본 대로 말하는 걸 두려워하지 않을 뿐 아니라 돌려 말하는 방법 자체를 몰랐다.

"나 원래 신경질이 좀 많았잖아요." 내가 말했다. 전날까지만 해도 얼굴을 붉히며 인정하지 않았을 이 단순한 사실이 속삭이듯 힘겹게 흘러나왔다. "내가 **인내심**이 좀 없잖아요."

"그런 편이긴 하지."

"막 화내고 소리 지르고…. 혹시 그게 그분한테서 물려받은 거면 어떡해요? 나도 우리 아이한테 맨날 화내면 어떡해? 신디 말이, 우리 어머니는 밤낮으로 화가 나 있었대요. 혹시라도 아이 학대 유전자가 있고 그게 나한테 유전돼서 내가 아기에게 상처를 주면요?"

"니콜! 너는 절대 네 아이에게 상처 주지 않을 거야. 다른 아이에게도 마찬가지고. 너는 네 아이를 그 누구보다도 사랑할 거야. 절대 그걸 의심하지는 마."

눈물을 참으려고 안간힘을 쓰는 바람에 목구멍이 아렸다. 내 삶이 엉망진창이 되다시피 했지만, 나는 **조금이나마** 자제력을 발휘해야 했다.

"엄마가 그걸 어떻게 알아?" 내가 작은 소리로 물었다.

"왜냐하면 나는 평생 너를 알아 온 사람이니까." 엄마는 단호하게 말했다. "나는 네 엄마니까."

나는 언니의 운명을 피한 것에 죄책감이 들고, 내 안에 도사리고 있는 악마가 본성의 일부일지 모른다는 생각에 불안하고 두려워 죽을 지경이었지만, 일단 엄마의 말을 한번 믿어 보기로 했다.

2월 마지막 주 목요일 저녁, 댄과 나는 단골 중국 음식점에서 포장해 온 음식을 먹었다. 후식으로 담긴 포춘 쿠키를 쪼개 보니 작은 종잇조각에 이렇게 적혀 있었다. '당신의 모든 노력이 이제 결실을 맺을 것입니다.' 나는 그 종잇조각을 남편에게 내밀었다. "조만간 산통이 시작되려나 봐!"

　　새벽 1시쯤 쥐어짜는 듯한 아랫배 통증에 잠에서 깼다. 분명 소화불량이겠거니 생각했다. 튼튼했던 위장이 임신으로 쭈그러진 탓에 생긴 이런 불편함에 익숙해진 지 오래였다. 베개를 하나 끌어안고 왼편으로 돌아누워 다시 잠들었다. 하지만 통증이 다시 확 찾아왔다가 가라앉기를 반복하는 바람에 시도 때도 없이 깼고, 협탁 위 시계만 노려보았다. 다섯 번짼가 여섯 번째로 다시 잠에 빠져들려는 찰나, 문득 소화불량이 9분마다 발작을 일으키는 게 너무 이상하다는 생각이 들었다.

4시쯤에는 잠도, 산통이 시작된 게 아닐 거라는 망상도 그만 포기하기에 이르렀다. 브렌다가 초기 진통은 '그럭저럭 견딜 만할' 거라고 장담했는데 그 말이 옳았다. 나는 침대에 똑바로 앉아서 곧 달아날 것처럼 벌렁거리는 심장을 부여잡고, 이제 수축임을 아는 그 통증을 심호흡하며 견뎠다.

나중에 가족과 친구들에게 그날 밤과 낮 이야기를 하면 다들 내가 댄을 그대로 자게 내버려 두고 혼자 진통을 겪은 것에 웃음을 터뜨렸다. 나는 곧 그의 도움이 필요할 테고 적어도 우리 둘 중 하나는 우리 인생에서 가장 중요한 날을 충분히 쉰 상태로 맞이하도록 한 거였다고 대꾸하곤 한다. 사실 이 그럴듯한 변명은 산통조차 앗아 갈 수 없는 내 이성적인 실용주의 성향과는 별 관련이 없었다. 그보다는 조용한 어둠 속에서 지금 내게 벌어지고 있는 일을 받아들일 혼자만의 시간이 필요했다는 게 알맞을 것이다. 모두가 잠든 사이에, 우리 아기가 세상 밖으로 나오려 하는 중임을 시시각각 느끼는 유일한 사람이 된다는 것에는 특별한 무언가가 있었다. 몇 시간만 지나면 아기가 곧 나오리라는 걸 모두가 알게 될 터이지만, 아직은 아기와 나, 우리 둘만의 비밀이었다.

동이 틀 무렵, 이제 누군가와 함께할 준비가 되어 댄을 깨웠다. 댄은 내가 산통을 조용히 잘 견디고 있는 모습을 목격했다. 우리 두 사람은 아주 차분하게, 한 가지 목적의식으로 하나가 되었다. 드디어 우리가 준비하고 훈련해 온 그날이 온 것이었다. 댄은 그로부터 몇 시간 동안 진통 시간을 측정하고 봉투 뒷면에 그 간격과 지속 시간을 빠짐없이 기록했다. 그리고 8시에 조산원이 문을 열자마자 전화를 걸었다. 댄이 조산사와 통화하면서 껄껄 웃는 소리가 들려왔다. 모든 일이 천천히 진행됐고, 댄이 설명하는 소리가 들렸다. "아뇨, 아직 양수는 안 터졌어요. 네, 아직까지는 컨디션이 괜찮다네요."

댄은 조산사의 모든 질문에 대답하고 전화를 끊고는, 조산사가 우리 분만은 천천히 진행될 거라 했다고 전해 주었다. "조산사는 그냥 '첫아기니까요' 하면서 웃네. 진통이 5분 간격으로 오면 다시 전화하고, 그보다 더 빨라지면 오래. 힘을 많이 써야 하니까 밥을 든든히 챙겨 먹고."

딱히 배가 고프진 않았지만 땅콩잼 토스트를 조금 먹고 샤워를 했다. 당시에 분만일이 여느 날과 다를 바 없이 시작한다는 게 이상하다고 생각했던 기억이 난다. 오전 내내 나는 이 자세 저 자세 시도하며 몸을 움직이고, 이 방 저 방 다니며 최대한 편안하게 있으려 사력을 다했다. 한두 시간 동안 계단을 오르내리기도 했고, 양다리를 쫙 벌리고 의자에 앉아 영화를 보려고도

해 봤다. 좀 피곤하긴 했지만 전혀 무섭지는 않았다. 오히려 이 정도면 분만도 별거 아니다 싶어 자신감까지 솟아올랐다. 모든 게 한 단계 한 단계 천천히 자연스럽게 진행될 거라는 우리의 출산 교실 선생님의 말과 충실한 책자가 틀린 게 아닌 것 같아 안도감이 들었다.

그로부터 몇 시간 뒤에는 훨씬 덜 차분해졌다. 이제 진통이 오면 등까지 아팠고, 짐볼 위에 앉아 있거나 그 위에서 몸을 흔들어도 도무지 편해지지가 않았다. 우리의 요청으로 출산 도우미가 집으로 와서 마사지를 해 주었다. 그가 허리 뒤를 힘껏 눌러 주는데 꼭 하느님이 내린 선물처럼 느껴졌다. 6분 간격이 된 진통 사이사이에 나는 최대한 긴장을 풀고 대화를 이어 가려 애썼다. 말을 하면 아직 스스로를 통제하는 기분이 들어서였다. 진통이 최고조에 달하면 끙끙 앓는 소리를 냈다가 흥얼거렸다가 낮은 신음 소리를 냈다. 도우미는 이걸 '아주 긍정적이고 생산적인 소음'이라 불렀다.

조산원에 가져갈 가방도 이미 잘 꾸려 차에 실어 놓았고, 때가 되면 떠날 만반의 준비가 되어 있었다. 진통은 점점 5분 간격에 가까워지고 있었지만 아직은 아니었다. 통증은 이제 상당히 심해졌다. 허리 뒤쪽이 그렇게 아플 거라고는 미처 예상치 못했다. 나중에 그것이 아이가 머리 옆으로 팔을 올린 특이한 자세를 하고 있었기 때문이라는 걸 알게 됐지만, 그 순간에는 도저히 견딜 수 없을 것 같은 느낌이었다. 대화를 멈추지 않으려 했지만, 자꾸 무아지경에 빠지다시피 해 하던 말을 끝내지 못했다.

그래서 오후 4시쯤 땀에 절어 끙끙대면서 정신을 분산시킬 무언가를 찾아 이메일을 확인했을 땐 온전히 무언가에 집중할 수 있는 상태는 아니었다. 진통은 이제 5분 간격으로 안착했고, 댄은 준비물을 다 챙겼는지 다시 점검하고 있었다. 간단한 여행 가방, 유아용 카시트, '분만 플레이리스트'가 들어 있는 아이팟, 간식거리와 핸드폰과 충전기까지 전부 확인했다. 나는 받은 편지함 새로 고침 버튼을 누르며 통증을 잊게 해 줄, 딴생각을 하게 해 줄 무언가를 찾았다. 마침 굵은 검정 글자체로 된 이름이 하나 보였다. 내 연락처 목록에는 한 번도 뜬 적 없는 '정(CHUNG)'이라는 성이었다.

다시 막 진통을 느끼며 메시지를 클릭했다. 글자들이 나에게 우르르 달려들었다. 중요한 메시지란 건 알았지만 도저히 문장들에 집중할 수가 없었다.

친애하는 니콜

네 편지 잘 받았다.

부디 나를 용서해다오.

친부가 내 편지와 사진을 보았고, 지체 없이 답장을 보낸 것이었다. 하고 많은 날 중 하필 오늘. 눈앞이 핑글핑글 돌았다. 감정이 북받쳐서라기보단 고통과 두려움 때문이었다. 내 몸은 당장 임박한 사명 외에는 어떤 것에도 집중하지 못하게 했다.

댄이 다시 집 안으로 들어오는 걸 보고 노트북을 닫았다. 곧이어 댄의 도움을 받아 코트를 걸쳤다. 댄에게 친부의 이메일에 대해 말해 주고 싶었지만 실제로 그렇게 했는지는 잘 기억나지 않는다. 그 뒤로 이어진 길고 낯선 시간 동안 나는 간간이 그 메일을 떠올렸다. 하지만 남편의 부축을 받아 자동차에 몸을 싣던 그 순간에는 내 친가족 소식이 완전히 딴 세상 이야기처럼 느껴졌다. 지금은 우리 아기를 만날 시간이었다.

3부

막상 아이를 낳고 보니, 금요일 저녁 교통 체증을 뚫고 가까스로 조산원에 당도해 산통으로 고생한 밤과 낮이 꼭 내가 아닌 다른 사람이 겪은 일처럼 느껴졌다. 문득문득 너무 힘들다고, 도저히 못하겠다고, 그러니 누군가가 대신 해 줘야 한다고 생각했다. 당시에는 몰랐지만 우리가 집을 나설 때 이미 분만 직전 단계인 변환기에 접어든 상태였다. 하지만 진통이 아직 5분 간격으로 오는 터라 우리는 그저 활동기의 정점에 이른 것이리라 짐작했다.

하지만 차 안에선 진통이 더 세게 느껴졌다. 안전벨트를 매고 몸을 구부릴 수도 움직일 수도 걸을 수도 없는 상태에서는 진통이 오자 숨을 쉬기가 훨씬 힘들었다. 댄은 조산원으로 향하는 동안 대부분 한 손으로만 운전하고 다른 한 손은 내가 꽉 붙들고 있게 내주었다. 출산 도우미도 자기 차로 우리 뒤를 따라왔다. 학교 버스가 두 차례나 우리 앞을 가로막았다. 조금이라도 울퉁불퉁한 바닥을 지날 때마다 전신이 뒤흔들렸고, 빨간 신호등을 만날 때면 그 시간이 영원처럼 느껴졌다. 안전벨트가 너무 꽉 끼여서 온몸이 꽁꽁 묶인 느낌이었지만 그걸 풀기는 또 불안했다.

우리는 오후 5시쯤 되어서야 마침내 조산원에 도착했다. 오후 해가 겨울 어스름에 자리를 내어 주고 있었다. 그날 당직인 제니가 우리를 '파랑' 방으로 안내했다. 하늘색 벽에 바다를 주제로 한 그림들이 걸린 아늑한 분만실이었다. 제니는 재빨리 내 상태를 확인하고는 "자궁 문이 8센티미터 열렸네요. 이제 얼추 다 됐어요!" 하고 외쳤다. 나는 믿을 수가 없었다. 집을 나서기 전에는, 진통 간격과 지속 시간으로 볼 때 '기껏해야' 4, 5센티미터 열렸을 거라 짐작했었다. "정말 잘하고 계세요! 본인이 얼마나 준비가 잘 되어 있는지 이제 아셨죠?"

나는 이 상황을 긍정적으로 받아들이기로 했다. 변환기는 원래 분만에서 가장 어려운 단계인데 지금까지 나는 그걸 잘 치러 내고 있었다. 그렇다고 9개월의 임신 기간과 그 모든 책과 수업이 출산 자체에 대한 공포를 없애진 못했다. 아기의 머리가 보이고, 그 순간 힘을 주어 새 생명을 세상 밖으로 내보내는 일은 여전히 두려웠다.

이완기에는 말을 할 수 있었기에 그렇게 했다. 한편으론 스스로 주의를 분산시키려는 의도에서, 다른 한편으론 내가 아직 나 자신으로 존재함을 확인하기 위해서였다. 그때 나는 간호사와 조산사에게 내 분만 플레이리스트 이야기를 주절주절 떠들어 댔던 것 같다. 출산 도우미는 내 뒤에 서서 경련이 일어나는 허리 뒤를 계속 꾹꾹 눌러 줬다. 정말 얼마나 고마웠는지! 그동안 댄은 내 몸을 떠받치고 열심히 나를 응원했다. "당신 아주 잘 하고 있어." "이제 거의 다 왔어."라는 말을 하고 또 하면서. 나는 그 말에 의지했다. 진통은 너무너무 참기 힘들었지만 분명한 목적이 있었고, 어쨌든 곧 끝날 것이었다.

하지만 자궁문이 완전히 열리기까지는 꽤 많은 시간이 걸렸고 그사이에 통증은 더 심해졌다. 몇 시간이 지나 다음 당직 간호사가 올 때까지도 자궁문은 고작 8.5센티미터 열린 상태였다. 원래 분만 과정에서 가장 짧은 단계여야 할 변환기가 내겐 너무도 길고 고통스러운 인내의 시간이었다. 예상대로라면 이미 분만을 하고도 남았으리라는 건 우리 모두가 알았다. 제니는 허리 뒤쪽이 심하게 아픈 게 아기 위치가 잘못 되어서일 수도 있다고 우려했다.

우리는 검진을 다닌 몇 달 동안 조산사란 조산사는 다 만나 봤고 모두 나름 훌륭해 보였지만 그중에서도 제니가 가장 마음에 들었다. 제니는 조용하고 침착하고 프로다웠고, 무엇보다 그 상냥하고 작고 여린 얼굴이 사랑하는 대학 시절 친구를 떠올리게 했다. 그래서 그가 침대 끝에 걸터앉아 내게 혹시 겁이 나는지(물론이었다), 이 마지막 단계를 헤쳐 나가는 데 분만 팀이 도울 일이 있을지 물었을 때 나는 그의 손을 꽉 움켜쥐었다. 순간 엉엉 울고 싶었지만 꾹 참았다. 아기 걱정은 크게 하지 않았다. 우리는 아기 상태를 수시로 확인했고 아기는 챔피언처럼 잘 견뎠다. 하지만 나는 너무 힘이 빠져서 얼마나 더 버틸 수 있을지 자신이 없었다.

마침내 자궁문이 10센티미터까지 열려 힘주기 단계에 들어가자 얼마나 안도가 되고 기적이 따로 없게 느껴지던지 웃음이라도 터뜨리고 싶은 심정이었다. 시간이 아무 의미도 없어질 정도로 천천히 흘렀다. 나는 수축 진통을 한 번 더, 1분 더 겪는다 생각하고 거기에 집중하려 했다. 그러다 1분조차 너무 길게 느껴지자 이제 1초 1초의 순간에 집중했다. 댄의 얼굴에도, 그가 하는 말에도 집중하지 못했지만 댄이 끊임없이 내게 말하고 있단 걸 알았다. 자기가 얼마나 나와 우리 아기를 사랑하는지, 얼마나 우리를 자랑스러워하는지 아느냐고. 진짜 힘들다는 걸 알지만 나는 잘 해낼 수 있을 거라고. 설령 댄이 겁을 먹었거나 지쳤거나 의구심에 사로잡혔다 해도 아무도 알아차리지 못했을 거다.

그 일이 온전히 나만의 일이었다면 아마 진즉에 포기했을 것이다. 얼추 24시간 동안 진통을 겪은 데다 힘을 줄 때마다 죽을힘을 다했기에, 나는 지칠 대로 지쳐 에너지가 완전히 바닥난 상태가 되었다. 하지만 이제 내가 아닌 다른 누군가가, 세상 밖으로 나오려는 의지가 바통을 이어받은 듯한 느낌이 들었다.

"아주 **잘** 하고 있어요, 니콜." 제니가 대뜸 이렇게 말했다. 몇 시간 만에 내가 처음으로 들은 명쾌한 말이었다. "이제 한두 번만 더 힘을 주면 아기가 나올 거예요!"

새벽 1시가 조금 지나 아기 울음소리를 들었다. 마침내 아기가 우리 곁으로 왔다는 걸 알게 된 그 순간은 내 인생을 통틀어 가장 강렬한 순간이었다. 알고 보니 우리 딸은 한쪽 주먹을 올린 채 세상에 나오기로 한 것이었다. 몇 초 뒤에 아기는 내 품에 안겼다. 온몸이 붉게 상기된 아름다운 모습으로, 바깥세상으로 나온 충격에 악을 써 대면서. 나는 아기의 머리카락과 따뜻하고 앙증맞은 볼을 어루만졌다. 피부는 말도 안 되게 부드러웠다. 전엔 한 번도 느껴 본 적 없는 촉감이었다.

아이는 3.4킬로그램에 키는 50.8센티미터로 결코 작지 않았다. 울음소리도 우렁찼다. 그래도 내 품에 안긴 아이는 너무도 새롭고 연약하게 느껴졌다. 아이가 울음을 멈추고 나를 가만히 쳐다봤고, 순간 나의 세상은 사람을 홀리는 그 수영장처

럼 짙은 푸른색 눈 속으로 순식간에 빨려 들어갔다. 정말 희한
한 색이라고 생각했다. 그런 눈을 가진 사람은 여태 한 번도 본
적이 없었다. 며칠 뒤면 그게 점점 짙어져 갈색으로 변하는 게
아닌가 싶었지만 당장은 그 독특함에 한껏 황홀해했다. 불그레
한 피부도 나중에는 거의 나와 비슷한 색이 될 터였다. 코는 아
주 작게 볼록 튀어나와 있었다. 나는 만화 그림처럼 작고 귀여
운 코가 내 코의 축소판이라는 걸 알아봤다. 나와 꼭 닮은 턱도.
눈 모양도. **당장** 세상을 알고, 탐험하고, 이해하고 싶어 죽겠다
는 듯한 그 놀랍고 익숙한 표정도.

아이를 보는 순간 예전의 나는 이제 사라지고 없음을, 이
작은 여자아이 때문에 순식간에 해체됐음을 알았다. 나란 인간
이 다시 만들어지는 데는 평생이 걸릴 것임이 틀림없었다.

"어떤 이름으로 할지 정하셨어요?" 제니가 물었다.

댄과 나는 아이 이름을 두고 온갖 책과 기억을 뒤져 가며
몇 시간이고 설왕설래했다. 친부모가 내 이름을 수전으로 정했
다는 걸 알고부터는 혼자 몇 주 동안 이 이름을 고민했지만 조
막만 한 신생아의 어깨에 짊어지우기엔 너무 무거운 이름인 듯
해 그 생각을 접었다. 제 엄마가 버려졌다는 이유로 자기를 낳
았고, 제 엄마가 친가족과 살았을 방식으로 함께 살기를 기대한
다고 아이가 상상하게 만들고 싶지 않았다. 아이가 이 세상에
온 것은 나를 완성하기 위해서도, 타인들의 선택을 벌충하기 위

해서도 아니었다. 그건 우리가 그 아이를 사랑해서였다.

결국 댄과 나는 가족을 더 늘리자고 생각하기 오래전부터 그때까지 우리가 가장 좋아했던 이름을 골랐다. 아비게일은 젖을 먹고 내 품에서 잠들었다. 간호사가 능숙하게 똘똘 싼 속싸개 안에서 아주 편안하게. 댄도 식구들과 통화를 끝내고 잠에 빠졌다. 나 역시 그렇게 고단한 적은 생전 처음이었고 머리카락 뿌리까지 아렸지만 도저히 눈이 감기지 않았다. 이렇게 신기하고 사랑스러운 얼굴이 옆에 있는데 어떻게 잠을 잘 수 있겠는가. 이 아기가 바로 몇 주 동안 내 배 속에서 팔 벌려 뛰기를 하고, 차고 찌르고 천천히 스트레칭하며 나를 반기던 그 보이지 않는 존재였다는 게 도무지 믿기지 않았다. 아이는 너무 작고 **새로웠고**, 간신히 형체를 갖춘, 그러나 이미 온전한 한 존재였다.

플란넬 모자를 쓰고 속싸개에 싸여 평온하게 잠든 우리 딸을 보고 있노라니, 몇 달 동안 안전하고 따뜻하게 지내다가 갑자기 이렇게 옷을 껴입게 한 것에 살짝 미안한 마음이 들었다. 나는 태어나자마자 누군가의 품에서 인큐베이터라는 비인격적 생명 유지 장치의 품으로 옮겨졌다. 친모가 나를 안아 볼 기회는 있었을까? 안아 보고는 싶었을까? 내가 조산아로서의 위기를 넘기고 나서 입양되기 전에 나를 봤을까? 아버지는 나를 다시 봤을까?

내 딸은 쭉 나를 알고 자랄 것이었다. 절대 자기 이야기를 알아내려 분투할 필요가 없을 것이었다. 우리가 자신을 사랑했는지, 원했는지 결코 궁금해할 필요도 없을 것이었다. 갑자기 어린아이들을 키우는 입양인 친구가 한 말이 떠올랐다. "저는 아이들한테 자기들 태어날 때 이야기를 자주 해 줘요. 그런 이야기를 할 수 있다는 건 정말 큰 특권이니까요."

나는 그 말이 **옳다**고, 특권일 뿐 아니라 **기적이기도 하다**고 생각했다. 이런 진부한 말이 떠오른 것이 창피하게 느껴지지는 않았다. 이 낮과 밤은 내가 죽어서도 잊지 못할 경이었다. 이 경이로운 사건은 태곳적부터 수십억, 수백억 부모들에게 일어난 일이지만 내겐 난생처음으로 일어난 일이었다. 이제 나는 아이가 생겼고 그 아이는 내 것이었다. 우리는 함께였고 앞으로도 내내 함께 있을 것이었다.

애비가 좀 커서 내게 물으면―궁금해하고, 귀 기울여 듣고, 관심을 가지면―나는 아이가 이 세상에 태어난 날, 처음 우리와 함께 있게 된 날에 대해 말해 줄 것이었다. '너는 한쪽 팔을 올리고 태어났어. 착한 행동은 아니었지. 분만이 끝나고 나서 너와 네 아빠는 잠들었지만 나는 그럴 수가 없었어. 하염없이 너를 바라보고 싶었거든.'

신디 언니, 보내 준 테디베어 잘 받았어. 정말 고마워!
릭에게도 고맙다고 전해 줘. 애비가 젖 말고 다른 것
에도 흥미를 갖는 때가 오면 틀림없이 엄청 좋아할
거야.

요즘처럼 무능하고, 지치고, 그러면서도 행복한 적
은 평생 처음이야. 아직 우리는 일상의 흐름을 조율
하느라 애쓰는 중이지만 말이야. 아직도 아기가 울
면 대체 뭘 어떻게 해야 할지 난감할 때가 많아. 어려
울 거라곤 예상했지만 이 정도일 줄은 몰랐어. 그래

도 이 기간은 아주 짧을 거고 곧 훨씬 손이 덜 가는 날이 오겠지. 아이가 자라는 모습이 어떨지 너무 기대돼. 이미 하루가 다르게 달라지고 있어. 처음 집에 데리고 왔을 때보다 몸도 제법 불었고 더 또록또록해졌어. 볼이 통통한 건 날 닮았고 귓불이 옴폭 파인 건 제아빠를 닮은 것 같네. 몇 가닥이 비죽 솟아오른 머리는 내 아기 때 모습을 빼닮았지 뭐야. 내 가슴팍에 가만히 안겨 있는 걸 좋아하고, 그 작은 팔로 온몸을 밀어 올려 목을 쭉 빼고는 몇 초 동안 내 얼굴을 뚫어져라 쳐다봤다가, 이내 머리를 못 가눠서 풀썩 누워 버리곤 해. 마치 내가 우주의 비밀을 드러내 주기라도 기대하는 듯한 표정으로 쳐다볼 때도 있어. 또 어떻게 보면, 내가 어떤 마음이라도 자기는 다 이해한다는 듯한 얼굴이기도 하고.

보는 사람마다 아기가 댄을 닮았다고 했다. 나도 그렇게 생각하긴 했지만 가끔씩은 쓰라렸다. 아기의 눈과 손 모양, 변덕스러운 표정에서 내 핏줄임을 확인하려고 얼마나 오래 기다렸는데 말이다.

물론 그냥 딱 봐도 아이한테서 댄의 얼굴이 보였다. 하지만 내 눈에는 늘 내 모습이 비쳤다. 우선 나처럼 볼이 오동통했다. 물론 나보다 훨씬 통통했지만. 날렵한 눈은 예상대로 짙은 갈색으로 변했고, 잠자는 동안 감은 눈은 아기 때 새 부모의 품에 안겨 잠든 사진 속 내 모습을 떠올리게 했다. 이 작은 얼굴에 내가 아는 모습이 이리도 많이 담겨 있다니 너무 신기했다. 웃을 땐 남편 얼굴이었다가 뭔가 혼란스럽거나 실망스러울 땐 완전 내 얼굴이 되는 것도. 그걸 보고 있으려니 내 아기 때 모습은 친부모를 얼마나 닮았을지 궁금해졌다. 두 분 중 한 분에게 그걸 물어볼 기회가 있을지도.

난생처음 하는 엄마 노릇은 극적인 사건들과 규칙적인 수유로 점철된, 수면 부족과 쓰라림과 경이의 집합체였고 이 모든 일은 대부분, 네 벽면이 푸르스름한 개똥지빠귀 알 색인 우리 침실 안에서 이루어졌다. 우리는 아기의 요람을 우리 침대 옆에 두었고, 아비게일은 젖을 먹고 기저귀 가는 시간 외에는 거기에서 속싸개로 꽁꽁 싸여 잠들었다. 나와 댄은 침대에 올려 둔 기저귀 패드에 아비게일을 눕혀 놓고 기저귀를 간 다음 재빨리 팔에 안고 흔들의자에 앉아 젖을 먹이는 데 점점 익숙해졌다. 아비게일은 나나 댄의 품에서 잠드는 걸 좋아했지만 깨어 있는 동안에는 종종 팔에 힘을 줘 머리를 뒤로 밀어 우리 얼굴을 빤히 쳐다봤다. 나는 아비게일이 벌써 우리와 소통하고 싶어 한다는 분명한 느낌을 받았다. 그렇지만 엄마 노릇에서 오는 강렬한 물리적 감각에 대해 나는 무엇을 기준으로 이해해야 할지 전혀 알 수 없었다. 오직 나만이 줄 수 있는 음식을 달라고 아이가 울어 댈 때 가슴이 철렁하는 느낌, 아이가 내 품속에서 잠들 때 온몸에 퍼져 오는 만족감, 뼛속까지 피곤한 수면 부족, 그리고 이 생소하기 짝이 없는 노력에 온 몸과 마음을 쏟아붓는 기분에 대해, 원래 다들 그런 건지 궁금했다. 나름 예상을 한다고 했지만 어쩐 일인지 모든 게 예상과 달랐다.

우리 부모님이 나를 만난 건 내가 태어난 지 두 달 반이 됐을 때였다. 두 분에겐 내 출산을 고대하며 준비하는 아홉 달이라는 시간이 없었고, 두 분은 진통이라는 극적인 드라마도 분만 직후의 달콤한 안도감도 경험하지 않았다. 댄과 함께 신생아를 돌보는 법을 배우면서 나는 혹시 우리 부모님이 이토록 많은 첫 경험을 도둑맞은 기분이 든 적은 없는지 궁금했다. 나를 집으로 데리고 왔을 땐 이미 다른 사람이 내 첫 기저귀를 갈았을 것이고, 누군가를 빤히 쳐다보는 표정과 미소를 처음으로 본 이 역시 다른 사람이었을 테며, 다른 누군가가 내게 젖병 빠는 법을 가르친 이후였다. 나는 애비가 세상 밖으로 나온 최초의 순간을 놓친다는 건 상상조차 할 수 없었다. 두 분이 스스로 내 진짜 부모라고 느끼기까지 얼만큼의 시간이 걸렸을까?

고작 일주일 정도 지났는데 아비게일은 벌써 다른 아기가 되었다. 처음 집에 데려왔을 때만 해도 우리가 싸개 싸는 법도 어르는 법도 제대로 모른 탓에 졸음이 쏟아질 때면 짜증을 내며 자지러지게 울어 댔건만. 이윽고 아비게일은 아기 침대 거울에 비친 제 모습을 보고 옹알거리기 시작했다. 손은 전혀 통제하지 못했지만 어쩌다 뭔가가 손에 닿으면 그 촉감에 끝없이 매혹되었다. 이제 한밤중 울음으로만이 아니라 아침의 온갖 옹알이 소리로 우리를 깨웠다. 그 소리는 희한하게 어디서 많이 듣던 소리로, 아버지가 옹알이하던 나를 두고 했다던 말을 떠올리게 했다. 나 역시 '천사들한테 이야기하고 있나 봐' 하고 생각했다.

출산한 지 일주일이 지난 어느 날 아침, 침대에서 젖을 먹이고 나서 아기를 똑바로 세워 트림을 시키려는 찰나, 아기가 온몸과 이불 위로 먹은 것을 몽땅 뿜어냈다. 같이 깨어 있던 댄은 벌떡 일어나 손수건과 걸레를 찾으러 갔다. 나는 자지러질 듯이 울어 대는 아비게일을 보고 고개를 흔들며 말했다. "아이고 그래, 엄마 그만 침대에서 일어나란 말이지."

갑자기 전화벨이 울렸다. 모르는 번호였다. 지금 이 상황을 모면할 구실로 삼아야겠단 생각에 딸을 얼른 댄의 품에 안기고 전화를 받았다. 남편은 **지금 이 상황에서** 전화를 받는다는 게 도무지 믿기지 않는다는 듯한 표정을 지었지만 그냥 무시했다.

"니콜?" 그분은 내 이름을 마치 난생처음 발음하는 외국어인 양 머무적거리며 두 음절로 불렀다. "엄마야."

그 순간, 아무 기분도 못 느낄 정도로 극심한 피로와 충격이 밀려왔다. 그 뒤에 몰려온 감정은 짜증이었고, 그다음엔 죄책감이었다. 그분과 이야기를 나누고 싶지 않아서였다. 전에 제시카 언니에게 내가 이제 막 출산을 한 터라 아직 그분과 이야기할 준비가 안 됐다고 전해 달라고 하지 않았던가? 아마 제시카 언니는 그렇게 전했을 것이다. 그럼에도 내게 전화한 건 그분의 결정이었을 테고.

그렇지만 그분이 무슨 짓을 했건 그분은 내 어머니였고, 그분을 찾은 것도 나였다. 나는 소화가 덜 된 우유가 묻은 손수건을 아직 손에 쥔 채로 아기 울음소리에 귀를 기울이면서, 내가 알게 된 모든 사실들을 떨쳐 버리려 몇 초간 안간힘을 썼다. 준비가 되면 **내가 그분에게** 전화하겠다고 특별히 부탁까지 했음에도 연락을 해 온 것과 출산한 지 일주일밖에 지나지 않은 이 시점에 걸려 온 것에 짜증을 느끼지 않으려 노력했다. 나는 전화해 줘서 고맙다는 말을 하려고 입을 뗐다. 우리 할머니가 잘했다고 고개를 끄덕였을 정도로 최대한 예의를 끌어모아서. 그런 다음 이렇게 말할 생각이었다. "죄송해요, 지금은 통화하기가 좀 어려운 상황이에요."

하지만 그분은 내 말은 기다리지도 않고 다짜고짜 사과했다. "미안하다. 너한테 정말 미안해."

오, 주여! 나는 속으로 외쳤다. 저 말에 **대체 뭐라고 대꾸하지?** 그러다 문득 깨달았다. **목소리가 나와 전혀 딴판이라는 것을.**

정말 그랬다. 10년 전, 20년 전에도 나는 저런 목소리가 전혀 아니었다. 그분 목소리는 특이하게 무겁고 탁했으며 감정이 실려 있지 않았다. 차갑고 차분하고 직설적이었다. 몇 마디 하지 않았어도 말투에서 심한 억양의 흔적이 드러났다.

머리가 빙글빙글 돌았다. **나한테** 사과를 한다고? 혹시 나를 신디 언니로 착각한 건가? 자신이 데리고 살며 키운, 눈에 뜨이지 않는 곳을 멍들게 하고 절대 극복하지 못할 공포를 심어준 딸로? 신디 언니는 자기가 아이를 원하는지 확신하지 못했고, 그 원인은 우리 어머니였다. 애비가 태어난 후 언니는 내게 이렇게 말했다. "나는 평생 아이를 갖고 싶은 마음이 들지 잘 모르겠어. 그래도 내가 네 아이의 이모가 됐다니 너무 설레고 기대돼."

방 저편에 있던 댄이 대경실색한 내 표정을 놓칠 리 없었다. "누구야?" 댄은 발꿈치를 들고 발을 동동 구르며 입 모양으로 묻더니, 우리가 다른 무엇보다 먼저 함께 익힌 나긋나긋한 춤을 추기 시작했다. 우리 둘 다 애비를 달랠 때 무의식적으로 하는 행동이었다. 나는 고개를 내저으며—귀에 전화기를 댄 채로 설명하는 건 너무 어려웠기에—손수건을 빨래 통에 던지고는 아래층으로 내려갔다.

나는 친모의 연이은 사과를 중단시키고 싶었지만 도무지 뭐라고 하면서 중단시켜야 할지 몰라 거실에서 부엌으로, 다시 다이닝룸으로 빙글빙글 돌며 그분의 목소리를 듣기만 했다. 나에 대해, 내 삶에 대해 물어봐 주길 기다리면서. 하지만 아무리 기다려도 끝내 그런 질문은 없었다. 그저 수치스러워하는 목소리를 듣자고 그분을 알 필요는 없었다. 그 목소리는 어떤 이방인보다 더 생경할 뿐 아니라 질리고 딱딱하고 무미건조했으며, 미국에서 30년을 산 사람인데도 내게 편한 유일한 이 언어에 서투르기 짝이 없었다.

"나는 너를 키우고 싶었어. 정말 미안해."

"아니에요. 전 괜찮아요." 그분이 숨을 쉬려고 잠깐 멈췄을 때 내가 끼어들었다. 그분에 대해 내가 알게 된 사실을 감안하면 내 말이 너무 관대하고 부족하게 느껴졌다. "저한테 최선이라 생각한 대로 하신 거잖아요."

"아니야. 나는 절대 너를 남한테 보내고 싶지 않았어. 전부 네 아버지 생각이었어. 그 사람이 나한테 서명을 강요한 거야. 나는 정말 그러고 싶지 않았어."

심장이 요동치기 시작했다. 그게 사실이든 아니든 그분이 어떤 엄마였는지 나는 알고 있었다. 그분은 내가 날마다 듣고 상상해 온 사람이 아니었다. 분노의 말을 내뱉고 싶었다. 우리 엄마에게라면 주저 없이 했을 말을 쏟아붙이고 싶었다.

하지만 **나는 절대 너를 남한테 보내고 싶지 않았어**라는 말은 내가 친모로부터 늘 듣고 싶었던 말이었다. 이는 친부모 둘 중

적어도 한 명은 나를 원했다는 뜻이었다. 어렸을 때, 한 여자로서, 그리고 곧 엄마가 될 사람으로서 이분에게 이 말을 듣는 장면을 얼마나 시도 때도 없이 상상했는지 이분은 모를 것이었다. 나를 포기한 것을 조금은 후회했단 말을 얼마나 간절히 듣고 싶었는지도.

나는 친모를 만나면 당신은 옳은 결정을 한 거였다고 말하리라 늘 다짐했다. 그게 옳았다고, 왜 그런 결정을 했는지 이해한다고. 하지만 부모가 나를 너무 사랑한 나머지 떠나보낼 수밖에 없었다는 거짓말, 그 달콤한 허구는 결코 정확한 진실은 아니었다. 이 여자는 나에 대해, 내가 내 딸에 대해 느끼는 식으로 느낀 적이 없었다. 이분에게 나는 복잡하게 얽힌 비극적 상황에 더해진 또 하나의 골칫거리이자 해결해야 할 문제였다.

친모는 계속 친부가 강요한 거라 주장하지만, 그가 내 언니를 때리는 걸 친부도 막지 못한 걸 보며 과연 친부가 내 운명에 어떻게 달리 관여할 수 있었을지 의문이다. 비참한 결혼에 갇힌 두 사람이 서로에게 과연 어떤 힘을 발휘할 수 있었을지 말이다. 하지만 친부는 친모가 막내딸을 학대하는 걸 알고도 수년간 결혼 생활을 지속했고, 친모는 자신은 절대 원하지 않았다고 주장하지만 입양에 동의했다. 내가 믿는 건 그 정도였다. 친모의 설명에서도, 친부의 편지와 사회복지사의 메모 속에서도 입양은 한결같이 친부의 생각이었다. 하지만 왜 친모는 바로 동의하지 않았을까? 남편이 한 입양 제안에 왜 고마워하지 않았을까? 왜 즉시 서명하지 않고 저항했을까?

어쩌면 친모의 말이 사실인지도 몰랐다. 어쩌면 정말로 나를 **원했는지도** 몰랐다. 만일 진짜 이분은 내 입양을 원치 않았고 친부가 원한 거라면? 사람은 그리 단순한 존재가 아니다. 사람은 모순적인 존재이기 마련이며 서로 이질적인 많은 것들을 동시에 생각하고 원할 수 있다. 만일 언니를 위협하는 일이 이분에겐 일종의 왜곡된 방식의 자연스러운 일로 여겨지거나 이해할 만한 행동이었다면? **나는 네 엄마니까 너는 그냥 내가 하란 대로 해야 해.** 그래서 나를 남에게 줘 버려 나에 대한 절대적 통제력을 잃는 것을 용납할 수 없었다면? 이분은 하마터면 집에 어린 딸 하나가 아닌 둘을 데리고 있을 수도 있었다. 그랬다면 나역시 언니처럼 이분을 두려워하며 자랐을 것이다. 아마 이분 마음 한편에는 나를 원치 않는 마음도 있었겠지만 다른 사람이 나를 갖는 것 역시 탐탁지 않았을지도 몰랐다.

아무리 나쁜 부모라도 모든 면에서 그렇지는 않은 법이다. 하지만 아이를 때리는 것과, 아이를 낡은 소파나 작아진 코트처럼 미련 없이 떠나보내는 건 완전히 다른 문제다. 내겐 전자가 후자보다 훨씬 더 나빠 보였다. 어떤 의미에서, 당시 그분이 뭘 원했는지는 별로 중요한 문제가 아니었다. 만약 그분이 무슨 이유에서든 나를 키우길 바랐다 해도, 그래서 입양 서류에 서명하길 주저했고, 친부보다 내 부재를 더 깊이 느꼈다 해도, 그렇다고 그분이 꼭 더 나은 부모, 더 헌신적인 부모인 건 아니다.

지금껏 겪어 보지 못한 새롭고 낯선, 모성 본능이 가미된 뜨겁고 강렬한 분노가 가슴속 깊은 곳에서 끓어올랐다. 그에게 당신이 남에게 줘 버리지 않은 딸을 어떻게 취급했는지를 한번 떠올려 보라고 닦아세우고 싶었다. 일시적으로 사람을 무장 해제시키는 말은 집어치우라고, 당신이 미안해하고 후회해야 하는 건 바로 **그거**라고 말하고 싶었다. 장황한 사과와 전남편 탓하기를 가차 없이 중단시키고 내가 아는 모든 이야기를 다 퍼붓고 싶었다. '신디 언니가 당신을 피하려 숨고, 화장실에 들어가 문을 잠그고, 집을 나간 걸 다 안다고. 내가 태어난 날 언니가 당신을 화나게 했단 이유로 내 죽음이 언니 탓이라고 말했던 것도 안다고. 나도 언니도 진실을 안다고.' 그리고 묻고 싶었다. **언니에게 사과한 적은 있느냐고.**

친모는 살짝 애처로운 목소리로 내게 혹시 서부 쪽으로 다시 이사 올 생각은 없는지 물었다. 그게 아니면 언제 한번 올 수 없겠느냐고도 물었다.

다시금 어떻게 대답해야 할지 난감했다. 더는 이분을 만나는 것을 상상할 수 없었지만, 그런 말은 하고 싶지 않았다. 무슨 이유에선지 제시카 언니가 이메일에 쓴 말이 머릿속을 떠나지 않았다. **엄마는 정말 힘들게 사셨어**라는. 친모의 아버지가 그를 학대했고 특히 술을 먹으면 더 심했다는 이야기도 들었다. 친모는 보고 자란 탓인지 유전 탓인지는 몰라도 일곱 형제 중 그 욱하는 기질과 폭력적인 성향을 물려받은 유일한 사람이었다. 제시카 언니와 신디 언니 둘 다 친모가 화가 안 난 상태일 때는 완전히 딴 사람이라고, 재미있고 매력적인 사람이라고 했다. 하지만 일단 화가 나면 좀처럼 그걸 통제하지 못한다고 했다.

그렇다고 이제 와서 내가 친모를 비난한들 무슨 소용이 있겠는가. 언니를 대신해 내가 느낀 분노를 그분이 이해는 할까? 아니면 그저 신디 언니를 탓할 또 하나의 구실만 되는 건 아닐까? 누군가를 돕기엔 이미 너무 늦은 것 같았다. 게다가 나는 이 가족의 일원도 아니었다. 내 분노와 비통은 아무 의미도 없었다.

"이제 그만 가 봐야 해요." 2층에서 딸이 울고 있었다. 댄이 있어서 괜찮았지만, 딸 곁에 있고 싶었다. 딸아이의 부드럽고 성긴 머리털에 코를 묻고 엄마가 너를 사랑한다고 또 말해 주고 싶었다. 아이가 그 말을 이해하려면 아직 몇 달은 더 있어야 하겠지만 이미 알기를 바랐다. "정말이에요. 입양에 대해선 그쪽 원망 안 해요. 그게 그쪽 잘못이라고 생각하지 않아요."

이 말은 사실이었다. 나는 그를 원망하지 않았다. 마침내 나는 내 친부모가 이해하지 못한 것을 이해했다. 내 입양은 힘들고 복잡했지만 비극은 아니었다는 것을. 그건 내 잘못도, 두

225

분 잘못도 아니었다. 그냥 너무도 많은 문제들 중 하나를 푸는 가장 간편한 방법이었다.

이와는 별개로, 나는 친모에게 줄 수 있는 게 아무것도 없었다. 관계를 이어 갈 수도, 이분이 요청한 방문을 할 수도 없었고, 이분에게 마음의 평화를 줄 수도 없었다. 용서도 할 수 없었다. 정작 용서를 할 수 있는 사람은 따로 있었으니까. 스스로 인정하든 안 하든 이분의 진짜 잘못은 나와는 별 관련 없는 것이었다.

"가까운 시일 내에 못 올 것 같으면 언제 전화라도 한번 해 줄래?" 생모가 물었다.

나는 그 장면을 상상해 보았다. 전화기를 들어 버튼을 누르고 이분 목소리를 두려워하는 대신 간절히 듣고 싶어 하며 기다리는 모습을. 만약 내가 이분 딸이었고 이분이 내가 상상한 부모였다면, 이분의 목소리는 내게 가장 편안한 목소리, 내가 자라면서 가장 우울하거나 가장 기쁜 순간에 듣는 목소리였을 터였다. 내가 임신한 사실을 알게 됐을 때도, 애비가 태어나고 몇 분 뒤에도 이분에게 전화를 걸었겠지. 하지만 내겐 사랑하는 가족이 있었고, 이 모든 순간과 내 인생의 수많은 슬픔과 승리의 순간에 그분들이 함께 있어 주었다. 이분의 결점들과 내 모든 결점에도 불구하고 친모가 마음 한편으로 자신이 잃어버린 그 모든 것들, 우리가 함께 나누기엔 이미 너무 늦어 버린 것들에 대해 비통해할지 궁금했다.

"글쎄요, 제가 언제 전화할지는 잘 모르겠어요." 이것이 내가 할 수 있는 유일한 대답이었다. 그리고 사실이기도 했다. 다른 할 말은 없었다. 생각해 보니 내가 대답할 수 있는 질문도 없었다. 나에 대해 아무것도 물어보지 않았으니. "전화 주셔서 고마워요. 안녕히 계세요."

그분은 아무 말도 하지 않았다. 그래서 전화가 확실히 끊어졌는지 전화기를 보고 확인해야 했다. 나는 전화기를 소파에 툭 던져 놓고 남편과 딸을 찾으러 갔다. 댄에게 그 야릇한 대화에 관해 말하면서 친모가 작별 인사를 하지 않은 사실이 떠올랐다. 결국 그분은 그냥 사라져 버린 것이다.

지금껏 나는 주변에 단 한 명의 혈육도 없던 채로 살아왔다. 내가 아는 범위에서는. 그런데 이제 갑자기 아기와, 도무지 이해할 수 없는 또 다른 부모와, 내게 날마다 이메일을 보내는 언니가 생겼다. 출산 직전에는 친부도 내게 이메일을 보냈다. 산후의 몽롱함과 밤낮으로 분비되는 오로(출산 후 2~3주 동안 자궁에서 배출되는 혈액 덩어리 등의 분비물―옮긴이)로 고생하며 몇 주가 흘렀고, 나는 아직 그분에게 답장을 하지 않은 채였다.

친부는 편지에서 자신은 내가 조산으로 태어나기 전부터 친모가 나를 잘 돌보지 않으리란 걸 알았다고 했다. 입양은 자신이 제안한 거였다고도 했다.

네 친모가 또 아이를 갖고 싶진 않다고 해서 내가 그
럼 그 아이를 원하는 사람에게 주면 어떻겠느냐고 했
어.

나는 **친부**가 나를 원했다고 말한 적 없다는 사실을 알아차렸다.
 답장을 쓰고 싶었지만, 긴 하루처럼 느껴지는 그 매일매일
댄과 내가 할 수 있는 건 오직 아비게일의 필요를 충족시키고
우리 스스로를 돌보는 일뿐이었다. "지금은 밤이야." 거실 창 앞
에 서서 아비게일에게 바깥이 얼마나 컴컴하고 조용한지 보여
주면서 이렇게 말한 기억이 난다. "지금은 우리가 자는 시간이
란다." 신생아를 돌보는 일에 떠밀려 어쩔 줄 모르던 나는 신디
언니에게 제대로 된 답장을 쓸 시간이 생기면 바로 쓰겠다고 그
분에게 전해 달라고 부탁했다. 그분은 아직 내 전화번호를 알지
못했는데, 친모와의 통화에서 받은 충격의 여파 때문에 그분에
게 내 번호를 알려 주지 않았던 것이다.
 내 아이가 막 태어난 시점에 연락을 한 것이 친부모에겐
불리하게 작용한 셈이었다. 나는 아이를 위해서라면 뭐든지 다
할 참이었다. 아무리 극한 상황에서도 절대 아이의 어머니라는
특권을 포기하지 않을 것이었다. 아비게일이 내 아이라서라기
보단 아이가 이미 저 자신이기 때문이었다. 우리는 만났고, 나
는 이 아이를 모르는 삶을 상상도 할 수 없었다.

어머니라는 새로운 역할이 주는 정신적 부대낌 속에서, 아이를 돌보는 동시에 친부모에게 느낀 감정과 그 의미를 헤아리는 건 내게 정말 벅찬 과제였다. 친부모가 나를 생각하는 마음이 내가 아비게일을 생각하는 마음과 같을 리 없었다. 그분들은 나를 떠났고 내가 무사할지조차 알지 못했다. 그분들은 내가 살아 있단 사실 자체를 부인했다. 부모의 한 사람으로서 나는 절대 그런 일을 할 수 없었다. 그리고 직접 아이를 낳고 보니 그 아이를 빼고는 내 인생을 제대로 설명할 수 없단 걸 알게 되었다. 하루도, 아니 깨어 있는 시간 중 단 한 순간도 아이 생각을 안 하고 보내지 못할 터였다.

친부는 편지에서 자신이 하는 일, 관심사, 교회 봉사 활동, 새 이민자들의 정착을 돕는 일에 대해 내게 이야기했다. 내가 자랑스럽다고도 했다. (**뭐가?** 나는 회의보단 궁금증이 들었다. 지금까지 그분이 나에 대해 아는 거라곤 내가 대학을 졸업했고, 결혼을 했으며, 아기를 낳았다는 게 다였다.) 친모와 마찬가지로 그분 역시 내게 사과하고 용서를 구했다. 신에게도 용서를 구했다고 했다. 그 많은 후회할 거리 중에 왜 하필 나를 구원해 준 것이라 여기는 자신의 선택을 후회하는지는 모를 일이었다. 나는 내 입양을 죄악이라 생각할 수 없었고, 그분에게 그럴 필요가 없다고 말하고 싶었다. 신디 언니가 나보다 훨씬 더 고통을 겪었다는 걸 상기시켜 주고 싶었다. 하지만 그분의 감정의 소용돌이에 내 생각을 끼워 넣거나, 그분들의 삶에서 사라진 지 오래인 내가 그 전부터 시작돼 이후에도 오랫동안 지속된 가족 드라마에 개입하는 건 어쩐지 적절치 않게 느껴졌다.

내 친부모의 기억은 각자가 믿고 싶어 하는 사실을 바탕으로 한 것처럼 보였고, 그들의 이야기는 서로 너무 달랐다. 두 분이 공통으로 믿는 건 오직 하나였다. 내가 태어났을 때 일어난 일은 누구도 어쩔 수 없는 일이었다는 것, 자신들에게 닥친 무자비한 운명의 장난이라는 것. 두 사람 모두 상대방이 내 안녕을 신경 쓰지 않았고 서로가 이기적으로 행동했다고 확신했다. 두 사람 말이 모두 옳을 수는 없었다. 적어도 둘 중 한 사람은 진실을 모르거나 거짓말을 하고 있었다. 나는 대체 누구를 믿어야 할까? 자기 딸을 학대한 여자? 아니면 내가 죽었다고 한 남자? 내가 어렸을 때 나와 접촉하려 했던 여자? 아니면 내 사진을 보고 울었다고 한 남자?

그분들이 나를 포기한 것을 지금에 와서 그토록 부끄러워 한다면—내가 전혀 그럴 필요 없다고 했는데도—그건 **나** 또한 부끄러워해야 한다는 뜻이었을까? 하지만 내가 그런다는 건 잘 상상이 되지 않았다. 나는 죄책감이나 수치심에 집착하지 말라고 배웠다. 특히 어떤 사실을 인정하고 고백한 다음에는 더욱더. 나는 어려서부터 나를 자유롭게 한 진실이 내 친부모 가족도 자유롭게 해 주리라 생각했다. 그 모든 비밀을 싹 날려 버리는 신선한 공기와 빛의 세례가 우리 모두에게 평온을 가져다주리라 생각했다. 하지만 우리의 재회 초기에 배운 게 하나 있다면 그건 내가 다른 사람이 평온과 온전함을 느끼도록 할 수는 없으며, 그들이 자기 자신을 용서하도록 강요하지는 못한다는 거였다. 내가 친부모에게 그토록 주고 싶었던 평화는 결코 내가 줄 수 있는 게 아니었다.

언젠가 신디 언니는 편지에, 자신이 나를 이해한다는 느낌이 드는 건 내가 언니와 마찬가지로 '진실을 찾고 있는 것 같아서'라고 썼다. 언니 말이 옳았다. 사실 더 정직한 순간에는, 어릴 적 즐겨 상상하던 빛나는 상상에 가까운 무결한 진실, 다른 사람들이 날 위해 지어낸 숭고하고 자기희생적인 이상적인 이민자 서사를 원했지만. 친부모와 품위 있는 식사 자리에서 그 모든 회한을 날려 버리는 대화를 도란도란 나누는 상상을 한 게 한두 번이 아니었다. 상상 속 대화는 어른스럽고 밝고 친근했으며, 나는 저널리스트에 가까운 태도로 이야기를 나누었다. 대화가 끝나면 마침내 내가 알고 싶었던 모든 것을 이해한 기분으로 그분들과 작별 인사를 하며 헤어지는 모습을 상상했다.

이제 나는 두 분 중 친부를 훨씬 신뢰하게 되었다. 신디 언니와 새롭게 쌓은 관계 때문이었다. 그렇다고 그분이 나와 관계를 이어 가고 싶어 하리라 짐작하고 그와의 관계에 뛰어들 준비가 됐다고 느낀 건 아니었다. 나는 당장 많은 설명을 요구하는 게 편치 않았다. 그분을 얼마나 내 인생에 들이고 싶은지 확신하지 못했다. 하지만 언니는 달랐다. 그들은 가족이었고 친부가 '어두운 시절'이라 부른 때를 함께 통과했다. 만일 언니가 진실을 원한다면, 언니는 그분의 진짜 딸이기에 그걸 요구할 권리가 있는 것이다.

내가 가진 유일한 권리는 내가 알 수도 없고 물릴 수도 없는 일을 그냥 받아들이는 일인 것 같았다. 비록 내 인생이 막장 드라마에 휘말리고 말았지만 내 힘으로 거기서 빠져나올 수 있다는 것도 알았다. 그저 친가족에게서 한 걸음 뒤로 물러나 시간과 거리가 다시 우리를 갈라놓도록 내버려 두면 되었다. **어쩌면 그게 바로 내가 해야 할 일인 것 같았다.**

아기가 뭔가 새로운 걸 시도하는 모습을 보고 있으면 그 작은 동작들이 하나하나 다 눈에 들어와. 예를 들어 뒤집기를 할 때, 그걸 하겠다고 작정하자마자 무턱대고 끙끙 용쓰는 모습, 그러다 제 주변 공간을 천천히 탐색하는 모습, 한 다리를 고정하고 다른 다리를 빙글 회전시켜 넘긴 다음 마지막 남은 힘으로 바닥을 밀면서 머리를 뒤로 확 젖히는 모습, 전부 다. 어제 아비게일이 처음으로 뒤집기에 성공했어. 한 발로 바닥을 밀고 다른 발을 들어 반대쪽으로 빙글 넘겨 바닥에 고정하고는 밑에 깔린 팔을 빼고 고개와 가슴을 뒤로 휙 젖히더니 내 눈을 가만히 보면서 별거 아니라는 듯이 씩 웃는 거 있지? '뭘 그렇게 봐요? 늘 하던 건데요, 뭐.' 이런 얼굴로 말이야.

갈수록 표정은 어찌나 다양해지는지 몰라. 날마다 새로운 표정을 짓는데 나는 그걸 '아비게일의 오늘의 표정'이라고 불러. 그중에 나를 흉내 낸 것 같은 표정이 얼마나 많은지 깜짝깜짝 놀라곤 해. 어제는 두 손으로 내 얼굴을 꽉 잡고 완전 진지하게 "엄마"라고 하더니 함박웃음을 짓더라. 이렇게 자기가 어쩌다 말 비슷한 소리를 내면 엄청 좋아해. 아직 무슨 뜻인지는 전혀 모를 테지만. 그리고 나한테 얼마나 활짝 웃어 주는지. 그 경쾌한 스타카토 웃음소리를 들으려고 하염없이 기다리곤 해.

친부모에 대해서는 어떻게 생각해야 할지, 뭘 해야 할지 알기 어려웠지만 신디 언니에게 편지 쓰는 건 쉬울뿐더러 너무 좋았다. 생후 몇 개월 된 딸의 일상과 시간을 시시각각 전하면서 갑자기 언니가 아기였을 땐 어땠을까 궁금해졌다. 나랑 닮았을까? 아니, 막내인 **내**가 **언니**와 닮았을까? 우리는 같이 잘 놀았을까? 서로 좋아했을까? 우리는 계속 이 속도로 편지를 쓸 수는 없다고 농담처럼 말했지만 둘 다 속도를 늦출 마음이 없음을 잘 알았다. 우리에겐 지난 30년 가까운 시간 동안 쌓인 이야기와 서로를 향한 신뢰가 있었기에, 오히려 낭비할 시간이 없다고 느낄 정도였다.

입양인은 으레 '너는 참 행운아'라는 말을 들으면서 자란다. 내 친가족에 관한 진실을 알고 나서는 그 말에 진심으로 동의할 수밖에 없었다. 하지만 그게 그렇게 단순하게 생각할 문제는 아니다. 운에는 다양한 종류가 있고, 우리는 다양한 방식으로 축복이나 저주를 받는다. 나를 키워 주신 부모님을 만난 게 행운이었다면, 지금 또 하나의 행운을 만났다고 할 수 있었다. 내 평생 엄마로서 첫발을 내디딘 이 시기와 신디 언니에 대한 첫 기억들이 뗄 수 없는 관계로 연결된 것 같아 더할 나위 없이 행복했다.

니키, 네가 우리와 함께 자랐다면 어떤 대우를 받았을지는 모르겠지만 언니들은 틀림없이 너를 무척 아끼고 보호하려 했을 거야. 우리는 부모님과 나누지 못한 것들을 함께 나눴을 거야. 재미난 이야기들을 함께 나누며 그 끔찍한 시간을 견뎠을 테고, 우리 사이에 아무도 끼어들지 못하게 하겠다고 서로 약속했을 거야.

한밤중에 애비에게 젖을 물리며, 시차로 세 시간 늦은 그곳에서 보낸 이메일을 읽곤 했다. 곧바로 답장을 쓰면 이쪽 시간으로 정오가 되기 전, 그쪽 시간으로 언니가 출근하기 전에 내 답장을 받으리란 걸 알았다. 우리의 편지가 지리적 거리와 잃어버린 기억의 간극, 우리 사이에 놓인 그 엄청난 거리와 기나긴 세월을 다 메울 수는 없었지만 나는 언니가 보여 주는 단편적인 정보 조각들로나마 언니를 알아 가고 있었다. 언니는 자신이 '수줍은' 성격이라고 했지만 글에서는 전혀 그렇지 않았다. 직설적이고 호기심 많은 언니에겐 편안하고 이상하게 친근한 무언가가 있었다.

처음부터 우리 둘 다 직접 만날 가능성을 내비쳤지만 구체적인 계획은 세우지 않았다. 내가 출산한 지 얼마 안 되기도 했고, 언니가 다니는 의료센터에 휴가를 내려면 몇 달 전에 미리 알려야 해서이기도 했다. 애비가 태어나고 4~5개월쯤 됐을 때 나는 진짜로 언니 부부를 집에 초대해야겠다고 생각했다. 물론 이전에도 두 언니 모두에게 "언니를 만나고 싶어, 언니가 온다면 우린 언제든 환영이야." 같은 말을 했고 그건 절대 빈말이 아니라 진심이었지만, 구체적으로 특정 날짜를 제시한다거나 방문해도 괜찮은 시기를 말해 주진 않았다. 언니 부부에게 스케줄을 확인해 방문하기 좋은 때를 알려 달라 하지도 않았다. 우리 집에 오라고 초대하지 않았고, 언니도 가도 되겠느냐고 묻지 않았다.

　나는 속으로 혹시 언니가 나를 만나고 싶지 않아서 안 묻는 게 아닐까 걱정하기 시작했다. 나를 싫어할까 봐 두려웠다기보단 언니가 나 없이도 잘 지낼 수 있다고 생각할까 봐 두려웠다. 언니는 나처럼 자매가 있기를 바라거나 그런 상상을 하며 자라지 않았다. 언니의 어린 시절은 하루하루를 견뎌 낼 힘을 찾는 인내의 시간으로 점철되었고, 그러므로 언니는 자신이 '생존자'라고 설명했다. 자신의 부모처럼, 동시에 부모와는 다르게 사람들을 구분하고 필요하면 그들을 떠날 수 있는 사람이라고 했다. 언젠가는 이렇게 쓰기도 했다. "우린 사람들과 절연할 수 있어. 그런 뒤엔 절대 뒤돌아보지 않아. 어쩔 수 없는 일이라고 생각하지."

　나는 영영 이메일과 전화로만 연락하는 데 만족하지는 않을 작정이었다. 하지만 그게 언니가 진짜 원하는 것의 전부라면? 아니면 직접 만났는데 행여 내가 언니에게 실망한다면? 언니는 내게 빚진 게 아무것도 없었다. 평생 우리를 묶어 놓았을지도 모르는 유대는 이미 깨졌고, 우리는 오직 선택과 서로의 노력으로만 그걸 다시 만들 수 있었다. 결국 잃어버린 동생을 발견한 흥분과 설렘은 점점 가라앉을 것이고, 언니는 오로지 나란 사람을 근거로 나와의 관계를 정립할 터였다. 하지만 나는 확실히 언니만큼 좋은 사람, 강한 사람이 아니었다.

내 솔직한 걱정을 들은 댄은 '신디 언니' 폴더에 급속도로 쌓인 수십 통의 이메일을 가리켰다. "그분에게 당신을 알고 싶은 마음이 없었다면 이렇게 하루도 빠짐없이 당신에게 편지를 쓰진 않았을 거야."

그때 생각했다. 어쩌면 언니가 나를 기다리고 있을지도 모른다고. 어떤 신호를, 적어도 초대의 말을 기다릴지도 모른다고. 나는 언니가 처음 내게 연락하고 며칠 뒤에 릭이 보내 온 메일 내용을 기억해 냈다. "저는 줄곧 신디가 자신이 받아 마땅한 사랑을 받지 못했다고 느꼈습니다. 신디는 정말 아무것도 받지 못했어요." 나처럼 신디 언니 역시 자신의 기대를 억누르고 있을지도 몰랐다. 릭은 언니가 실망하는 데 길들어 있다고 했다. 나는 언니가 나에게까지 실망할까 봐 두려워하지 않기를 바랐다.

"이제 진짜 만날 계획을 한번 세워 보면 어떨까?" 어느 날 나는 작심하고 말했다. "언니, 릭과 함께 우리 집에 와서 며칠 지내는 건 어때?"

몇 시간 만에 언니에게 답장이 왔다. **언제 갈까?**

언니가 오기로 한 날을 한 달 앞둔, 내 딸의 첫 생일이 지나고 사흘째 되던 날 언니는 내게 전화를 걸어 자신이 임신했다고 알려왔다. "축하해!"라는 말에 이어 또 뭐라고 했는지는 기억나지 않지만, 그때 느낀 행복감과 언니가 임신 사실을 알게 된 날 당장 내게 그 소식을 알리고 싶어 한 일은 내가 그토록 바라 마지 않던 관계의 서막처럼 느껴졌다. "나 곧 이모가 된대." 나는 댄을 필두로 내가 아는 모두에게 이 소식을 알렸다.

처음에 편지를 주고받았을 때 언니는 자신이 아이를 원하는지 잘 모르겠다고 했다. "아빠랑 계모가 자꾸 나더러 아이를 가지라고 하는데 어떨 땐 그게 너무 짜증이 나." 언니는 절대 자신이 엄마처럼 될 거라 생각하지 않았지만, 그 모든 일을 겪은 언니가 자기 가족을 만드는 걸 상상하기란 결코 쉽지 않았다. 내가 한밤중에 어머니에게 전화를 걸어, 내 아이를 사랑하고 돌볼 능력에 대해 확신을 얻어 낸 일을 생각하면 나는 언니의 불안을 충분히 이해할 수 있었다.

하지만 우리가 연락을 주고받은 지난 몇 달 동안 나는 애비에 관한 새로운 소식들, 애비가 첫 한 해 동안 커 가는 모습을 편지에 써 보냈고, 그동안 언니는 자신의 생각이 조금씩 변하고 있음을 솔직하게 털어놓았다. 그리고 마침내 언니는 피임약 복용을 중단했다. 언니는 이렇게 말했다. "나는 날마다 스스로에게 '나는 우리 엄마가 아니야, 나는 똑같은 실수를 하지 않을 거야'라고 말해. 혹시 내가 임신을 한다면 이제 나 자신에게 기회를 줘 볼까 해." 나는 언니가 훌륭한 엄마가 될 것을 믿어 의심치 않았고 언니에게도 그렇게 말했다. 내 어머니가 내게 그 말을 하면서 품었을 마음을 떠올리면서.

내게 임신 사실을 알린 지 사흘 뒤에 언니는 의사로부터 임신 호르몬(HCG) 수치가 떨어지고 있다는 이야기를 들었다. 의사는 유산인 것 같다고 했다.

초음파 검사에서는 자궁 외 임신이라는 더 놀라운 사실이 밝혀졌다. 의사는 메토트렉세이트를 주사해 임신을 중단하거나 복강경 수술로 난관에 있는 배아를 제거해야 한다고 했다. 언니는 전자를 시도해 보기로 했다. 유산 진단을 받은 뒤 언니와 릭은 자신들이 정말로 아이를 원한다는 사실을 깨달았고, 그나마 주사가 가장 몸을 덜 상하게 하는 방법이어서였다.

나는 속수무책이 되어, 몸은 좀 어떠냐고 물었다. 언니는 "지금은 좀 슬프지만 곧 괜찮아질 거야."라고 했다. 나는 당장 달려가서 도울 수 있다면, 아니 그냥 같이 있어 주기라도 할 수 있다면 얼마나 좋을까 싶었다. 언니는 며칠 동안 기분이 말이 아니었지만 자신도 릭도 주변 사람들에게 충분히 위로와 도움을 받았다고 했다. 두 사람은 슬픔에 빠져 있었지만 함께 그것을 극복해 나갈 것이었다.

언니는 자주 검사실을 방문해 임신 호르몬 수치가 지속적으로 감소하고 있는지 검사해야 했다. 우리 집으로 오기 직전까지도. 나는 언니 부부가 여행을 연기하겠다고 해도 충분히 이해한다고 다짐을 두었다. 하지만 언니는 물러서지 않았다. "걱정마, 난 충분히 갈 수 있어." 두 사람이 오기로 한 날이 고작 2주밖에 안 남은 시점이었다. **내가 이날이 오기를 얼마나 기다렸는데!**

두 사람이 출발하기 전날 아침 일찍 릭이 전화를 걸어 왔다. 포틀랜드는 새벽 5시였다. 나는 불길한 생각을 내쫓으려 애쓰면서 겁에 질려 전화를 받았다.

전날 오후, 언니는 산부인과에서 메토트렉세이트 주사가

자궁 외 임신을 아직 중단시키지 못했다는 소식을 들었다. 의사는 언니가 지금 여행할 수 있는 상황이 아니라고 말하며 임신이 확실히 중단되고, 언니 몸이 위험에서 벗어난 걸 확인할 때까지 지속적으로 밀착 관찰을 해야 한다고 했다. 그러자 언니는 수술을 하면 여행을 할 수 있느냐고 물었다.

의사는 눈이 휘둥그레져서는, 이론적으로는 가능하지만 그보다는 여행 계획을 미루고 주사를 좀 더 맞아 보는 게 더 나을 거라고 했다. 그곳에서 몇 주 동안 처치를 받아 온 언니가 여행 계획 이야기를 꺼낸 건 처음이었다. 물론 임신 중단을 위한 처치는 받아야 했다. 하지만 수술 직후 여행은 너무 무모한 생각이었다. "휴가를 좀 미룰 수는 없나요?" 간호사가 물었다.

언니는 화가 치밀어 올랐지만 간호사와 언쟁을 벌이고 싶진 않았다. 언니는 늘 놀랍도록 유능하고 친절하다고 생각했던 의사에게 간청해 보기로 했다. "사실 이 여행은 단순한 휴가가 아니에요. 정말 정말 중요한 여행이에요."

의사는 간호사에게 잠깐 나가 있어 달라고 부탁한 다음, 둘만 남자 다시 물었다. "좀 더 자세히 말해 주시겠어요?"

언니는 오랫동안 죽은 줄로만 알았던 입양된 동생 이야기를 했다. 자신들이 몇 달 전부터 이 만남을 계획했으며, 내년까지는 일주일을 통째로 휴가를 내기 어려울 거라는 이야기도. "어쩌면 이번이 유일한 기회인지도 모른다는 느낌이 들어요.

그러니 꼭 가야 해요." 언니가 말했다.

그건 당장 그날 밤에 수술을 받아야 한다는 뜻이었다.

의사는 자기 환자가 수술 직후에 대륙 반대편으로 여행을 떠나겠다는 말에 억지 미소조차 지어 보일 수 없었지만 어쨌든 수술을 해 주겠다고 했다. 언니가 그토록 피하려 했던 복강경 수술로 배아를 제거한 건 한밤중이 되어서였다. 그 뒤에 간호사는 또다시 언니를 설득하려 했다. "이 여행은 하면 안 되는 거 아시죠? 나라 반대쪽에 있는 분 상태를 어떻게 저희가 계속 확인할 수 있겠어요."

하지만 의사 눈에도 훤히 보였다. 자신들이 안전을 장담하지 못한들 언니는 절대 고집을 꺾지 않으리라는 것이. 결국 릭이 진통제를 챙기고, 언니 상태를 잘 주시하고 있다가 필요하다 싶으면 곧장 응급 의료센터로 데려가기로 했다. 대여섯 가지 증상 중 하나라도 나타나면 바로 전화해 도움을 받기로 했다.

"우리야 당연히 두 사람을 보고 싶지만 언니는 이제 막 수술을 한 사람이잖아요!" 나는 릭에게서 지금까지 일어난 이야기를 듣고 이렇게 말했다. "좀 기다렸다가 다음에 와도 우린 얼마든지 이해해요."

"언니가 그럴 수 없대요. 더 지체하는 건 언니에게 너무 힘든 일이에요."

우리의 두세 번째 대화에 불과했지만 뭔가 지친 듯한 목소리였다.

"의사는 뭐래요?"

릭은 약간 웃었다. "의사야 탐탁지 않아 하죠." 여전히 걱
정스러운 목소리였지만 다른 기색도 느껴졌다. 체념에 이은 단
호한 침착함 같은 것이었다. 그러니까 릭은 나를 안심시키려는
것이었다. 릭 자신은 아내의 결정을 이미 받아들인 상태였다.
"신디는 확실히 간다고 했어요. 그래서 제가 신디의 걸어 다니
는 약국이 될 작정입니다."

두 사람을, 언니를 정말 보고 싶었지만 나는 한 번 더 설득
을 시도했다. "진짜로 이렇게까지 할 필요 없어요. 언니 건강이
훨씬 중요해요. 아니면 우리가 그쪽으로 가도 돼요. 일단 언니
가…"

"니키. 언니가 얼마나 고집이 센지 알아요? 상상도 못 할
거예요." 릭은 또다시 웃었다. 이번에는 전처럼 쾌활한 목소리
였다. 내가 언니와 장거리 관계를 시작하고 나서 며칠 안 있어,
내게 그간의 역사와 친근한 농담을 담은 이메일을 보낸 사람의
목소리였다. 나는 그 이메일이 일종의 살짝 에두른 경고였단 걸
나중에야 깨달았다. 릭은 언니가 얼마나 특별한지를 내가 이해
하길 바랐다. 그리고 혹시라도 언니가 주지 말아야 할 것을 내
가 원하는 상황에 대비해 언니가 혼자가 아니란 걸, 자신이 언
니를 지키고 있다는 걸 내게 알려 주려는 거였다.

"언니가 말짱하게 니키한테 갈 수 있게 내가 옆에서 단단히 돌볼게요." 릭이 약속했다. "그럼 곧 봅시다."

더 이상의 논의는 없을 터였다. 이는 릭이나 나 때문이 아니라 아직 잠에서 깨지 않은 언니의 강철 같은 의지 때문이었다. 이제 우리 중 누구도 뒤돌아보지 않았다. "거봐, 두 사람 벌써 닮은 점이 딱 보이네." 내가 방문 계획이 취소되지 않았다고 말하자 댄은 이렇게 말했다. "그분도 당신 못지않게 고집이 세구먼."

쏟아지는 봄비에 포치 밖으로 나서지는 못하고, 처마 너머로 자동차 한 대가 지나가는 모습을 지켜보았다. 또 한 대가 지나갔지만 역시 두 사람이 탄 차는 아니었다. 그냥 안에 들어가서 남편이랑 딸과 함께 차분하게 기다릴까 생각도 했지만, 언니가 낯선 사람처럼 현관문으로 뚜벅뚜벅 걸어 올라와 벨을 누를 때까지 기다리려면 상상도 못 할 수준의 평정심이 필요할 것 같았다.

릭은 내게 공항에 도착했다는 간단한 문자 메시지를 보냈지만 비행기에서 언니 컨디션이 어땠는지, 장거리 비행을 하고 난 지금은 어떤지에 대해서는 아무 말이 없었다. 언니가 수술대에 누워 있은 지가 이틀도 채 안 된 시점이니만큼 여행이 언니에게 너무 무리한 일이고 너무 이르다는 생각에 걱정이 앞설 수밖에 없었다. 그럼에도 걱정이 긴장이나 흥분에 비할 바는 아니었다. 이제 곧 두 사람이 탄 렌터카가 우리 집 앞에 도착할 것이고 나는 마침내 내 언니를 보게 될 것이었다.

헤드라이트를 켠 자동차 한 대가 와이퍼를 바삐 움직이며 길모퉁이를 돌아 천천히 이쪽으로 왔다. 그 차가 우리 집 차고 진입로로 들어오는 걸 보고 나는 우비도 우산도 없이 잽싸게 포치에서 달려나가 두 사람을 맞이했다. 뒷자리 창을 통해 처음으로 언니 얼굴을 흘긋 보았다. 유리창에 묻은 빗방울 자국 탓에 선명하게 보이진 않았지만, 그 순간 마치 야릇한 마법 거울에 비친 내 모습을 응시하는 듯한 느낌이 스쳐 지나갔다.

곧 언니가 차 문을 열고 나왔다. 우리는 서로를 끌어안았다.

수술 부위가 아직 아물지 않았을 터라 너무 꽉 껴안지는 않으려 노력했지만 도저히 언니를 놓을 수 없었다. 굵은 빗방울이 빨간 스웨터 위로 툭툭 떨어지고 얼굴에 서린 물기와 만나 뒤엉겼다. 나는 몸이 젖는 것도 아랑곳하지 않았다. 오로지 스물여덟 생일을 몇 주 앞둔 지금, 평생 처음으로 나의 언니와 포옹하고 있다는 생각밖에 들지 않았다.

얼마나 오래 그러고 있었을까. 나는 언니 얼굴에 통증이나 피로의 기미가 보이는지 살피려고 팔을 풀었다. 언니는 먼 길을 오느라 무척 힘들었을 테지만 아무 불평도 하지 않았다. 오히려 기쁜 얼굴이었다. 언니 얼굴에 후회의 기색은 하나도 없었으나 꼭 나처럼 살짝 두려움 어린 낯빛이었다. 언니는 나와 비슷한 긴소매 윗도리와 청바지, 그리고 언니가 가장 좋아하는 색이라 말한 적 있는 진보라색 집업 재킷을 입고 있었다. 언니는 집 안에 들어온 뒤에도 그 재킷을 그대로 입고 있었다. 비가 오긴 해도 따뜻한 봄날이었는데 말이다. 나중에 언니는 자기가 추위를 많이 타는 편이라고 말해 주었다.

가까이서 보니 언니는 눈 색깔이 나와 거의 똑같았다. 머리털은 언니가 나보다 한 톤 더 짙은 검정에 진갈색 가닥이 더 적었지만 좀 떨어져서 보면 똑같은 색으로 보일 것 같았다. 웃는 모습은 내가 생각하는 나보다 훨씬 더 아름다웠다.

나는 릭과도 포옹했다. 집으로 들어오면서 댄과 애비와의 포옹이 또 한바탕 이어졌다. 낯가림이 심한 편인 딸은 웬일인지 자기에게 쏟아지는 관심을 즐겼다. 댄은 평소처럼 미소 띤 얼굴로 조용히 우리의 만남을 기뻐했다. 그 역시 흥분으로 몸을 떨고 있는 것 같았지만 언니와 내게 이 최초의 침묵의 순간을 채울 기회를 주느라 꾹 참고 있었다.

다른 사람들은 이 자리에 있었던들 묘한 방 안 분위기를 알아채지 못했을 것이다. 이 순간이 어떤 의미인지는 더더욱 알지 못했을 테고. 언니가 하늘색 소파에 앉자마자 애비가 자기 장난감을 가져와 자랑하더니, 물고 빨아 가장자리가 너덜너덜 해진 보드 북을 가져와 읽어 달라고 했다. 보통은 모르는 사람이 안으려 하면 난리법석을 피우고, 도망치지 않을 정도로 낯을 익히는 데 며칠은 아니어도 몇 시간은 걸렸지만, 언니를 보고는 몇 초 정도 우물쭈물하더니 옆에 털썩 주저앉아 제 이모가 책을 읽어 주는 동안 수줍은 미소를 짓고 있었다. 언니는 더없이 흡족한 표정이었다.

"아비게일이 당신이 맘에 드나 봐." 릭이 말했다. "아마 당신이 자기 엄마랑 똑같이 생겨서 그런가."

똑같진 않죠. 나는 나직하게 릭의 말을 바로잡았다. 그렇지만 애비가 여태 신디 언니만큼 나와 닮은 사람을 본 적이 없었던 건 사실이었다. 언니가 책을 읽어 주는 동안 나는 뜬금없이 '언니한테 주근깨가 있네' 하고 생각했다.

놀라운 발견이었다. 사진들에서는 그 희미한 갈색 주근깨를 보지 못했기 때문이다. 나는 몸 여기저기에 점만 있었다. 양 뺨에 아주 작은 초콜릿색 점이 몇 개 있고, 턱에 조금 더 큰 게 하나, 팔 여기저기에 몇 개 더 있었다. 언니도 점이 많았지만 얼굴에 주근깨가 흩뿌려져 있었다. 나는 속으로 생각했다. **너무 사랑스러워.**

혹시 나중에 애비에게도 주근깨가 생길지 궁금했다.

다른 점은 그것만이 아니었다. 사진을 보고 이미 알았지만, 언니는 얼굴이 나보다 약간 더 둥글고, 광대뼈가 더 도드라졌고, 코는 약간 더 좁았으며, 눈매는 그리 길지 않았다. 여러 특징이 나와 혈연임을 분명히 보여 줄 정도로 닮았지만 남이 봤을 때 서로를 착각할 정도는 아니었다. 옷 사이즈가 같다는 건 이미 둘 다 알았지만, 몸은 언니가 더 호리호리했고 키는 내가 더 컸다. 언니의 차분한 몸놀림을 옆에서 지켜보고 있자니 내 행동들이 급하고 과장되고 어색하게 느껴졌다.

가장 놀란 건 목소리였다. 직접 통화한 적이 있어 그리 낯설게 느껴지지 않으리라 생각했는데 막상 직접 들으니, 너무 피곤해서 그렇거나 아직 수술에서 회복이 안 된 상태여서인진 몰라도, 예상보다 훨씬 부드러웠다. 아마도 내가 언니 목소리를 실제보다 더 크게 생각했었나 보다. 언니는 온순하거나 수동적이라기보다는 예상대로 조용한 사람이었다. 시시때때로 생각보다 말이 먼저 튀어나오는 나와 달리 언니는 댄처럼 관찰하고 듣는 데 더 익숙한 사람이었다. 간간이 말참견을 할 때면 목소리가 두 남편들보다 훨씬 조심스럽고 차분했다.

'내 목소리가 너무 큰 건 아닐까? 야단스러워 보이겠어.' 이런 생각이 들어 한동안 입을 다물고 있었다.

내가 **지나치게 부담스럽게 구는 건** 아닐까? 거의 1년 동안 편지를 주고받았기에 언니가 나를 차분하고 얌전한 사람으로 기대할 것 같지는 않았지만 그럼에도 혹시 내가 언니를 불편하게 하는 건 아닌지 걱정이 됐다. 일주일 뒤에 나를 **좋아**할지도 걱정됐다.

나는 언니의 자연스러운 거리낌이 좋았다. 그건 언니 성격의 일부였다. 그 때문에 언니의 기분을 파악하기가 쉽지 않았지만, 나는 내 감정을 분명하고 투명하게 드러내야 한다고 확신했다. 내가 그 이야기를 꺼내야 할까? 사소한 이야기를 나누는 대신 방 안에 감도는 긴장을 대놓고 인정하면서? 그런 말을 하면 혹시 언니가 안절부절못하게 될까?

그동안 언니와 만날 날만을 학수고대했지만, 막상 언니가 우리 집에 오니 이제 뭘 기대해야 할지 모르는 마음이 되었다. 이와 관련한 어떤 전형적인 방식이 있는 양 행동할 수는 없었다. 친가족과의 재회를 시도해야겠다고 마음은 먹었으나 처음 만나면 무얼 하고 무슨 말을 나눠야 할지 전혀 알지 못했다. 수많은 유전자를 공유함에도 불구하고 혹시 우리에게 공통점이 하나도 없다면 어떡하지? 내 입양으로, 우리가 떨어져 산 그 긴 세월이 너무 커서, 호기심도 좋은 의도도 결국 그 간극을 메우지 못한다면?

그분들이 내 얘기를 한 번도 한 적이 없었다니. 정말 미안해. 얼마나 충격이 컸을까.

네가 사과할 일이 아니야, 니키. 처음 그 사실을 알고 화가 난 건 그분들이 내게 그 사실을 숨기고 말하지 않아서였어. 하지만 네가 이렇게 살아 있어서 얼마나 감사한지 모르겠어.

"그 사람은 시계 소리를 낼 수 있어요. 똑 했다가, 딱 했다가…."

언니는 우리 집에 온 지 30분이 지났는데도 아직 애비에게만 집중하다시피 했다. 언니와 애비는 두 번째 보드 북을 읽었다. 거실 건너편에 있던 댄이 나와 눈을 마주치고는 살짝 웃어 보였다. 언니가 책을 다 읽자 애비는 바닥으로 내려가 거실 반대쪽에 놓아둔 침대 위로 올라갔다. 언니가 2층을 오르내릴 필요가 없도록 댄과 내가 손님방에 있던 것을 끙끙대며 아래층으로 끌어다 놓은 것이었다.

언니의 표정을 읽을 수 있을 정도로 언니에 대해 알면 얼마나 좋을까? 혹시 통증을 느끼고 있을까? 혹시 내 딸을 보고 최근의 유산 사실이 떠올라 슬퍼진 건 아닐까? 나는 언니에게 괜찮으냐고 몇 번이나 물었고 그때마다 언니는 괜찮다고 대답했다. 하지만 언니는 눈빛이 약간 멍해 보였고 천천히 조심조심 움직였다. 나는 언니가 평소에는 이렇지 않을 거라 짐작했다.

나는 속마음을 숨기는 데는 젬병이었다. 내 감정은 언제나 얼굴에 고스란히 드러났다. 하지만 언니의 표정은 내가 지금까지 본 사진 속에서 이제 막 풀려난 새로운 것이었다. 내가 아직 읽지 못하는 이야기였다. 나는 내 다른 버전과 만났다는 생각에, 만약 내가 첫 부모에게서 자랐다면 내가 이 사람이 될 수도 있었으리라는 생각에 잠깐 당황했다. 하지만 그건 말도 안 되는 생각이었다. 언니는 다른 누구도 아닌 언니 자신이었다.

언니는 내 얼굴에서 뭘 봤을까? 언니에게도 내가 일종의 거울이 됐을까? 자신이 될 수 있었던 사람, 다른 사람에게 키워졌다면 가졌을지도 모르는 자기 모습을 슬쩍 엿보지 않았을까?

거실 반대편에 있던 남편들은 아무리 하찮은 것이라도 공통점을 찾을 준비가 돼 있는 게 뻔히 보였다. 나 또한 내가 찾을 수 있는 모든 유사점을 조용히 헤아리고 있는 마당에 그런 두 사람을 어찌 탓하겠는가! 그럼에도 나는 두 사람이 똑같이 재미있다는 듯한 얼굴로 언니와 나를 번갈아 쳐다보는 걸 보고, 두 사람이 다른 할 일을 좀 찾아봤으면 좋겠다고 생각했다.

"저는 니키와 진짜 연관된 사람을 만나면 어떨지 늘 궁금했어요." 댄이 언니에게 말했다. "마음의 준비가 됐다고 생각했는데 막상 두 사람이 한자리에 있는 걸 보니 정말 신기해요."

릭은 가져온 카메라를 들고 우리를 찍었다. 언니는 얼굴을 살짝 찡그렸다. 불쾌한 표정까진 아니었지만 아무 예고도 없이 사진 찍는 게 편하지 않은 건 분명했다. 나는 눈을 굴리며 대놓고 항의했다. "파파라치예요, 뭐예요?" 나는 웃음을 기대하며 말했다.

릭은 항변하듯 말했다. "지금 **안 찍을 수가 없었어요!** 두 사람은 자기들이 어떤지 한번 봐야 해요. 방금 동시에 완전 똑같은 방식으로 머리카락을 귀 뒤로 넘겼다고요."

"머리카락을 귀 뒤로 넘기는 방법이 몇 가지나 있는데?" 언니가 반문했다. 나도 가만있지 않았다. "릭도 긴 머리였으면 틀림없이 그렇게 했을 거예요."

나는 우리 둘의 입에서 동시에 터져 나온 반박에 릭이 어떻게 반응하는지는 못 봤지만, 거실 반대쪽에 서 있던 댄이 코웃음 치는 소리는 똑똑히 들었다. 나는 재빨리 언니를 돌아봤고 우리는 서로를 바라보며 웃었다. 아직 드러나지 않은, 혹은 아예 존재하지 않을지도 모르는 닮은 점을 찾아야 한다는 압박감과 이 믿기 힘든 순간의 무게를 깨달으면서. 언니와 나란히 앉아 함께 깔깔대고 있자니 문득 이런 생각이 들었다. '목소리는 안 닮았을지 몰라도 웃음소리는 똑 닮았네.'

언니가 온 둘째 날 아침, 나는 다른 사람의 가장 큰 비밀이 된다는 게 얼마나 이상한 기분인지 수긍했다. 언니는 비밀들, 특히 자기 가족을 위해 지켜야만 했던 비밀들을 이해하는 것 같았다. "네가 나한테 비밀로 남아 있지 않아 줘서 너무 다행이야." 언니가 말했다.

우리는 댄과 내가 대학생 때 15달러를 주고 산 중고 원탁에 둘러앉았다. 걷어 놓은 부엌 커튼 사이로 비에 흠뻑 젖은 뒷마당과 그 뒤편의 숲이 보였다. 언니가 어린 시절 이야기를 하는 동안 처마 끝에 매달린 물방울들이 유리창 위로 후두두 떨어졌다. 언니의 눈길도 문득문득 창 쪽으로 향했다. 내 시선을 피하기 위해서가 아니라 나를 자기 기억 속으로 데려가면서 반쯤 무의식적으로 그러는 것이었다.

　나는 그 이야기를 이미 어느 정도 알았다. 언니가 아기였을 때 부모님과 제시카 언니만 시애틀로 이민을 왔고, 신디 언니는 외할머니와 서울에 남았다. 그러다 유치원 때 부모님과 다시 만났다는 내용이었다. "엄마는 기억도 안 났어. 그냥 막연히 엄마가 날 사랑하겠지, 날 보고 싶어 했겠지, 하고 생각했어. 그런 마음으로 다시 만났는데 너무 무서운 거야. '이 화가 잔뜩 난 여자는 누구지? 이 사람이 진짜 우리 엄마야?' 이런 생각만 들었어." 언니가 말했다.

　어리고 연약했던 언니는 오랫동안 떨어져 지낸 가족 속에서 자기 자리를 찾지 못해 쩔쩔맸고, 그런 언니는 좌절과 분노에 휩싸인 어머니의 손쉬운 표적이 되었다. 오래도록 언니는 '부모는 원래 다 그런가 보다' 하고 생각했다. 아버지는 온종일 일하고 부업으로 개인 교습까지 하느라 처음엔 상황이 얼마나 심각한지 잘 몰랐거나 아니면 그걸 중단시키는 법을 몰랐다. 연로한 할머니는 언니를 보호할 수 없었다. 신디 언니보다 열 살가량 많은 제시카 언니는 일하랴 학교 공부하랴 늘 바빠서 집에 있는 시간이 별로 없었다. 제시카 언니도 가족에 대해 불만이 많았지만 언니에겐 도망갈 능력이 있었다. 십 대인 제시카 언니는 이미 몸집이 커져서 자기한테 손을 올리는 순간 어머니의 팔을 꽉 붙들어 막을 수 있었다. 결국 맞서 싸우기엔 아직 너무 작고 어린 신디 언니만 어머니의 만만한 화풀이 대상이 되었다.

신디 언니는 어머니가 자신을 대하는 방식이 정상이 **아님**을 점차 깨닫게 되었다. 자신의 삶이 너무 말이 안 됐기에 언니는 다른 삶을 바라기 시작했다. 나는 언니와 아픔의 이유도 완전히 다르고 언니만큼 끔찍한 경험을 한 것도 아니었음에도 그 말을 들으니 왠지 어렸을 때 느꼈던 기분이 저릿하게 되살아났다.

언젠가 친구의 어머니가 언니를 키우겠다는 제의를 해 왔지만 언니는 자신이 원한 다른 삶을 얻지 못했다. 친구 어머니는 진실을 알아서가 아니라 언니가 불행한 모습을 보고 안타까운 마음에 그런 제안을 한 것이었다. "우리 부모님은 절대 나를 다른 사람한테 보내려 하지 않았어. 수치심 때문이었지. 두 분은 항상 이렇게 말했어. '우리 가족 일은 아무한테도 말하면 안 돼. 그건 그 사람들이 상관할 바가 아니야.'" 언니는 말을 하면서 눈물을 닦았다. 정확히 어느 지점이었는지는 기억나지 않지만 어느 순간 언니는 손을 뻗어 내 손에 포갰다. 나는 손을 그대로 가만히 두고 언니 이야기에 계속 귀 기울였다.

지금의 언니와 어린 언니를 생각하니 왈칵 눈물이 쏟아질 것 같았지만, 언니가 이런 이야기를 하는 데 얼마나 많은 용기가 필요했을지 잘 알기에 언니를 위해 강한 모습으로 버티고 싶었다. 그것은 나는 모면했지만 언니는 그러지 못한 그 불행에 대해 내가 언니에게 해 줄 수 있는 최소한의 일이었다.

언니는 오래된 사진첩을 가지고 와서 내게 보여 주었다. 언니는 사진첩을 한 장 한 장 넘겨 가며 제시카 언니, 아버지, 외할머니, 친할머니, 고모, 이모, 삼촌을 일일이 알려 주었고 그중 몇 장은 나에게 주었다. 한 장은 1975년에 한 아파트에서 찍은 아버지 사진이었고, 또 한 장은 2002년 언니가 자기 결혼식 연회에서 아버지와 함께 찍은 사진이었다. 1990년대에 제시카 언니와 신디 언니가 같이 쇼핑하러 가서 찍은 사진도 있었다.

그리고 한국에서 찍은 언니의 소중한 어린 시절 사진들이 있었다. 그중 하나는 반들반들한 검정 머리털에 동글동글한 뺨을 가진 여자아이 둘이서 진지한 표정을 짓고 있는 사진이었다. 당시 제시카 언니는 열두 살, 신디 언니는 이제 막 아장아장 걸어 다닐 때였다. 나는 신디 언니의 옆얼굴이 찍힌 독사진을 보고는 다른 사진들을 볼 때보다 더 활짝 웃었다. 우리가 어렸을 때 나란히 있었다면 지금보다 훨씬 더 닮았으리라는 생각이 들어서만은 아니었다. 초록색 여름 원피스, 양 갈래로 땋은 머리, 공원 벤치에서 대롱거리고 있는 긴 다리 때문만도 아니었다. 그 것은 이 어린 소녀, 어머니가 데려가기 전 세 살배기 언니의 눈에서, 지금 내 곁에 있는 여자의 모습이 보여서였다.

시애틀 시절 사진은 한 장도 없었다. 부모님의 이혼 전이든 후든 아무 흔적도 남아 있지 않았다. 어머니 사진도 전무했다. 제시카 언니가 이메일로 두어 장 보내 줬는데, 신디 언니 말대로 내가 친모와 닮은 것 같지는 않았지만 그건 어쩌면 나이차 때문일 수도 있었다. 친모는 얼굴형이라든지, 둥그스름하게 생긴 뺨이나 턱 끝 같은 데는 확실히 나와 닮은 구석이 있었다.

"우리 가족은 사진을 잘 안 찍었어." 언니가 말했다. "우리들 부모님은 1년 365일 일만 하셨지. 두 분이 집에 돌아오면 나는 어떻게든 그분들 눈에 띄지 않으려고 했어."

언니에게 **우리들 부모님**이란 말을 들을 때마다 평범하게 와닿진 않았다. 언니의 몇 장 없는 어린 시절 사진들을 보면서 나는 남편과 그의 형제들과의 관계를 떠올렸다. 그들의 공통 역사는 오직 세 사람만의 특별한 암호와 이해를 선물했다. 그들은 같은 섬에서 자랐으며 같은 사람, 같은 이야기, 같은 의례, 같은 규칙이 그들을 차례로 만들고 하나로 묶어 주었다. 하지만 언니와 나는 절대 그런 역사는 갖지 못할 것이다. 나는 나를 돌봐 주는 언니와 함께 자라는 게 어떤 건지 절대 알 수 없을 것이다.

공원 벤치에 앉은 어린 신디 언니를 보면서, 그 사진 속에 마법처럼 나를 쏙 집어넣을 수만 있다면 얼마나 좋을까 싶었다. 오랜 비밀과 침묵 대신 진짜 함께한 추억이 있다면 얼마나 좋을까. 나는 그 벤치에 언니와 함께 앉아 있는 상상을 하다가, 언니

에 대해 알게 된 뒤부터 내뱉고 싶었지만 여전히 어떻게 물어야
할지 확신하지 못하는 질문 하나를 떠올렸다.

"애비, 저 예쁜 나비 보여?"

언니는 내 딸의 손을 잡고, 이슬 맺힌 이파리에 앉은 작은
호랑나비 한 마리를 가만히 바라보았다. 언니가 우리 집에 오고
나서 첫 이틀은 집에서 이야기만 나눴다. 아직 언니에게 휴식이
필요하기 때문이기도 했다. 그러다 언니가 좀 걷고 싶다고 해
우리는 생명과학 박물관에 가기로 했다. 애비는 전시를 보기엔
아직 너무 어렸지만 나비 집에 들어갔을 땐 아주 신나 했다. 그
리고 언니 손을 잡아끌고 나무와 넝쿨과 꽃 사이로 날아다니는
수백 마리 나비들을 이리저리 쫓아다녔다.

"애비 때문에 신디가 진짜 아기를 갖고 싶겠어요." 그 모습
을 함께 보고 있던 릭이 말했다. 릭이 먼저 그 주제를 꺼냈으므
로 나는 언니가 내게 다시 시도해 볼 거라 했다고 말해 주었다.
나는 릭이 그건 자기가 알아서 하겠다거나 최소한 그에 대해선
아무 말도 하지 말아 달라고 할 줄 알았는데 그러지 않아, 혹시
릭이 이제 나도 가족으로 생각하기 시작한 걸까, 하는 생각이
들었다.

릭은 유산이 자신들에게 정말 힘든 일이었지만 그 때문에
자기들이 얼마나 아이를 갖고 싶은지도 깨닫게 됐다고 했다.

"애비를 보고 그 생각이 바뀌지나 않았으면 좋겠네요."

"절대 그럴 일은 없어요. 신디는 애비랑 같이 있어서 정말 즐거운 것 같아요." 릭이 활짝 웃으며 말했다. "신디가 당신에 대해 알게 되었을 때, 당신이 임신한 사실까지 전해 듣고는 꼭 원 플러스 원 찬스를 얻은 것만 같다고 했거든요."

그날 저녁 릭이 '유명한 미트로프'를 만들어 주면서 다음 날 아침엔 독일식 팬케이크를 만들어 주겠다고 약속했다. "제가 요리를 좋아해요." 릭은 장 볼 식료품 목록을 끄적이며 말했다. "사실 빵 굽는 건 제가 다 해요. 신디가 레시피 읽는 걸 싫어해서요. 요리는 잘하는데 이상하게 그건 못해요."

"그런 사람도 있는 거지. 난 레시피는 정말 질색이야." 언니가 릭에게 대꾸했다.

그것도 우리의 다른 점이었다. 나는 반드시 분명한 순서와 설명이 있는 걸 좋아했다. "그럼 언니가 가장 좋아하는 한국 음식 레시피도 못 물어보겠네요?"

"그렇지. 그래도 만드는 법을 직접 보여 줄 순 있어." 나는 언니가 한국 마켓에 가거나 요리를 하느라 오래 서 있는 걸 원치 않았다. "그럼 다음에 해 줄게." 언니도 내 말을 순순히 받아들였다. 대신 우리는 한국 식당에 가서 불고기를 먹고, 애비가 젓가락으로 코끼리 상아 모양을 흉내 내는 모습을 찰칵 사진으로 남겼다. 언니는 자기는 다른 사람들이 요리해 주는 게 정말 좋다고 솔직히 인정했다. 아버지와 새엄마와 살 때 식사 준비를 해야 했던 때가 많았기 때문이었다.

그 이야기를 들으니 우리들 아버지에 대해 언니와 직접 이야기해 보고 싶어졌다. 그게 타당하든 그렇지 않든 언니는 내가 이 가족, 나아가 아버지의 세계로 들어가게 해 주는 입구였다. 아버지와는 계속 이메일만 주고받았을 뿐 아직 만나지는 않은 상태였다. 이메일은 그분의 (매우 훌륭한) 영어에 대한 자부심을 만족시키고 나의 한국어에 대한 무지를 보완해 줄 가장 간단한 방법이었다. 나는 이제 그분을 만나고 싶다는 생각을 하고 있었다.

그분은 내가 묻는 말에 꼬박꼬박 잘 대답해 주진 않았다. 나는 어떤 건 그분에게서, 또 어떤 건 신디 언니에게서 가족에 대한 이런저런 단편적인 사실들을 알아냈다. 가령 이런 말들. "아빠 부모님은 한국에서 농부셨어." 아니면, "너는 엄마랑 할머니를 약간씩 닮은 것 같아." 한번은 친부에게 내 생각엔 특별하달 것 없는 질문인, 이를테면 그분이 미국에 오기 전에 살았던 곳과 왜 미국에 오고 싶었는지를 물었더니 아버지는 이렇게 답했다. "제발 과거에 대해선 더 묻지 말아 줘. 그건 내 개인적인 이야기니까." 나는 선을 넘은 것에 질겁하며 바로 사과했지만, 말할 것도 없이 계속 궁금해 미칠 지경이었다. 하지만 그분이 깜짝 놀라 영영 내게서 달아나 버릴까 봐, 편지가 완전히 끊어져 버릴까 봐 불안했다. 그래서 계속 가벼운 대화 분위기를 이어 가며 너무 많은 질문은 하지 않으려 노력했다.

친부는 나에 대해 알고 싶다고 했지만, 말을 주고받을 때마다 자신이 오랫동안 부인해 온 입양 사실을 떠올리는 듯했다. 편지를 쓸 때마다 내가 비난하지도 않는 일에 대해 사과할 정도로. 입양은 내겐 평범한 사실이었지만 친부에겐 그렇지 않았다. 심지어 언니에게도. 내 양부모님은 특정 주제에 대해, 이를테면 서로 간의 차이나 나를 만든 분들에 관한 이야기는 꺼렸지만, 입양 사실은 절대 우리 가족에게 어둡고 당혹스러운 비밀이 아니었다. 나는 평생을 내 입양 사실과 드잡이하며 그것을 받아들이기 위해 노력해 왔는데, 이제 내 친가족에게도 그 과정이 시작된 것이었다.

"그분이 과거 이야기는 안 하고 싶어 하시는 건 알겠어. 하지만 내가 놓친 부분이 바로 그 부분인걸. 그 이야기가 아니면 무슨 말을 해야 할지 잘 모르겠어."

"나와도 옛날이야기는 잘 안 하셔. 가끔씩 어떤 사람 이야기를 하거나 내가 들어 본 적 없는 이야기를 하실 때가 있지만, 내가 모르는 부분도 산더미야."

그 말에 언니가 안됐다는 생각이 드는 동시에 한편으론 나만 그런 게 아니라는 사실에 약간 위안이 됐다. 아버지가 당신의 과거를 내가 알 바 아니라고 생각했다면, 아마 그건 내가 입양되어서나 나를 친딸로 여기지 않아서가 아니라 그냥 그분이 그런 분이어서니까.

"아버지도 해가 갈수록 점점 예전 같지 않으셔." 언니가 말했다. "겉으론 건강해 보이지만, 만약 네가 아버지를 직접 만나서 뭘 여쭤볼 생각이라면… 너무 오래 지체하지 않는 게 좋을 거야."

언니가 하려는 말은 창이 좁아진다는 말일까, 아니면 아예 문이 닫힌다는 말일까? 언니는 우리들 아버지가 가족 중 누구에게도 내 이야기를 하지 않았다고 말했다. 문득 나는 앞으로도 그러지 않을까 하는 의구심이 들었다. 나와 연락을 주고받고 내가 살아 있단 걸 알게 돼 기쁜 만큼이나, 내가 입양됐다는 사실을 다른 가족들이 아느니 차라리 죽었다고 생각하길 바라는 게 아닐까 싶었다. 언니는 만약 한국에 사는 친척들이 내 입양 사실을 알게 된다면 충격을 받아 아버지에게 뭐라 할지도 모른다고 했다. 이런 이유로, 언니의 추측으로는 아버지의 체면 때문에, 역시 추측만 가능한 이런저런 이유들 때문에 나는 우리 가족의 가장 큰 비밀로 계속 남아 있었다.

이제 언니와 내가 서로 알게 됐으니 우리가 헤어져 지낸 수십 년의 세월에 대해 뭘 할 수 있을까? 나는 우리가 서로의 집을 자주 오가면서 더 가까워지길 바랐다. 함께 한국을 여행하는 상상마저 했다. 하지만 한국에 가도 다른 가족은 만날 수 없을 터였다. 혹시 같이 친척을 만난다면 언니는 나를 '친구'라고 소개할까? 그분들이 우리의 닮은 점을 알아차리지 못하길 바라면서? 우스운 상상이었지만 나는 우리의 미래에 그런 거짓말이 포함되어 있을지 궁금해하지 않을 수 없었다.

나는 언니를 다시 찬찬히 살폈다. 언니가 우리 집에 도착해 나를 안았을 때 느꼈던 희망에 스멀스멀 끼어든 의심의 시선으로. 만약 내가 우리들 아버지의 인정받지 못한 감춰진 아이라면, 공식 딸인 신디 언니에게 나는 무슨 존재일까? 그냥 친구일까? 어쩌다 이번에 한 번 방문하게 된, 편지 교환은 하지만 절대 가족이 될 일은 없는 사람? 아니면 우리 가족의 비밀과 우리가 떨어져 지낸 그 모든 세월에도 불구하고 우리는 지금 진짜 자매가 되어 가는 중인 걸까?

누군가에게 내 자매가 돼 주겠냐고 최초로 물어본 건 열 살 때였다.

　　나는 학교 운동장에서 가장 좋아하는 그네에 앉아 15미터 정도 떨어진 아스팔트 포장 공터에서 다른 아이들이 발야구 하는 모습을 지켜보고 있었다. 문득 고개를 돌려 보니 건너 건너 그네에 여자아이가 하나 앉아 있었다. 검은 머리털을 길게 땋은 그 아이는 동그란 안경을 쓰고 줄무늬 드레스에 검정 에나멜가죽 구두를 신고 있었다. 나보다 적어도 한 살은 어려 보였다. 그 아이의 시선도 아스팔트 공터 쪽을 향해 있었다. 마치 다른 아이들과 같이 끼어 놀아도 될지 궁금한 표정으로.

그 순간 흥분한 나는 다른 사람들은 완전히 잊어버렸다. 저 머리털, 저 눈! 나와 꼭 닮은 모습이었다. 학교에서 본 다른 누구보다도. "여기 새로 전학 왔니?" 나는 불쑥 말을 걸었다.

　아이가 고개를 끄덕이자 양 갈래로 땋은 머리가 출렁였다.

　나는 내 이름을 알려 주었다. 그 아이 이름은 케이틀린이었고 나보다 두 살 아래였다. 나는 반 아이들이 그 아이에게 친절하게 구는지 궁금했다.

　그 뒤로 우리는 종종 그 그네에서 만났다. 케이틀린은 나를 보면 그네 쪽으로 쏜살같이 달려와 내가 균형을 잃고 넘어질 뻔할 정도로 와락 끌어안았다. 우리는 비밀 은신처를 찾았고 손글씨로 정성스레 쓴 편지를 교환했다. 숨바꼭질이나 사방치기를 하며 놀고, 나란히 줄넘기도 했다. 나는 더 이상 쉬는 시간에 선생님에게 도서관 출입증을 달라고 하지 않았다.

　학교가 파하고는 할머니 집에 자주 갔다. 할머니 집은 내가 다니는 초등학교 근처였고, 부모님이 일하는 동안 할머니가 나를 데리러 오곤 했기 때문이다. 할머니는 내 유년 시절을 쭉 함께한 분이었다. 헤아릴 수 없이 많은 주말과 방학을 함께 보내며 채소밭을 가꾸는 법과 롤러스케이트 타는 법, 낚싯대에 미끼를 다는 법, 껍질콩 통조림과 복숭아 통조림 만드는 법을 배웠고, 주말에는 우리 둘 다 좋아한 추리물을 보면서 가장 살인범일 것 같은 인물을 찾기도 했다. 우리 가족은 여름이면 몇 주

내가 알게 된 모든 것

268

동안 오리건 해안에 가서 할머니 할아버지 캠핑카에서 자고, 피너클 카드놀이를 하고, 파도가 일렁이는 만에서 던지네스 대게를 잡았다. 어느 날 방과 후에 할머니에게 새 친구 이야기를 하니 할머니는 이렇게 말했다. "네가 그 아이를 잘 보살펴야 해, 니콜. 걘 너보다 어리니까."

할머니는 늘 책임감의 중요성을 강조했다. 어쩌다 나보다 어린 사촌이 우리 집에 오면 늘 똑같은 말을 했다. 그날 할머니는 놀라운 이야기를 덧붙였다. "그 애한테 네 동생이 되면 어떻겠느냐고 한번 물어봐. 자매가 있다는 건 정말 특별한 거거든."

듣고 보니 어머니가 수천 킬로미터 떨어져 사는 이모와 몇 시간 동안 전화로 이야기를 나누던 모습이 떠올랐다. 또 할머니는 부모님이 나를 입양하기 전에 돌아가신, 할머니의 언니 메리 할머니를 얼마나 사랑하고 의지했는지 들려주셨다. "메리 언니는 항상 나를 잘 보살펴 주었지. 평생토록! 자매란 그런 거야. 어쩌면 네 친구도 자기한테 그렇게 해 줄 사람이 필요할지도 모르지."

며칠이 지나고, 나는 약간 긴장한 채로 케이틀린에게 혹시 언니나 동생이 있느냐고 물었다. 다른 사람의 자리를 빼앗고 싶진 않아서였다. 케이틀린은 없다고 했다. "나도 없어." 내가 말했다. "학교에 있을 때만이라도 내 여동생이 돼 줄래? 그냥 상상으로?"

다행히 케이틀린은 웃으며 말했다. "그럼!" 그러면서 언제 우리 집에 놀러 가도 되는지 물었다. 여태껏 학교 친구가 집에 놀러 온 적은 한 번도 없었다. 나는 부모님에게 물어보겠다고 약속했다.

몇 주 뒤 나는 케이틀린이 며칠 연속으로 학교에 오지 않은 사실을 알게 됐다. 감기에 걸렸나? 혹시 수두에 걸린 건가? 일주일쯤 궁금해하기도 하고 걱정도 하던 나는 케이틀린과 같은 반 아이에게 무슨 일인지 물어봤다. "케이틀린은 이제 여기 안 다녀." 그 아이가 대답했다.

케이틀린과 전화번호를 교환한 적이 없었기에 나는 그 아이에게 연락할 방법이 없었다. 이사를 간 건지 아니면 그냥 다른 학교로 옮긴 건지 알 길이 없었다. 케이틀린이 전학 사실을 미리 알았더라면 분명히 내게 미리 말해 줬을 것 같았다. 아니면 혹시 내게 어떻게 말해야 할지 몰랐던 걸까? 나는 쉬는 시간이 끝나고 교실로 돌아와, 그 아이에게 줄 기회가 있길 간절히 바라며 며칠 동안 이 호주머니 저 호주머니로 옮겨 가며 들고 다니던 쪽지를 버렸다.

다음 날 쉬는 시간, 나는 선생님에게 도서관 출입증을 달라고 했다.

언니와 함께하던 어느 날 저녁, 언니는 내가 손가락으로 식탁 매트에 무언가를 무심코 끄적이는 모습을 발견했다. 내 머릿속 눈으로만 볼 수 있는 투명 글자를 매트 위아래로, 양옆으로 마구 휘갈기는 모습이었다. 언니가 그 행동에 대해 언급했을 때 나는 약간 멋쩍어하며 손가락 메모는 아주 오랜 습관이라고 설명했다. 다른 사람들과 이야기를 나누거나 누군가의 말을 들을 때, 의도적으로 대화와 관련된 말들을 적을 때도 있지만 대부분은 나도 모르게 그렇게 했다.

"우리 아빠도 항상 그래! 영어로 쓸 때도 있고 한국어로 쓸 때도 있고. 근데 나도 그래. 나는 지금까지 쭉 그게 아버지가 하시는 걸 보고 배운 습관이라고 생각했어."

"그게 아닐 수도 있는 것 같네요." 댄이 말했다.

우리는 다 같이 깔깔 웃으며 '종이 없이 글쓰기' 유전자라는 게 정말 있을지 곰곰이 생각했다. 손이 닿는 곳 아무 데나 손가락으로 글을 쓰는 건 아주 어렸을 때부터 친구와 가족의 기분 좋은 놀림거리였던 습관이다. 다들 그게 너무 신기하다고 했다. 고등학교 때 첫 직장 상사는 그걸 '산만한 행동'이라 했지만 이제 한 가지 의미를 더 갖게 되었다. 신디 언니와 나, 그리고 작가인 우리들 아버지 사이에 또 하나의 작은 연결 고리가 생긴 거였다.

저녁 식사를 마치고 댄과 릭이 설거지를 하는 동안 언니와 산책을 나갔다. 언니는 집안일을 도맡아 하며 우리에게 더 이야기할 시간을 주는 두 사람이 얼마나 헌신적인 남편들이냐며 농담했지만 나는 아직도 물어보지 못한, 내 마음을 무겁게 짓누르는 질문에 정신이 팔려 있었다.

우리는 같은 부모에게서 태어난 사람들이기에 어찌 보면 더없이 가까운 사이라 할 수 있지만 각자 너무나도 다른 가정환경에서 다른 삶을 살았다. 내가 원한다고 해서 우리 성격이 잘 맞거나 우리 삶이 하나의 퍼즐 속 조각들처럼 딱 들어맞으리라 기대할 수는 없었다. 나는 이 만남에 대한 나의 기대를 어떻게든 조절하려고 무진 애를 써야 했다. 하지만 내 희망은 완전히 다른 문제였다. 나는 신디 언니에게 말도 안 되게 많은 걸 바랐다. 하지만 그게 너무 지나친 거라면 어떻게 해야 할까?

이제 며칠 안 있어 언니는 자기 집으로 돌아갈 것이었다. 가슴이 죄여 왔다. 언니와 처음 연락이 닿았을 때 릭이 이런 말을 한 기억이 났다. **신디는 신디대로 당신만큼 혼자였어.** 어쩌면 언니도 어떤 부분에선 내가 필요할지도 몰랐다. 불안한 만큼이나 지금 이 순간, 이 요청의 말도 무척 중요하다는 것을 나는 알았다. 게다가 이제 더 우물쭈물할 시간이 없었다.

"나는 자매가 어떤 건지 잘 몰라. 그런 게 돼 본 경험이 한 번도 없어서." 나는 속사포처럼 말을 뱉어 냈다. 마치 누가 내 목구멍에서 잡아채기라도 하듯 말이 정신없이 튀어나왔다. "언니가 가족에게 많은 걸 기대하는 것에 익숙하지 않다는 거 알

아. 하지만 나한테는 기대를 좀 했으면 좋겠어. 나는 언니가 나를 신뢰해서 별별 말을 다 할 수 있다고 느끼고, 무슨 말을 하건 언제나 내 지지를 받으리란 걸 알았으면 좋겠어."

언니의 눈빛이 달라지는 게 느껴졌다. 순간 어둑어둑해진 축축한 거리 한가운데서 우리의 대화도 발걸음도 멈추었다. 언니는 슬쩍 고개를 갸우뚱하더니 입술을 살짝 오므렸다. 언니의 다른 수많은 버릇들처럼 섬뜩할 정도로 친숙한, 무언가를 곰곰이 생각하는 몸짓이었다.

나는 눈을 감고 숨을 깊이 들이쉬면서, 그렇게까지 서두를 생각은 없다고 안심시키며 이 대화를 복구할 태세를 취했다. 내가 다 망쳐 버린 거였다. 너무 빠르고, 너무 갑작스럽고, 너무 부담을 준 거였다.

"시간이 좀 걸리겠지. 그치만 괜찮아. 나는 충분히 기다릴 수 있어. 그냥 그게 내가 언젠가 맺고 싶은 관계란 걸 언니가 미리 알았으면 해. 나는 항상 우리가 서로 솔직하기를 바라니까. 나는 우리가 진짜 자매가 되면 좋겠어. 혹시 언젠가는 우리가 그렇게 될 수도… 있을까?"

희미한 가로등 불빛으로는 좀처럼 언니의 표정을 분간하기 힘들었다. 내가 언니의 표정을 읽는 데 숙달되고 나서도 어려울 것 같았다. 언니는 지금 내가 거절당할까 봐 얼마나 두려워하고 있는지는 전혀 눈치채지 못하는 듯했다. 언니가 손을 뻗어 내 손을 잡았다. 단단하고 따뜻한 언니의 손가락이 내 손가락을 꽉 그러쥐었다.

"너는 이미 그런 관계를 가졌어, 니키."

언니는 빙긋 웃었고 나도 따라 웃었다. 고맙게도 어둠이 내 눈물을 숨겨 주었다. 우리 둘은 두 번 더 그 블록을 돌면서 계속 이야기를 나눴다. 나중에 정확히 기억도 못 할 이야기들을. 지금 기억하는 건 내내 행복했던 느낌뿐이다.

친부모는 내가 자신들을 찾아 주어 기쁠까, 그렇지 않을까? 여전히 아리송했다. 두 분을 만날지, 만난다면 언제 만날지, 나를 포기한 그들의 결정에 대해 어떻게 생각해야 할지도 아직 몰랐다. 하지만 내가 가족이, 진짜 자매가 되어 주길 원한다는 신디 언니의 말은 확실히 믿었다. 우리가 서로 알아 가는 동안 언니는 내게 오로지 진실만을 말해 줬으니까. 나는 언니도 혼자였다는 걸, 아니 어쩌면 나보다 더 혼자였다는 걸 알았고, 내게 언니가 필요한 만큼이나 언니에게도 내가 필요하리라고 믿을 수 있었다.

우리에겐 함께 자란 자매와는 다른 종류의 유대감이 생겼지만, 그 유대감이 새롭게 만들어진 거라고 해서 덜 중요하지는 않다는 걸 이제 깨달았다. 우리가 얼마나 다르든, 얼마나 많은 시간을 놓쳤든, 얼마나 오래 떨어져 있었든, 그런 건 하나도 문제가 되지 않았다. 우리는 한때 가족이었고, 지금 다시 가족이

되려 했다. 마침내 우리는 자매가 되었다. 그럴 거라고 우리가
정했으니까.

4부

우리가 만난 지 1년쯤 지난 3월 12일, 신디 언니에게 전화가 왔다. "나 다시 임신했어."

나는 순간 기쁨의 환호성을 내지를 뻔했지만 꾹 참았다. 언니 목소리가 들뜨지 않고 조심스러운 이유를 알기 때문이었다. 언니는 자궁 외 임신으로 수술을 했던 해에 유산도 한 번 했다. 몇 달 전엔 이렇게 말했다. "또 그렇게 되면 앞으로 다시 임신을 시도할지 잘 모르겠어."

언니는 6주 정도 됐다고 했다. "아직 너 말고 아무한테도 말 안 했어."

"언니 아빠한테도?"

나는 아직도 그분을 우리 아빠라고 부른 적이 한 번도 없었다. 릭은 그냥 한국말로 **아버지**라고 부르는 게 어떠냐고 했다. 자기가 내 친부를 그렇게 불러서였다. 하지만 내겐 한국어건 영어건 별 차이가 없었다. 어차피 그 뜻은 같으니까. 그리고 설령 **아버지**나 **아빠**라고, **내가** 그렇게 부르고 싶다 해도 그분이 동의할지 확실치 않았다. 자기 가족이 아닌 아무 노인에게나 공경의 뜻으로 쓸 수 있는 '할아버지'라는 한국어도 고려했지만, 그것도 마땅치 않은 말 같았다. 그분은 나와 아무 관계가 없는 사람이 아니라 내 생물학적 **아버지였으니까.** 이메일에서 나는 그분을 이름으로 불렀는데 마치 무례라도 저지르는 양 어색했지만 그분은 결코 다른 호칭을 제안하지 않았다.

"아니. 아빠한텐 임신 2기가 될 때까지 절대 알리지 않을 거야. 그때까지 잘 버텨 준다면 말이지만. 일단 지금은 너밖에 몰라."

언니 목소리에서 두려움이 느껴졌다. 언니가 그럴 수밖에 없는 상황이 너무 안타까웠다. 이런 초기 단계에도 임신을 두고 같이 웃고 농담할 수 있다면 얼마나 좋을까.

"너무 여기에만 집착하지 않으려고 노력하지만 요즘은 나와 이 아기 사이에 놓인 다리를 하루하루 간신히 건너는 기분이야."

지금은 언니가 근심 가득한 마음으로 기다리는 중이기에

나는 둘째를 갖기로 했다는 사실을 아직 밝히지 않기로 했다. 언니가 안전하게 2기에 접어들 때까지 기다릴 작정이었다. "나도 둘 생각 많이 하고 있어." 나는 언니를 꼭 안아 주고 싶다는 생각을 하면서 이렇게 말했다.

우리는 이 임신의 운명이 내 생각이나 우리의 바람, 누군가의 기도와는 아무 상관 없다는 걸 알고 있었다. 하지만 신디 언니는 내 언니였고, 아기를 간절히 바랐다. 나는 언니의 마음 한구석에는 아직도 어떤 기대에 대한 두려움이 자리 잡고 있단 걸 알기에 온 마음을 다해 언니의 소망이 이루어지길 빌었다.

나도 임신을 했다. 스물아홉 살이 된 지 사흘째 되던 날 그 사실을 확인했다. 애비가 "저 이제 언니 돼요!"라고 알리는 영상을 언니에게 보내 그 소식을 전했을 때 언니는 임신 2기였고 이제 어느 정도 낙관적인 기분으로 지내고 있었다. 같이 임신한 것에 흥분한 우리는 통화할 때마다 맘에 드는 사촌들 이름 조합 이야기로 수다를 떨었다. 쉴 새 없이 조잘대는 조숙한 두 살배기 애비는 둘 다 여자아이일 거라 확신했다.

내가 임신한 사실을 알기 전 댄과 나는 7월에 언니 집에 가려고 비행기를 예약해 둔 상태였다. "별문제 없을 거야." 나는 언니를 안심시켰다. "그냥 냉동실에 막대 아이스크림이나 잔뜩 쟁여 줘. 난 임신했을 때 그거 없이는 못 견디거든."

"그거야 문제없지. 그런데 물어보고 싶은 게 하나 있는데… 혹시 네가 여기 와 있는 동안 아빠도 오셔서 며칠 같이 지내면 어떨까? 그런 식으로 아빠를 만나는 건 어떻게 생각해?"

나는 곧바로 좋다고 대답하지 못했다.

사실 이게 바로 내가 생물학적 부모를 찾아 나섰을 때 상상하고 바랐던 일 아닌가. 그분들을 만나 이야기를 나눌 기회 말이다. 언니를 사랑하고 이만큼 가까워졌지만 내 외모와 특질, 살과 피와 뼈를 언니에게서 받은 건 아니었다. 우리는 뿌리를 공유하지만 친부나 친모를 만나지 않고는 알 수 없는 것들이 분명 있었다. 친모와는 더 깊은 관계를 만들어 나가지 않기로 이미 결정했다. 하지만 친부는 만날 용의가 있었고 언젠가는 그렇게 **하리라** 막연히 생각한 터였다. 만약 우리가 그렇게까지 멀리 떨어지지 않은 곳에 살았더라면 이미 만났을지도 몰랐다.

"그건 그분 생각이야, 아님 언니 생각이야?" 나는 어쩐지 그게 중요하게 느껴졌다. 나는 그분을 놀라게 하거나 그분이 원치 않는 만남을 강요하고 싶지 않았다.

"아빠한테 네가 우리 집에 오기로 했다고 말했더니 혹시 네가 당신을 만나고 싶어 하냐고 먼저 물으셨어."

친부는 당신네 부부가 언니 집에 와서 한 이틀 우리와 같이 지내면 어떠냐고 제의했다. 언니는 그분들이 한 주 내내 계시진 않을 거라며 우리끼리 있을 시간은 충분하다는 걸 확실히 했다. "아빠가 널 보고 싶어 하시는 건 분명하지만 네가 싫으면 얼마든지 싫다고 말해도 돼." 언니가 말했다. "네가 아직 준비가 안 됐다고 해도 충분히 이해하실 거야. 근데 아빠는 이제 준비가 되셨어. 이게 아빠가 원하시는 거야."

어떤 면에서 나는 준비가 됐다고 느꼈다. 그분과 온종일 한집에서 지내는 것에 대해서는 그렇지 않을 수도 있지만, 언니 집에서 언니와 함께 그분을 만나는 건 첫 대면으로는 가장 편한 방법일 듯했다.

하지만 두려웠다. 나의 아버지가 나를 보고 실망하면 어쩌나. 이전에 언니를 실망시킬까 봐 걱정했던 건 비교도 안 될 정도로 두려웠다. 그분과 나는 세대도, 문화도, 가진 트라우마도 서로 달랐다. 지금의 나는 그분 손에서 자랐다면 가졌을 모습이 아니었다. 나는 이전의 언니처럼 순종적이고 공손하고 착한 한국인 딸도 아니었다(언니는 다행히 나의 존재를 알고 난 뒤 평생 짊어졌던 짐을 떨쳐 버리고 그분에게 대답을 요구했다). 전에도 내 무뚝뚝하고 노골적인 성격에 언니가 뒷걸음질 칠까 봐 두려웠는데, 아버지는 이런 나를 과연 좋아할 수 있을까? 그분이 질문을 아예 차단하거나 다른 가족들은 나에 대해 몰랐으면 한다고 되풀이해 말했을 때, 나는 그분이 나를 부끄러워하는 건 아닐지 여전히 두려웠다. 부끄러운 게 적어도 내가 아니라, 내가 드러내는 역사라 해도 말이다.

하지만 언니와는 계속 만나면서 날 만나고 싶다는 우리 아버지의 요구를 묵살하고 싶지는 않았다. 친부모를 모두 영영 이방인 취급하고 싶지는 않았다.

"좀 어색할 것 같아." 내가 말했다. 만남을 거부한다거나 무슨 반대 주장을 하려는 게 아니라 그냥 사실을 말한 거였다.

"**엄청** 어색하겠지." 언니가 맞장구쳤다. "근데 이게 바로 우리 가족의 본 모습이야. 어떻게 어색하지 않을 수 있겠어."

7월 9일 댄과 아비게일과 함께 포틀랜드 공항에 내렸다. 친부 부부는 다음 날 오후에 도착하기로 돼 있었다. 나는 예상대로 임신 초기의 심한 피로감에 시달렸다. 가만히 못 있고 사방팔방 돌아다니기 시작한 아이와 장장 열 시간 동안 비행기 여행을 한 끝에 지칠 대로 지쳐 짜증이 목구멍까지 차오른 상태였다. 언니네 손님방에서 잠을 설칠 것도 물론 걱정되었지만, 임신 1기 피로 증세는 친부와의 만남에 대한 걱정에는 비할 바 아니었다. 다행히 이번 임신은 어느 정도 준비가 된 상태였고 입덧도 가장 심한 단계는 지났다.

다음 날 아침 나는 꼴등으로 일어났다. 아침을 먹다가 언니가 멀트노마 폭포에 다녀오자고 했다. 어린 시절 이후 그곳에 간 적이 한 번도 없었고, 언니 집 거실에 앉아 시계만 쳐다보며 아버지가 오기를 기다리느니 짧게나마 하이킹하며 아름다운 경치 구경이나 하는 편이 훨씬 나을 것 같았다. 숲길을 지나 축축한 다리를 건너는 동안 댄은 애비를 목말을 태우고 걸었다. 자욱한 안개구름 사이로 해가 반짝 고개를 내밀자 온통 초록으로 둘러싸인 폭포가 은빛으로 반짝였다. 애비의 성화에 우리는 스낵바에서 핫도그와 아이스크림콘을 사 들고 쏟아지는 폭포 소리를 들으며 먹었다.

댄과 릭은 말도 못 하게 사진을 못 찍었는데, 언니와 어깨동무를 하고 찍은 사진을 보니 우리 둘 다 임신으로 얼굴이 둥글둥글했다. **이 사진에선 우리가 썩 닮았네.** 나는 우리 둘이 어정쩡하게 웃으며 햇살에 눈을 가늘게 뜬 사진을 보면서 생각했다. 머리 모양까지 똑같은 포니테일 스타일에 검은 머리카락이 몇 가닥 흘러나와 있었다.

차를 타고 다시 언니네로 돌아가는 길. 애비는 카시트에서 꾸벅꾸벅 졸았고 나는 말이 없어졌다. 나만이 아니라 차 안 전체가 고요했다. 우리 네 사람이 함께 있을 때면 릭과 나는 보통 잡담을 나누곤 했다. 그런데 그 순간에는 중요한 면접이나 첫 등교를 앞두고 사람들이 과연 나를 좋아할지 어떨지 걱정할 때와 같은 기분에 휩싸여 있었다. "아빠도 나한테 무지 긴장된다고 하셨어." 언니가 말했다.

언니의 말에도 기분이 별로 나아지지 않았다. "우리 두 사람 다 너무 긴장해서 아무 말도 못 하면 어떡하지?"

"음, 그럼 그냥 한동안 서로 가만히 쳐다보고 있다가 맛있는 한국 음식이나 먹으러 가는 거지, 뭐."

이 만남에 언니가 함께해 줘서 얼마나 고맙고 기뻤던지! 이따금 언니 없이 친부와 재회하는 장면을 상상해 봤다. 과연 어떻게 진행됐을지, 친부를 만나긴 했을지 궁금했다. 하지만 친부를 못 만난들 내 곁에 있는 이 여자만으로도 친가족 찾기는 내게 충분히 값어치 있는 일이었다.

"걱정할 필요 없어, 니키." 언니가 말했다. "아빠도 마침내 널 만나 기뻐하실 거야. 너는 그냥… 아빠가 무슨 말을 하든 지나치게 신경 쓰지 않기만 하면 돼. 알았지?" 언니는 방긋 웃으려는 것 같았지만 꼭 얼굴을 찌푸리는 것처럼 보였다. "네가 염두에 두면 좋을 것 같아서. 한국인들은 진짜 무신경하게 말할 때가 간혹 있거든."

부디 우리들 아버지는 나한테 그러지 않기를 바랐다. 적어도 우리가 만난 직후에는, 그리고 그게 칭찬의 뜻으로 하는 말이 아니라면. 그분의 이메일은 언제나 친절했지만 무척 간결했다. 나는 아직도 그분의 속내를 제대로 알지 못했다. 내 아버지가 나를 좋아하지 않는다면 나는 어떻게 해야 할까?

"그분이 실망하시면 어쩌지?" 나는 언니에게만 묻는 의미로 낮게 속삭였다. "혹시라도 내가… 음, 너무 한국인답지 않다고 생각하시면 어떡해?"

언니의 눈에 살짝 장난기가 비쳤지만 다행히 웃음을 터뜨리진 않았다. "그럼 왜 그런지는 그쪽이 더 잘 알지 않냐고 해."

집으로 돌아와 미처 신발을 벗을 새도, 제멋대로 엉클어진 포니테일 머리를 다시 묶을 새도 없이 초인종이 울렸다. 릭이 놀라는 시늉을 했다. "일찍들 오셨네요! 보통 길을 못 찾고 헤매다가 늦게 오시는데. 그게 이 가족 특징이거든요." 릭은 나를 보고 씩 웃으며 덧붙였다. "그쪽 식구들은 하나같이 방향 감각이 형편없어요." 뭐라고 되받아치고 싶었지만 나 역시 그의 말이 옳다는 걸 알았다.

릭이 현관문을 여니 친부 부부가 짐 가방과 선물 가방을 양손에 주렁주렁 들고 포치에 서 있었다. 양념에 재운 고기로 추측되는 냄새가 대형 플라스틱 용기를 뚫고 나왔다. **신디 언니랑 똑 닮았네.** 친부의 얼굴을 보니 이런 생각부터 들었다.

아닌 게 아니라 외모만 보면 언니는 아버지의 젊은 여성 버전이었다. 수많은 사진으로 본 얼굴이지만, 이 순간에야 비로소 확실히 깨달을 수 있었다. 안경 뒤에 보이는 그분의 눈매가 좀 더 날카로웠고, 언니는 콘택트렌즈를 꼈지만 두 사람은 눈

모양이 똑같았다. 주근깨가 있는 것도 코의 모양도 똑같았고 얼굴형도 똑같았다. 둥글고 통통하며 표정이 훤히 드러나는 내 얼굴과 달리 은근한 분위기를 풍기는 얼굴이었다. 물론 사진으로도 두 사람이 닮은 걸 느꼈지만 직접 보니 훨씬 놀라웠다. 내내 그분을 보고 자란 딸이 한 번도 제대로 보지 못한 채 자란 딸보다 더 닮은 게 왠지 자연스럽게 느껴졌다. **나는 어머니를 닮았나 보다** 싶었고, 이것이 그분이 나를 좋아하지 않을 또 다른 이유가 될까 염려하며 부디 그렇지 않길 바랐다.

이전에 사진 속 친부의 검은 눈과 단단한 입매를 살펴보던 때, 나는 도무지 나와 닮은 구석을 찾지 못했다. 하지만 직접 보니 완고해 보이는 턱과 빠르게 움직이는 눈이 어쩐지 친숙하게 느껴졌다. 그분은 자기 규율에 철저한 사람처럼 보였다. 다른 사람들에겐 그렇게 보이지 않겠지만 사실 내게도 그런 성향이 **있었다.** 그분은 신디 언니처럼 행동에 빈틈이 없었고, 내 앞에서 멈춘 순간에는 나를 평가하는 것처럼 보였다. 그분도 나처럼 마음이 소용돌이치고 있을지 궁금했다. 나는 등을 쫙 펴고 편안한 표정으로 그분과 시선을 마주치려 애썼다. 그분은 나보다 고작 2~3센티미터 큰 정도였다. 일흔이 다 된 이 단정하고 다부진 한국 남자가 얼마나 위엄 있어 보이던지.

어쩐지 나는 그분 앞에서 나 자신이 작게 느껴졌다. 그리고 아주 아주 어리게 느껴졌다.

"반갑구나, 니키야." 그분이 인사했다.

"안녕하세요?" 나는 불편한 **아버지**나 말도 안 되는 **미스터 정** 같은 호칭은 생략하고 그냥 인사만 건넸다. 너무 긴장한 나머지 웃지도 못했다. 너무도 쉽게 내 오랜 애칭을 부르며 손을 내미는 그분이 부러웠다. 아직 포옹을 나눌 준비가 됐는지 나 역시도 확신하지 못했지만, 그래도 악수는 너무 형식적으로 느껴졌다.

"몸이 제법 불었구나."

"**임신했잖아요.**" 나는 꼭 양부모에게 대꾸하듯 상기시켜 드렸다. "지금 13주 됐어요."

친부의 아내는 내가 마치 자신의 잃어버린 딸이라도 되는 양 곧바로 나를 꼭 끌어안고는 언니에게 끄덕끄덕 고개인사를 했다. "배 크기가 신디랑 비슷하네. 개월 수는 신디가 더 됐는데."

나는 언니를 쳐다봤다. 처음엔 배를, 그다음엔 얼굴을. '내가 미리 알려 줬지?' 언니는 이렇게 말하듯 눈썹을 치켜올렸다. "저는 두 번째 임신이라 더 빨리 티가 나는 거예요." 내가 말했다. 어쩐지 이 우스꽝스러운 대화가 친모를 떠올리게 했다. 신디 언니는 친모가 나를 임신했을 때 몇 달이 지나도 전혀 티가 나지 않았다고 했다. 그때부터 나는 그분과는 다르구나 싶어 마음이 놓였다.

잠시간 우리는 음식 가방이며 짐 가방 놓을 곳을 찾느라 다 같이 부산을 떨었다. 릭이 계속 이것저것 질문했고 더러 한국말로 대답하는 소리가 들렸는데, 신디 언니가 그걸 통역해 주었다. 나는 여태 우리가 나눈 대화가 이런 식으로 이뤄진 거구나 싶었다. 아버지가 나한테 한 말을 언니가 내게 설명하는 식으로 말이다. 그렇다면 그분이 영어로 말했던들 언니가 굳이 강조하지 않아 내가 놓쳤을 미묘한 분위기, 함의, 문화적 암시가 있지 않았을까?

배가 땅겨 오면서 다시금 도망치고 싶은 욕구에 사로잡혔다. 내가 지금 여기서 뭘 하고 있는 건지, 대체 왜 이 만남이 좋은 생각이라 여겼던 건지 모를 일이었다. 더 기다렸어야 했다. 우리에겐 시간이 더 필요했다. 그분이 내게 실망할 것은 불 보듯 뻔했다. 이미 그런 게 아니라면 말이다. 나는 시차와 임신으로 힘든 데다 하이킹의 여파로 아직도 약간 땀을 흘리고 있었고, 간식을 달라고 고래고래 소리 지르는 딸까지, 정신이 하나도 없었다.

결과적으로 나를 구한 건 아비게일이었다. 언니의 계모가 짜증을 부리던 아비게일에게 다가가 내가 여태 본 것 중 가장 큰 미니마우스를 주었다. "**할머니, 할아버지, 감사합니다**라고 해야지." 나는 그분이 애비의 관심을 딴 데로 끌어 주어 고마웠다. 또 애비에게 한국말로 감사 인사를 하도록 하며 나까지 자신감을 회복할 수 있게 해 주어 고마웠다. 그 정도 한국말은 나도 알았으니까.

"네 것도 있어." 친부가 말했다. 친부는 언니와 내게 소로의 『월든』과 『시민 불복종』을 내밀었다. "혹시 이거 읽어 봤니?"

"음, 고등학교 때 이후론 읽은 적 없어요."

"둘 다 읽어 보도록 해. 그리고 나중에 토론해 보자."

나는 속으로 '초절주의 가족 북클럽이라니! 그래, 확실히 평범한 가족의 모습이지.' 하고 생각했다.

그런 다음 그분은 자신이 쓴 에세이도 한 권 내밀었다. 친가족과의 재회에서 내가 놀란 건, 언니는 여가 시간에 시와 소설을 쓰고, 우리들 아버지는 책을 출간한 작가일 뿐 아니라 언어를 사랑하는 사람으로, 한국 문학과 언어학 학자라는 사실이었다. 나중에 듣고 보니 내가 평생 글쓰기에 집착해 온 것이 실은 대대손손 이어진 가족 내력이었다.

나는 친부가 쓴 에세이를 직접 읽을 수 있다면 얼마나 좋을까 싶었다. 그럴 수만 있다면 그분을 훨씬 더 잘 이해할 수 있을 것 같았다. 하지만 그 책은 내가 읽을 수 없는 한국어로 쓰여 있었다. 다시 표지를 보니 제목을 영어로 적은 메모가 있었다. 나는 그분에게 고맙다고 인사했다. 비록 우리 둘 다 내가 읽을 수 있는 유일한 부분은 그분이 쓴 메모뿐이란 걸 알았지만 그럼에도 그분이 쓴 말로 가득한 책, 그분의 사랑과 기도가 담긴 책을 손에 들고 있으니 기쁘기도 했다.

댄은 낮잠을 자야 할 시간이라며 애비를 데리고 일어났다. 나는 친부 부부가 그 잠깐 사이에 이미 내 딸을 좋아하게 되었고, 같이 있으면 좋아하리란 걸 알았지만, 애비는 전날의 비행기 여행 때문에 피곤한 데다 낮잠 시간이 이미 한참을 지난 터라 폭발하기 일보 직전이었다. 릭도 두 분의 짐 가방을 들고 2층으로 사라졌다. 일부러 자리를 피해 준 것 같았다. 한 소파에는 친부와 내가, 다른 소파에는 신디 언니와 계모가 나란히 앉았다. 나는 계모가 자기 손을 가만히 언니 손 위에 얹는 모습을 보면서 언니한테는 그분이 친모보다 더 엄마다웠음을 떠올렸다.

나는 아기 때부터 대학 졸업식 때까지 사진이 담긴 앨범을 가져와 펼쳤다. 친부 부부는 내 설명을 들으며 조용히 몸을 숙여 들여다보았다. "이분이 제 엄마, 이분은 제 아빠예요." 데리고 온 지 며칠 안 된 나를 안고 찍은 부모님 사진을 가리키며 설명을 시작했다. 두 분 모두 아주 행복해 보였다. 나는 딸기 문양이 박힌 신생아용 원피스를 입고서 졸고 있고, 부모님은 믿기지 않는다는 듯 활짝 웃고 있었다.

나는 **엄마, 아빠**라는 단어를 말하면서 살짝 머뭇거렸는데 친부가 그걸 알아차렸을지 궁금했다. 여기, 어른이 된 제 아이를 생전 처음 만나 자신이 놓친 아이의 어린 시절과 그 아이를 키운 낯선 백인들 사진을 들여다보고 있는 사람이 있다. 나 못

지않게 심란할 터였다. 뭔가 위안이 될 만한 말을 하고 싶었지만 그게 무엇일지 도무지 떠오르지 않았다.

나를 입양 보낸 결정을 원망하지 않는다고 이미 그분에게 수차례 말했다. 하지만 첫 편지 교환 이후로 2년이란 세월이 흘렀건만 그분의 편지에는 회한이 넘쳐 났다. 그분은 스스로를 책망했지만 나는 그분이 그러지 않기를 바랐다. 내가 양부모에게 느끼는 것과 똑같이 그분을 보호하고 싶은 충동을 느낀다는 게 이상하게 여겨지면서도 한편으론 전혀 이상할 거 없는 일이라는 생각도 들었다. 어쩌면 이것은 내가 이미 그분에게 마음을 쓰고 있다는 걸 드러내는 징후인지도 몰랐다. 우리 사이에 놓인 이 숨 막힐 정도로 답답한 공기를 일거에 없애 줄 마법 같은 말, 그분에게 영영 죄책감을 내려놓게 해 줄 말이 있을까?

같이 사진첩을 한 장 한 장 넘기는 동안 그분이 내 말에 귀 기울이고 성심껏 대화에 임하려 최선을 다하는 게 느껴졌다. 간간이 나를 뺀 세 사람은 자연스레 한국말로 이야기를 주고받았고 그러면 그들 중 하나, 보통 신디나 친부가 통역을 해 줬다. 대화 중간중간 그 점에 대해 내게 사과했지만, 나는 정말 불편하지 않았다. 그저 내 모어가 됐어야 할 언어를 알아듣지 못하는 내 처지가 당혹스러울 뿐이었다. 물론 내가 내 뿌리가 속한 문화에 일방적으로 차단당한 건 사실이지만, 그건 수십 년 전 이야기였다. 그에 대해 지난 30년 가까이 질문하고 더 알려고 노력해 온 나였다. 우리 사이에 놓인 틈은 단순히 그분의 책임만이 아니라 아무런 실질적 도구도 준비하지 않고 온 내 책임이기도 했다.

계속해서 앨범을 넘기자 졸업식 사진들이 나왔다. 검정 학위복 차림에 아너 코드(학업, 과외활동 등에서 우수한 졸업생에게 수여하는 밧줄처럼 생긴 끈―옮긴이)를 걸치고 활짝 웃는 내 양옆에서 자랑스럽게 미소 짓고 있는 엄마와 돌돌 만 내 학위증을 공중으로 번쩍 쳐들고 있는 아빠의 사진을 보면서 친부는 내게 "세계 최고의 대학을 졸업하다니 얼마나 자랑스러운지 모르겠다."라고 했다. 다음 장으로 넘기니 내 결혼식 스냅사진이 몇 장 나왔다. 하나는 댄과 함께 찍은 사진이었고 또 하나는 부모님 옆에 선 내 옆모습이 찍힌 사진이었다. 친부에 대해 알게 된 뒤로, 그분은 변방에서 조용히 글 쓰고 편집하며 사는 삶을 어떻게 생각할지 궁금했다. 당시 나는 작가가 되겠다는 꿈을 이루기 위해 대학원에 진학할 생각도 아직 놓지 않고 있었지만, 출산 휴가 직후 실직한 뒤로는 대부분의 시간을 애비와 함께 보내는 중이었다. 친부는 내가 더 많은 것을 하며 살기를 바랐을까? 혹시 내가 주목할 만한 업적을 쌓아 가는 삶을 살아가는 게 그분의 희생을 더 가치 있게 만들지는 않을까?

훗날 릭이 지적했듯, 그분이 마지막으로 나를 봤을 때 나는 생존 자체가 불투명한, 고작 900그램밖에 안 나가는 아기였다. 의사가 그분에게 한 말을 생각하면 이렇게 살아 있는 것 자체가 이미 그분의 기대를 넘어선 건지도 모른다. 잘 자라 줌으로써 말이다. "십중팔구 그분에겐 기적처럼 보일 거야." 내 무신론자 형부는 이렇게 말했다.

내 앨범을 다 보고 나서 이제 그분들이 당신들 가족 앨범을 보여 주었다. 궁금증이 발동한 나는 그분들이 미처 따라잡기 힘들 정도로 온갖 질문을 미친 듯이 쏟아부었다. 한 사람 한 사람이 각각 누구인지, 내가 그들과 어떻게 연결돼 있는지 너무도 절박하게 알고 싶었다. 친부는 자신과 유대가 깊었던 돌아가신 자기 부모님에 대해 말해 주었다. 장남은 아니지만 가장 똑똑했던 자신이 간절히 원한 교육을 받을 수 있도록 친부의 부모님은 할 수 있는 모든 노력을 다 기울였다고 했다. 한국에 있는 형제자매들 이야기도 해 주고 그분들 사진도 보여 줬다. 나는 언젠가 그분들도 만나고 싶다는 생각을 했다. 그럴 가능성이 그리 크지는 않겠지만.

친부의 이야기 중에 최고로 흥미로운 건 한국에 사는 친부의 형네 집에 열 권짜리 족보가 있다는 말이었다. 족보에 등장하는 가장 윗대 조상은 500년 전 사람이고 우리들 아버지와 그 형제들은 그로부터 17대 후손이었다. 입양인인 나는 그처럼 긴 시간과 기록된 기억으로 묶인 가족 계보의 일원이 돼 본 적이 없었다. 집안 대대로 이어져 내려온 이야기와 풍습, 신체적 특징 등을 친척들끼리 공유한다는 이런 소속감, 가족의 특질을 나는 경험해 본 적이 없었다. 가족 이야기가 계속되는 사이, 나는 나 자신을 그 가계도에 접붙여진 사람이라고 생각했다. 다른 친척들과 달리 나는 그 가계도의 가지인 적이 없었으므로.

입양인이 아닌 사람들은 그러한 역사, 즉 내 친부가 분명 당연하게 여길, 대를 이어 기록하고 보존해 온 역사를 갖는다는 게 얼마나 큰 선물인지 모를 것이다. 그 족보가 편집된 것인들, 전해 내려오는 과정에서 이런저런 사실을 감추거나 다시 쓴 것인들, 그런 유산이 내 손에 전해지는 것 자체가 내겐 경이였다. 만약 내가 그걸 읽을 수 있다면 수백 년간의 일이 기록돼 있는 그 책에서 뭘 알아내게 될까? 그걸 한 장 한 장 넘기는 동안 뭔가 툭 떨어져 나올까? 빛바랜 사진이나 직접 그린 초상화? 아니면 결혼이나 출생을 증명하는 먼지 낀 증명서?

나는 이런 것들의 일부였던 적이 한 번도 없었다. 하지만 이런 게 존재한다는 사실을 아는 것만으로도 내 앞에 살았던 모든 사람들과 연결되는 기분이 들었다. 물론 나는 신디 언니와 달리 그 족보에 들어가진 못할 터였다. 친부가 족보에 내 이름을 넣으려면 감춰진 딸의 존재를 드러내야 할 테니. 그 세계는 애초에 내가 속하지 않은 세계였기에 그 공식 가족사에 내 이름이 빠져 있다는 당연한 사실에 그리 놀라지는 않았다.

부모와 자매, 언어와 문화를 잃은 것에 비하면 그쯤은 아무엇도 아니었다. 하지만 나는 그 족보에 열거된 열여덟 세대에서 과연 무엇이, 누가 빠지고 잊혔는지 궁금해졌다. 그러다 곧, **아니, 열아홉이지** 하고 고쳐 생각했다. 애비와 곧 나올 애비 동생과 언니네 아기를 떠올리면서.

"혹시 가족 중에 제가 닮은 사람 있어요?" 내가 물었다.

무슨 질문을 하거나 말을 할 때마다 친부가 너무 캐묻는다고 생각하진 않을지 두려웠지만, 친부는 내가 그의 표정을 읽으려 할 때처럼 내 표정을 읽으려는 듯 나를 찬찬히 들여다봤다. "우리 어머니를 좀 닮은 것 같아. 신디랑도 아주 많이 닮았고."

친부는 내가 태어나기 전에 이미 '수정'이라는 한국 이름을 정해 두었다고 했다. 출생증명서와 오랫동안 봉인돼 있던 입양 서류에 적힌 수전이란 이름은 발음이 한국 이름과 비슷하게 들려 고른 것이었다. 신디 언니의 한국 이름은 인정으로, 두 번째 음절이 나와 같았다. 나는 친부가 허공에 대고 손가락으로 글씨를 쓰는 모습을 지켜보면서 내가 식탁 매트에 손가락 글씨 쓰는 모습을 언니가 발견하던 날을 떠올렸다.

나중에 언니는 아버지가 그렇게 말을 많이 할 줄 몰랐다고 했다. 친부는 나에게만 이야기하는 게 아니라 **우리 두 사람**에게 이야기했다. 대화에 언니를 포함시켰고, 드문드문 영어나 한국어로 언니 기억을 물었다. 그분의 이야기에 우리는 슬퍼했다가 웃었다가 하며 냉탕과 온탕을 오갔다. 군인들이 배급품으로 받은 사탕을 나눠 준 뒤로 평생 단것을 좋아하게 됐다는 이야기에 우리는 웃음을 터뜨렸다. 과거 이야기를 한다는 게 본래 쉬운 일이 아닌 데다 그분의 천성과 문화적 배경 때문에 딸들에게 그런 이야기를 하는 게 더 어려웠을 터였다. 하지만 언니 집에 있는 내내 그분이 무척 애쓰고 있단 게 우리 눈에 훤히 보였다. 친부는 우리에게 마음의 문을 열었고, 음식을 요리해 우리에게 저녁을 대접했고, 우리가 말할 땐 조용히 귀 기울여 들었다. 친부는 자신의 고통스러운 기억까지 공유하며 우리의 모든 질문에 대답해 주었다.

"그분의 말, 행동, 몸짓, 말투 하나하나가 전부 다 니콜과 신디에게 사과하는 것 같았어요." 나중에 릭이 말했다. "내내 겸허한 태도셨지요."

아버지 옆에 앉아 그분이 하는 말을 듣다 보니 내 입양 가족이 늘 의아해하던 많은 것이 그분에겐 지극히 자연스러운 것들이란 사실을 알게 됐다. 이를테면 나의 학구적인 성향, 별난 기억력, 완벽주의 같은 것들. 오래전 어머니가 한 말이 다시 떠올랐다. "우린 너 같은 아이를 키울 준비가 안 돼 있었어." 내가 그게 무슨 말이냐고 물었을 때 어머니는 나의 조숙함이나 끝없는 질문 세례, 독서나 글쓰기를 좋아하는 성향을 언급하지는 않았지만, "너는 매사에 어찌나 열심인지 우린 매번 깜짝깜짝 놀랐어."라고 답하곤 했다.

만일 친부가 나를 키웠다면 나는 어떤 사람이 됐을까? 그분은 내게 아무 영향을 끼치지 않고도 이미 많은 걸 물려주었다. 그분의 삶에서 글쓰기가 갖는 의미와 지난 학문적 이력에 대한 그의 유난한 자부심을 생각해 보았다. 이것들이 그분 정체성의 핵심인 것 같았다. 비록 전업 학자나 작가는 아니었지만, 생존을 위한 밥벌이에 매진하면서도 틈틈이 해 온 일들이었다. 무슨 직업을 갖고 있든 그분은 무엇보다 학생이고 작가였다. 그런 분이니 나를 보고도 전혀 놀라지 않았을 것이다.

친모 이야기를 먼저 꺼낸 건 친부였다. "네 친모가 널 임신했을 때 자기는 딸을 하나 더 키우는 건 싫다고 하더구나." 친부가 노여움이라곤 없이 담백하고 차분하게, 하지만 마치 아직도 믿을 수 없다는 듯 고개를 저으며 말했다. 나는 고개를 끄덕였다. 전에 친부가 말해 주어 이미 알고 있는 이야기였다. 하지만 그분 음성으로 직접 들으니 더 실감이 났다.

"네 친모가 신디한테 하는 걸 보고 이 사람은 아이를 키우면 안 되는 사람이라고 생각했다. 게다가 네가 너무 일찍 태어나서 나는 입양이 유일한 방법이라고 생각했어. 그 외엔 마땅한 방법이 떠오르지 않았어."

그분이 인큐베이터에 있는 나를 보려고 신생아 집중치료실에 간 이야기를 할 땐 음성이 떨렸다. "딱 한 번 가 봤어." 나는 왜 딱 한 번뿐이었냐고 묻지 않았다. 그냥 그토록 작고 아픈 나를 보는 게 너무 힘들었으리라, 곧 남의 품으로 떠날 아기였기 때문이리라 혼자 짐작했다.

"너는 정말 작았어. 이 한 손 안에 쏙 들어갈 정도로!" 그분은 손을 내밀어 아기를 들어 올리는 시늉을 하면서 그 주름진 손을, 그러나 여전히 강하고 단단한 손을 바라봤다. 마치 손바닥으로 그 작디작은 아기의 형체를 가늠할 수 있기라도 한 양. "그때 정말 엄청 울었지." 친부는 이렇게 말하면서 또 눈물을 흘렸다.

신디 언니가 자신에게 내 입양 사실을 비밀로 한 것에 대해 따져 물었을 때, 그분은 나를 아예 머릿속에서 지워 버린 탓이라 주장했다. 그분은 내가 잘 살고 있을 거라 생각했다. 어떤 의미에서 그분은 내게 새로운 삶의 기회를 준 거였고, 그 자신은 그런 사실을 뒤로하고 다시 살아갈 수밖에 없었다. 그분은 한동안 입양 사실 자체를 **잊고** 살았고, 그래서 처음에 그걸 부인했던 거라 주장했다.

여전히 모든 걸 이해하진 못하겠다. 완전히는. 하지만 내가 입양돼 바람처럼 사라져 버린 후, 그분이 아무리 애를 썼음에도 나를 송두리째 잊지는 **않았다는** 사실에 마음이 움직였다. 그분은 병원에서 나를 마주했던 그 한 가지 기억을 아직까지 품고 있었다. 그리고 그것은 그분에게 의미 있는 기억이었다.

어떻든 나는 그분에게 의미 있는 존재였던 것이다.

나는 손을 잡아 드릴 수 있을 만큼 그분과 가까운 사이가 아닌 게 무척 아쉬웠다. 그분의 손을 내 손으로 채우고, 아프고 연약한 영아의 모습을 내쫓고 새로운 기억, 그분을 위로할 만큼 강한 어른이 된 딸의 모습으로 바꿔 주고 싶었다.

"네가 이렇게 무사히 잘 자랄 수 있을지 몰랐구나." 친부가 말했다.

친부는 내게 손을 흔들었다. 이번에는 나를 반기는 인사도 시인의 뜻도 아닌, **거봐, 이렇게 무사히 잘 자랐잖아,** 하고 말하는 듯한 손짓이었다.

나는 고개를 주억였고, 목이 메어 왔다. **네, 당신 말이 맞아요.**

우리가 함께 지낸 마지막 날 아침, 한국인 가족이 운영하는 식당에 다 같이 아침을 먹으러 갔다. 우리는 풍미가 끝내주는 한국식 팬케이크인 파전을 먹었고 애비는 시럽을 흠뻑 뿌린 미국식 미니마우스 팬케이크를 먹었다. 다들 애비에게 계속 음식을 권하며 부산을 떨었고 애비는 관심을 독차지하며 들뜬 기분을 실컷 만끽했다.

식사가 끝나고 릭이 두 분이 떠나기 전에 같이 좀 걷는 게 어떻겠느냐며, 가족사진 찍기에 좋다는 말과 함께 공원처럼 큰 정원이 딸린 성당에 가자고 했다. 그곳은 '더 그로토'로 알려진 '슬픔에 잠긴 우리의 성모 국립공원'이었다. 릭도 나처럼 가톨릭 가정에서 자랐기에 그곳에 대한 어린 시절의 추억이 있었다. 릭은 셀 수 없이 많이 다녀왔다 했는데, 나는 양부모님과 딱 한 번 가 보았다. 십자가의 길 기도를 하는 야외 코스와 어머니가 내게 반짝이는 초록색 돌 묵주를 사 준 성물 가게가 기억났다.

　이따금씩 나는 어린 시절 신앙이, 내가 더 큰 무언가의 일부가 된 듯한 기분이 들게 해 주는 나의 유일한 문화라고 느끼고는 했다. 그런데 이제 댄과 릭이 성당 안 '우리의 성모' 석상 앞에 서서, 신디 언니와 내가 우리들 아버지와 함께 미켈란젤로의 피에타를 본뜬 석상을 바라보는 모습을 찰칵찰칵 찍어 댄 것이다. 몇 년 전 댄과 함께 로마에서 본 진짜 피에타 조각상과, 어린 시절 내 방 서랍장 위에 놓여 있었던 마리아와 요셉 조각상이 떠올랐다. 내 한국 가족은 내가 말할 수 없는 언어로 말하고 나는 그 일부인 적 없는 역사를 공유해 왔다. 하지만 내 입양 가족이 공유하는 믿음의 상징들로 둘러싸인 이곳에서만큼은 내가 가장 편안함을 느꼈다. 깜빡거리는 봉헌 초들 사이에 초 하나를 켜 올리는 내 모습을 모두가 지켜보았다. 봉헌 초 하나하나가 한 사람 한 사람의 소망이었다. 나는 속으로 성모송을 암송하면서 아무도 모르는, 아직 그 이름도 모르는 배 속의 건강한 두 아기의 삶을 생각했다. 그리고 그들이 이 가족의 19대손의 일원인 것도.

　떠날 시간이 되자 두 분은 신디 언니와 릭과 포옹하며 작별 인사를 했다. 아버지의 아내는 나와도 포옹한 다음 손가방에서 봉투 하나를 꺼내 건넸다. "이걸로 아기 거 뭐든 사요." 그분이 말했다.

나는 그럴 필요 없다고 말하려 했지만 차마 그러지 못했다. "너한테 뭐가 필요한지 모르셔서 그래. 널 빈손으로 보내기 싫으신 거야." 언니가 내게 속삭였다. 돈을 돌려드리면 선물을 거부하는 것은 물론 그분들, 나아가 지금의 우리 관계가 무엇이건 그것까지 거부하는 걸로 보일지도 몰랐다. 결국 나는 돈을 받아 넣으며 감사히 잘 쓰겠다고 인사했다.

그분은 내 볼에 키스하며 언니에게 하듯 내 손도 꽉 그러쥐더니 배를 토닥토닥 두드렸다. 나는 그분에게 와락 애정이 샘솟았고, 그분이 신디 언니에게 보여 준 사랑에 감사하는 마음이 밀려왔다. 아버지는 댄과 악수하고 애비의 볼을 부드럽게 만지더니 내 쪽을 보았다. 나는 그분이 이번에는 내게 악수를 청하지 않아 기뻤다. 그분은 나를 껴안았고, 그게 자연스럽게 느껴졌다.

뒤로 물러섰을 때 그분은 웃고 있었다. 우리가 함께 있는 동안 그분이 웃는 모습을 별로 보지 못했던 사실이 떠올랐다. 기분이 별로여서 그런 건 아니었다. 가끔씩 당황한 듯 보이긴 했지만 기분은 매우 좋아 보였다. 아마 그분은 나만큼이나 긴장했을 테고, 마지막 순간 내보인 미소는 더는 그렇게 느끼지 않는다는 뜻이었을 것이다.

"언제 한번 우리 집에 놀러 와." 친부가 말했다. "너와 네 아기를 위해 기도하마."

그분은 신을 두려워하는 사람이었다. 내 양부모처럼 그분 역시 진짜로 날 위해 기도할 터였다. 그분들의 기도가 얼마나 다를지는 모르겠다. 하지만 방식은 크게 다를지라도 양쪽 모두 내 부모이고, 그분들이 날 위해 기도해 줘서 기뻤다.

친부와 나는 우리가 어떤 관계인지, 앞으로 어떤 관계가 될지 불분명한 상태로 헤어졌다. 나는 잃어버렸다 되찾은 딸이 된 기분은 아니었다. 그분이 자기 형제들에게 내 이야기를 하려면 더 긴 세월이 흘러야 할 테고, 그나마도 그들 중 한 사람에게만 하게 될 터였다. 내 친가족 대부분에게 나는 아직도 감춰진 존재이고 아마 앞으로도 영원히 그럴 것이다.

하지만 나는 친부가 우리의 첫 만남 이후 찜찜한 기분이나 불만을 품고 돌아가지는 않았다고 느꼈다. 우리가 함께한 그 짧은 시간을 위해 그분은 엄청난 대가를 치러야 했다. 나를 만나기 싫어서가 아니라, 여전히 이방인일 수밖에 없는 누군가에게 마음의 문을 열고 자신의 취약함을 드러내야 했기 때문이다. 친부는 헤어지자마자 그 만남이 자신에게 얼마나 의미 있었는지를 전하는 글을 보냈다. 내가 쓴 글도 읽어 보고 싶다고 해서 나는 친가족을 찾기로 결심한 내용을 담은 에세이를 비롯해 글 몇 편을 보내 드렸다. 친부는 그 글을 읽고 어떤 비평도 없이 친절하게 답장을 써 보냈다. 그분은 내 글이 자신의 글과 닮았다고 했다. 그러면서 내가 정말 자랑스럽다고 재차 말했다. 나는 이 정도면 거의 충분했다.

> 너와 신디를 만난 일을 절대 잊지 못할 것 같구나. 그때 나는 좀 긴장했고 죄책감도 들었어. 네가 깊은 이해심과 사랑으로 우리 모두에게 각별히 친절하게 대해 주어 얼마나 고마운지 모르겠구나. 지난주에 널 보면서 꼭 아름다운 꿈을 꾸는 것 같았다. 요즘 날마다 너와 네 아기, 그리고 신디 아기를 위해 기도하고 있단다.

내 생물학적 부모에 대한 어린 시절의 상상은 이제 대부분 내가 전혀 모르고 자란 한국 문화만큼이나 낯설게 느껴진다. 허다한 불완전한 선택지들 가운데 입양이 최선이었다는 아버지의 믿음을 이제 나도 확신하게 되었다. 나는 그것이 그분이 날 위해—어쩌면 가장 사랑하는 대상을 위해—할 수 있다고 여긴 유일한 일이었다고 믿는다. 결국 양부모님이 각색해 들려준 이야기가 내가 여전히 믿고 싶은 이야기인지도 모른다. 자라면서 들은 이 서사의 힘은 절대 나를 놓아 주지 않을 것 같다. 친부에게는 그 신화가 진짜 사실인지도 모르고. 그분이 오랜 죄책감을 표현할 때마다 나는 이 점을 떠올린다. 만약 그분이 그렇게까지 그 사실에 신경 쓰지 않았다면 그토록 크게 영향을 받지는 않았을 테니. 오랫동안 파묻혀 있었지만 아직까지 그분에게 존재하는 그 감정의 깊이를 생각하면 내가 안전하기를 바란 그분의 의도를 믿을 수밖에 없게 된다.

그럼에도 우리가 마침내 언니 집에서 대면하게 됐을 때 나는 용기 내어 그분에게 딱 한 가지만 더 묻고 싶었다. **저를 키우고 싶으셨나요?**라고. '저를 책임져야 할 사람이라고 생각했나요?'도 '사정이 달랐다면 저를 키우셨을 건가요?'도 아닌, **저를 원하셨나요?**라고 묻고 싶었다.

그것은 어린 시절 친가족에 대해 생각할 때마다 어김없이 떠오른 질문이었고, 가장 중요한 질문이었다. 친모는 자기만의 방식으로 그 질문에 대답한 적이 있다. 비록 그 말을 신뢰할지에 대해선 아직 확신이 서지 않았지만. 만약 친부에게 물어봤다면 뭐라고 답했을까?

어떤 면에서는 그 긴 세월 동안 내가 알지 못하는 친부모의 사랑을 당연시하는 것으로 스스로에게 답하려 노력했다. 내가 그분들의 사랑과 관심을 받았다고 믿는 것, 다시 말해 그분들이 나를 사랑했기 때문에 입양을 보냈다고 믿는 것은 실제로 그런 사랑을 받으며 자라는 것과 비슷한 효과가 있었던 듯하다. 이와 더불어, 때때로 의구심이 들긴 했지만 양부모가 나를 '원해서' 입양했다는 믿음은 그들이 나를 사랑한다는 확실한 사실과 함께 내 자존감을 지켜 주었다. 덕분에 내가 버려진 존재라는 우울하기 짝이 없는 감정에서 벗어나 자유롭게 성장하고 살아올 수 있었다.

하지만 아무리 생부가 친절하고 인간적이고 겸손한 사람이어도 끝내 나는 그분에게 나를 키우고 싶었느냐고 묻지 못했다. 물어보면 사실을 알게 될 터이고, 만약 그 대답이 '노'라면, 평생 그 대답을 품고 살고 싶지는 않았다. 직접 만나기도 했고, 그 뒤로 다른 대화도 많이 나눴지만, 이 한 가지만은 결코 물어볼 용기를 내지 못했다.

비록 지금은 세월이 꽤 흘러 희미해졌지만 애비는 내 생부 부부와의 첫 만남을 오랫동안 또렷이 기억했다. 그분들이 자기한테 선물을 줬다는 것도. 그 뒤로도 동생 그레이스와 함께 그분들을 직접 만나기도 했고 사진으로도 보아 왔다. 물론 애비는 내 양부모와 댄의 부모도 안다. 그래서 자신에겐 두 쌍이 아니라 세 쌍의 조부모가 있다는 식으로 이해한다.

이제 내 입양 사실도 내가 해 준 말과 이야기로 이해하기 시작했다. 애비는 갓 네 살이 됐을 때 처음 내게 물었다. "엄마, '입양'이 무슨 뜻이야?"

대학원 과제를 하고 있던 나는 애비의 질문과 한결같은 호기심 어린 눈길에 이끌려 고개를 들었다. 내가 대화를 나누다가 무심코 한 말을 들은 게 틀림없었다. 아이가 듣고 있지 않다고 생각하고 수없이 썼던 그 말이 적어도 한 번은 귀에 들어갔을 테고, 아이는 기회를 엿보다가 내게 질문을 했을 것이다. 미리 대답을 준비해 둔 것에 감사했다. 두 아이가 태어나기 오래전 내 머릿속 아이들과 함께 만들어 둔 대답이었다.

"만약 네가 엄마처럼 입양된다면, 그건 네게 엄마나 아빠가 될 사람이 필요하고, 동시에 다른 사람이 너를 돌보고 네 부모가 되길 원한다는 뜻이야. 엄마도 처음엔 다른 부모님한테서 태어났는데, 그 뒤에 할머니 할아버지가 엄마를 키워 주셨어."

아이가 얼굴을 찌푸리는 걸 보면서, 내가 조심스레 고른 단어들로 만들어 낸 그 정의를 아이가 제대로 이해한 건지 의구심이 들었다. 당시에 나는 딱 그 정도 설명으로 시작하는 게 적절하다고 생각했지만, 그 말을 듣고 이해하기엔 아이가 아직 너무 어렸던 걸까? 사실 지금 이 순간까지도 부모가 자기 아이를 키우지 않을 수도 있다고 아이가 상상할 수 있을 것 같지 않다. 하지만 그때는, 이런 대화를 나누는 장면을 내내 상상해 왔음에도 불구하고 입양에 대한 가장 단순한 정의조차 아이에겐 얼마나 이상하게 또는 공포스럽게 들릴지 한 번도 생각해 본 적이 없었다.

"나도 입양될 거야?" 아이가 물었다.

"아니! 대부분의 아이들은 너처럼 자기를 낳은 부모랑 살아. 너는 언제까지고 엄마 아빠 딸이야."

"엄마는 첫 번째 엄마가 제일 좋지?" 아이는 자기가 지금 얼마나 나를 혼비백산하게 하는지 상상도 못 한 채 말했다. "왜 냐하면 그레이스랑 나는 엄마가 제일 좋으니까."

나는 망설였다. 문득 친모에게 들은 적 있는 말이 스치듯 떠올랐다. "입양에 대해 사람들이 알아야 하는 게 있다면, 이건 결코 끝나지 않는다는 거야. 절대 끝이란 게 없어." 이제 나는 그 어느 때보다 그 말이 사실이란 걸 알았다. 이제 내가 알게 된 모든 것을 다시 검토하고 다시 배워 내 아이들에게 전해 주어야 했다. 애비도 언젠가는 내 친모에 대해 알아야 할 테니까. 내가 그분과 통화한 적이 있다는 것도, 왜 신디 이모가 그분과 연락을 끊고 지내는지도.

물론 언니는 내게 누구 편인지 선택하라고 말한 적이 없었다. 우리가 만난 지 여러 해가 지난 어느 날, 언니는 내게 진실을 말한 것에 대해 가끔 죄책감을 느낀다고 털어놓았다. "내가 그 말을 안 했다면 아마 너는 엄마한테 연락을 했겠지. 그 뒤로도 계속 서로 연락하고 지냈을 거고."

하지만 언니가 나를 위해 자신이 겪은 일을 숨기는 상상을 할 때마다 참을 수 없는 슬픔이 파도처럼 밀려왔다. 만약 우리 사이에 그런 비밀이 있었다면 어떻게 우리가 지금처럼 가까워질 수 있었겠는가. 언젠가는 내가 언니에게 우리들 엄마와 연락하지 않는 이유를 물었을 테고, 그럼 언니는 뭐라고 말할 수 있었겠는가. 언니는 결코 내게 선택을 요구하지 않았고 앞으로도 절대 그러지 않을 터였다. 둘 중 한 사람을 선택해야 한다고 느낀 건 나였고, 언제든지 나는 언니를 선택할 것이었다.

"엄마는 첫 번째 엄마가 기억이 안 나. 그래서 별로 보고 싶지 않아." 모든 걸 알기엔 아직 너무 어린 아이에게 결국 이렇게 답했다. 하지만 이 말은 사실이나 다름없었다. 아이가 절대 만날 일 없는 할머니에 대해 내가 말해도 된다고 느낀 유일한 사실이기도 했다. 아직 내 딸들에게 나를 낳은 여자에 관한 모든 진실을 다 말하진 않았지만 분명 언젠가는—언니의 도움을 받아—말해 줄 것이다.

첫 대화 이후로 애비는 내게 입양되어 자라는 게 어땠는지 자주 물었다. 그때마다 궁금한 대목이 조금씩 달랐다. 백인 가족 사이에서 나만 한국인인 것, 다른 한국인이라곤 한 사람도 모른 채 자라는 것, 나를 낳은 가족을 모르는 것, 궁금한 걸 물어볼 사람이 하나도 없는 것 등으로 질문이 옮겨 갔다. 애비는 내가 입양된 덕분에 행복하게 자랐다는 걸 안다. 비록 그 모든 이유는 아직 모르지만 그게 힘든 경험이리라 생각한다. 한번은 내게 엄마 생각을 하니 슬퍼진다고 말했다. 나는 그렇게 생각하지 말라고 하지 않았다. 너무 어려 기억조차 못 해도 첫 번째 가족과 헤어지는 건 분명 상실의 경험이니까. 인정 많고 사려 깊은 내 첫째 아이가 내 입양 사실을 안다는 것에 이제 더는 놀라지 않는다.

물론 자신의 입양에 대해 나처럼 생각하지 않는 입양인도 많다. 상실에 대해 생각하거나 곱씹지 않는 입양인도 꽤 많다. 다른 입양인들이 자신은 친부모는 물론 입양 사실 자체를 별로 생각하지 않는다고 말할 때면 나는 그 말을 그대로 믿는다. 마찬가지로 나 자신이 입양에 대해 의문을 가지건 그러지 아니하건, 그것이 더는 나 혼자만의 문제가 아닌 것처럼 느껴진다. 설령 과거에는 내 입양 사실이 나 혼자만의 것이었다 해도, 지금은 적어도 내 언니와 우리 아이들 유산의 일부이기도 하다. 그래서 나는 딸에게 내가 한 가족을 잃고 새 가족에게 들어간 방식이 온전하고 자연스러운 일이라거나 하나도 복잡할 것 없는 행복한 사건이라고 설득하려 하지 않는다. 어떤 면에서 이 사건은 분명 나를 **행복하게** 했다. 하지만 많은 입양인들에게 슬픔의 원천이 되기도 한다. 내게 그것은 오랜 세월의 궁금증과 혼란을 의미했다. 내 딸에겐 입양인이 아닌 부모에게서 태어난 다른 한국 아이들에 비해 한국 문화를 잘 모르고 자라게 될 것임을 뜻한다. 내 딸이 우리가 잃어버린 모든 것을 생각하며 가끔씩 슬픔을 느낀다면 그것도 나쁠 것 없다.

입양은 우리가 아이들에게 물려주는 수많은 것들 가운데 하나일 뿐이다. 또 내 아이들과 조카가 다른 사람들보다 더 복잡한 가족사를 갖게 됐다면, 언젠가 듣고 전할 멋진 이야기도 갖게 된 셈이다. 지인 중에 나처럼 아이들이 아기 때부터 친가족과 입양 가족과 친척 모두를 알고 지내 온 입양인이 있다. 그는 내게 어떤 역경과 놀랄 일이 닥쳐도 자신은 절대 자기 가족을 당연하게 여기지 않을 거라 말했다. "아이들을 낳아 가족을 만들고, 그 아이들이 우리가 만든 이 가족을 절대적으로 사랑하는 걸 보면 항상 이런 생각이 들어요. **혹시 이거 꿈인가? 언제 깨지?**"

"우리 입양인들은 서로를 알아보는 방법이 있는 것 같아요." 내게 이런 말을 한 입양인이 한둘이 아니었다. 나는 그게 사실이라고 믿는다. 지금도 다른 입양인들과 있으면 마음이 한결 편해진다. 입양인으로 자란다는 게 어떤 건지는 우리만 아니까. 입양인으로 자란다는 건 우리의 입양 가족과 친가족(그들을 알고, 만날 특권이 주어진다면)과 함께, 그 모두를 길잡이 삼아 우리가 잃은 것과 찾은 것 사이에서 정체성을 만들어 나가는 일이다.

나아가 입양인이 아니더라도 부모와 사이가 좋지 않거나 부모가 없는 사람이라면 내 이야기를 나눌 공통 기반이 있음을 알게 됐다. 그들 중에도 복잡한 결과를 감수하고서라도 부모와 다시 연결되고 싶어 하고, 다시 만나고 싶어 하는 사람들이 있다. 친부를 만난 지 한두 해 지난 무렵 아버지를 모르고 자랐다가 어른이 되어 아버지를 찾는 여자와 친구가 됐는데, 그 여자는 우리 입양인만큼이나 내 이야기를 이해하고 공감하는 듯했다.

가족 때문에 시련을 겪거나 가족과 멀어진 친구들, 생물학적 관계를 잃어버렸다 되찾은 이들 중에는 우리의 아이들이 우리가 자라면서 느낀 바를 제대로 이해할 수 있을지 궁금해하는 사람들이 있다. 이 모든 진실과 기억이 자기 자신의 일부이기에 그것을 아이들과 나누려 진지하게 노력하는 사람들이 많지만 적절한 말을 찾는 게 늘 쉽지는 않다. 내 딸들이 더 어렸을 때 어느 입양 전문가는 가족끼리 어떤 어려운 질문도 금기시하지 않는 개방적인 가족 문화를 만드는 게 가장 중요하다고 내게 말했다. "아이들이 과거에 대해 뭐든지 물어봐도 된다는 걸 알아야 해요. 설령 그 대답이 '네가 더 크면 알려 줄게'이더라도요. 그리고 나중에 그 약속은 꼭 지켜야 해요."

우리 아이들이 점점 자라면서 신디 언니와 나는 언제, 어떻게 가족에 관한 모든 진실을 말해 줄지에 대해 더 깊은 이야기를 나눴다. 우리는 그것이 언젠가는 알아야 할 그들의 역사라는 것에 동의했다. 감출 생각은 티끌만큼도 없었다. 평생 이런저런 궁금증에 혼자 끙끙대며 궁리에 궁리를 거듭한 경험이 있

315

는 나는 하나의 질문은 언제나 다른 질문, 또 다른 질문으로 이어진다는 걸 안다.

언니와 내가 처음으로 함께 보내기로 한 크리스마스가 다가오기 며칠 전, 우리는 동네 와인 바에 들렀다. 맥주와 와인, 그리고 언니에게 먹어 보라고 권한 하드 블랙베리 사이다를 계산하려는데 주인이 내게 신분증을 보여 달라고 했다. "아주 좋은 유전자를 가졌네요!" 내 나이를 확인한 주인이 이렇게 말했다. "두 사람, 부모님한테 정말 감사해야겠어요." 언니와 나는 의미심장한 눈빛을 교환했다. 언니가 소리 내어 웃지 않으려 안간힘을 쓰고 있는 게 훤히 보였다.

"아, 네. 정말 그래야겠네요." 언니가 대답했다.

우리의 닮은 외모, 호기심과 고집, 여러 얼굴 표정들(특히 짜증이 나거나 회의적인 생각이 들 때면 별수 없이 똑같은 표정을 짓는다), 그리고 나의 조급한 성격과 언니의 온화한 성격 모두 우리가 각각 부모님에게 물려받은 유전자 어딘가에 도사리고 있는 것들이다. 가끔 내 모든 취약함이 희한하게도 언니의 수많은 강점들에 의해 마법처럼 보완되는 느낌이 들 정도로 우리는 서로 다르지만, 우리가 나이 들어갈수록, 그리고 더 많은 시간을 함께할수록 내 눈엔 우리가 얼마나 닮았는지가 더 뚜렷이 보인다.

혹자는 우리가 서로 모르고 지낸 세월을 아쉬워할 필요가 없다고 말할지도 모른다. 알지도 못하는 무언가, 혹은 누군가를 어떻게 아쉬워하느냐는 거다. 하지만 나는 지금도 늘 그런 감정을 느낀다. 특히 두 딸이 함께 수다 떨며 놀고 함께 자라는 모습을 보노라면 더 그렇다. 사람들은 두 아이를 볼 때마다 정말 닮았다고들 한마디씩 한다. 서로에게 짜증이 날 때조차 서로에게 느끼는 친밀감은 감탄스러울 정도이다. 그것은 아이들이 나와 남편에게 느끼는 사랑만큼이나 깊고 끈끈하고 본능적인 친밀감이고, 바라건대 우리가 죽고 난 뒤에도 오래오래 이어질 감정이었으면 한다. 이 아이들은 애초부터 끝까지 함께 갈 운명일 것이다. 두 아이에게 서로가 없다는 건 상상조차 할 수 없는 일이니까.

언니와 나 역시 잠자코 있어도 사람들이 자매라고 알아본다. 우리 아이들은 뒷모습을 보고 종종 자기 엄마라 착각한다. 누군가 우리더러 닮았다는 말을 할 때마다 나는 빙긋 미소 짓게 된다. 물론 다들 우리가 다른 자매들처럼 함께 자랐다고 상상하겠지만 말이다. 식당에서, 상점에서, 네일 살롱에서 그런 말을 듣는다. **두 분 자매시죠? 딱 보니 알겠어요.** 나는 사람들의 눈에 우리 사이의 연결 고리가 보이는 모습을 상상하는 게 즐겁다. 우리가 처음 만난 뒤로 수년간 쌓아 올린 관계, 우리가 떨어져 자란 세월조차 완전히 갈라놓지 못한 친밀한 관계가 그들 눈에 보이는 듯하여. 공상의 나래를 더 신나게 펼칠 때면 언니에 대한 나의 존경심도 보일까, 많은 여동생이 자기 언니에게 느끼는 반쯤 우상을 바라보는 듯한 그 생생한 사랑도 그들 눈에 보일까, 하는 생각을 한다. 아마 그들은 우리가 우리 딸들처럼 하나로 묶인 사이란 걸 알 것이다. 우리 역시 끝까지 함께 갈 운명이란 것도, 그리고 우리는 줄곧 서로 묶여 있었고 그 관계는 우리가 만나 새로운 무언가를 만들기만을 기다려 왔을 뿐이란 것도.

가장 최근에 큰딸이 입양에 대해 물었을 때, 나는 어린 시절 가족 사이에서 혼자만 한국인인 게 좀 힘들었다고 솔직하게 말했다. 아이는 내가 친가족과 재회한 일이 모든 걸 바꿔 놨지만 그게 쉬운 일이 아니었단 걸 안다. 나는 애비에게 그건 내 선택이었다고, 내가 내 삶을 바꾸고 **싶어서** 한 일이었다고 말해 주었다. 나는 내가 여태 알고 살아온 것에 만족하지 않았기에 친가족을 찾아 나선 것이었다. 물론 아직 내가 모르는 더 많은 진실이 있단 것도 안다. 재회는 그 누구도 자신이 원하는 모습으로 자신의 역사나 가족을 재건할 수 없다는 걸 가르쳐 주었다. 하지만 잃어버린 이야기들을 기꺼이 찾아 나서고자 한다면, 용서하고 사랑하고 함께 성장할, 내 손을 잡고 나와 **함께** 진실을 찾아 나설 누군가를 새롭게 발견할 수도 있다.

나는 딸에게 말했다. 과거를 찾아 나선 순간, 내가 찾아낸 것이 좋건 나쁘건 그걸 받아들여야 했다고. 하지만 나의 언니만

찾을 수 있다면 나는 백 번 천 번이라도 다시 그렇게 할 거라고. 저도 자매가 있으니 아마 내 말을 충분히 이해했을 것이다.

결국 양부모님이 어렸을 때 내게 해 준, 수많은 추측과 공백에도 불구하고 그분들 스스로 믿었기에 내게 충실히 전해 준 이야기는 진실과는 한참 거리가 있었고, 그 사실에 그분들만큼 놀란 사람은 아마 없을 것이다. 내가 친가족과 재회한 일이 그분들에게 꼭 편하게 받아들여진 건 아니지만 내가 신디 언니를 만나고, 언니 남편 릭과 조카 캐리까지 만나게 된 것에 두 분은 진심으로 기뻐했다. 그들 모두의 공통점은 하나같이 나를 사랑한다는 점이고, 그것만으로도 새로운 관계를 쌓아 나가기에 충분했다.

친가족과의 재회 이후 부모님은 내 입양과 그것을 야기한 환경에 대해 오랫동안 품고 있었던 가정들에 대해 질문하기 시작했다. 내가 생부를 만난 지 몇 달 지났을 때 어머니가 물었다. "지금은 네 입양에 대해 어떻게 생각하니? 좋은 일이라고 생각하니?" 전엔 우리가 절대 인정한 적 없는 '다른 가능성'을 묻는 질문이었다. 내 어린 시절의 신성한 서사—입양이 '좋은 일'일 뿐 아니라 신의 명령이기까지 하다는 이야기—를 어머니가 재고할지도 모른다는 사실에 너무도 놀란 나머지 무슨 말을 해야 할지 몰랐다.

우리 가족 안에서 나의 위치가 단단하단 걸 안다. 하지만 그것이 내가 한결같이 소속감을 느낀다는 뜻은 아니다. 내 할머니와 어머니는 가족 내 다른 사람들, 나는 털끝 하나도 닮지 않은 사촌들 이야기를 한다. '걔는 딱 그 나이 때 존이야'라거나 '걔 완전히 마가렛이야'라고. 나한테서는 눈을 씻고 봐도 그들이 오랫동안 알고 사랑해 온 위아래 세대 사람들의 흔적을 찾을 수 없단 걸 나는 안다. 내가 나 자신이 누구인지 의문을 던지는 나이가 됐을 때, 그들은 모두 별문제 없이 가족 속에서 편안함과 제 **자리를 찾는다는 걸** 깨달았다. 나는 아직까지도 그게 잘 안 될 때가 있다. 내 위치에 대해 의문이 들게 한 것은 단순히 명백한 신체적 차이점들만이 아니었다. 어렸을 때 사랑하는 친척이 아시아인을 멸시하는 말을 하거나, 중국식 볶음밥을 '플라이드 라이스(flied lice, 직역하면 '날아다니는 이'인데 볶음밥을 뜻하는 프라이드 라이스fried rice와 발음이 비슷해 중국 음식을 비하하는 농담으로 한 말—옮긴이)'라고 하거나, 아시아 사람은 다 똑같아 보인다고 농담하는 걸 들을 때나, 투표를 하거나 정책에 대해 논쟁할 나이가 된 그들이 이민에 대해 격론을 펼치거나, 내게 '국경 개방'이나 '앵커 베이비(외국인 부모가 미국에서 출산해 시민권을 얻게 된 아기를 뜻하는 용어로, 아기를 닻으로 삼아 부모가 정착한다는 뜻으로 사용하는 말—옮긴이)'에 대해 어떻게 생각하느냐고 물을 때면, 이 말이 목구멍까지 차올랐다. '내가 아시아인이라서 그런 말을 하는 거지. 너희들은 그게 어떤 건지 절대 이해 못 해.'

문득문득 연대의 부재를 슬퍼했지만, 이제 나는 인종적 분리가 냉혹하리만치 뚜렷하게 느껴지는 미국에서 유색인 아이를 키우는 입장이므로 친척들과 함께 있을 때 예전처럼 내 인종이 아무 문제가 되지 않는 양 침묵을 지키지 않는다. 나는 백인 가족의 사실상의 아시아인 대사로서 그들에게 나는 백인이 **아니고**, 우리는 그 때문에 이 나라에서 많은 것을 다른 방식으로 **경험하며**, 많은 사람들이 아직도 내가 마주한 어떤 것보다 더 음험하고 해로운 차별을 당한다는 걸 상기시키는 일을 의무처럼 느낀다. 이 일을 할 때마다 나는 우리 가족의 신성한 조약, 그들의 사랑 앞에선 내 인종이 무관하다는 우리가 한때 공유했던 믿음을 저버리게 된다. 하지만 불편한 진실과 내 솔직한 의견을 감추는 것 또한 그들에 대한 나의 사랑과 나에 대한 그들의 사랑을 과소평가하는 일이 될 것이다. 아직도 나는 그들이 나를 있는 그대로 이해하고, 사랑과 완전한 수용으로 내 편에 서 주길 갈망한다. 왜냐하면 그들이 나를 선택했고, 키웠으니까. 우리는 서로의 책임이니까.

어머니가 이인종 간 이뤄진 내 입양이 '좋은 일'이냐고 물었을 때 나는 내가 더 이상 그걸 **좋고 나쁨**의 관점에서 생각하지 않으며, 대신 **현실적인 방안**이냐 **지나친 단순화**냐의 관점에서 생각한다는 사실을 떠올렸다. 맞다, 나는 백인 가정에서 자주 혼자이고 보이지 않는 존재라 느꼈다. 아직도 간혹 그렇다. 하지만 입양된다는 건 무한히 가능했던 수많은 이야기 중에서 오직 한 가지, 다시 쓴 이야기만 안다는 뜻이다. 그러니 솔직히 내가 친부모와 함께 살았더라면 혹은 다른 모르는 가족과 살았더라면 내가 더 행복하게 잘 자랐을 거라고는 결코 말할 수 없을 것이다.

"엄마 아빠가 제 친가족에 대해 더 알아보려고 노력했으면 어땠을까 싶어요. 조금만 도와줬으면 더 많은 걸 알 수 있었을 거 아녜요." 나는 어머니에게 이렇게 말했다.

이제 나는 과거 내 생모의 한 차례 연락 시도와 관련해 많은 것을 이해하게 되었다. 나는 부모님이 나를 보호하기 위해 그 편지를 '잃어버린' 거라 여겼다. 내가 자란 뒤에라도 그걸 읽고 무슨 행동을 하지 못하도록 말이다. 하지만 두 분이 자신들

스스로를 보호하려고 그랬다는 것도 알게 되었다. 나를 빼앗길지도 모른다는 공포는 결단코 그들에게서 사라지지 않았고, 어쩌면 그건 내가 죽었다 깨어나도 완전히 이해하지 못할 동기일 것이다. 왜냐하면 나는 두 분의 입장이 되어 보지 않았으니까.

지금도 문득 두 분이 내 생모에게 다른 대답을 했더라면 어땠을까 하는 생각을 한다. 그랬다면 나는 내 친가족을, 적어도 그들의 이름과 얼굴을 알고 자랐을지도 모른다. 훨씬 일찍부터 나 자신을 한국인이라 이해하고, 그 사실을 부끄러움 없이 받아들이는 방법을 찾았을지도 모른다. 그들이 내게 모든 진실을 알려 줬을지, 아니면 언니들이 가족의 침묵 규칙을 깨고 나를 끼워 넣어 줄 때까지 비밀을 지켰을지는 모른다. 그럼에도 나는 그들에 대해 훨씬 더 잘 알게 됐을 것이다. 위험이 있다면 예기치 않은 선물도 반드시 있으니.

어릴 적부터 궁금해하며 질문해 왔음에도, 부모님과 내가 입양 부모와 입양인으로서 입양을 정말로 다른 시선에서 바라볼 수밖에 없다는 사실을 이해하는 데는 정말 오랜 시간이 걸렸다. "우리 부모님들은 단순히 자신들이 입양돼 본 경험이 없기 때문에 죽어도 완전히 이해 못 하는 것들이 있지요." 오래전 내가 친가족을 찾기로 결심하기 전에 다른 입양인에게 들은 말이다. 아무에게도 말하지 못한 채 혼자 부여잡고 밤새 끙끙거렸던, 일기장에조차 끄적이기 두려웠던 질문들을 우리 부모님은 꿈에라도 떠올리지 않았다. 이 근본적인 이질성을 인식하고 그에 목소리를 내는 데 얼마나 오랜 시간이 걸린 건지! 물론 그 덕에 얻은 것도 있지만, 그건 이미 깊은 상실을 경험하고 나서였다. 어쩌면 재회한 내 친가족이 멀쩡하고 행복한 가족이 아니라는 사실에 부모님이 조금은 안도했는지도 모르겠다.

"그분이 변호사를 통해 우리한테 연락해 왔을 때 우린 뭘물어봐야 할지도 몰랐어." 엄마가 순순히 인정했다. "너를 그 사람들과 공유한다는 건 생각만으로도 두려웠어. 네 친가족과 연락하고 지내는 건 전혀 바란 적도 계획한 적도 없는 일이었고, 공개 입양으로 너를 돕는 방법이 있다는 건 알지도 못했어."

그러니까 우리는 우리 자체만으로도 충분한 가족이었다는 말이다. 알지도 못하고 본 적도 없는 나의 생모는 그 미지의 그늘에서 빠져나오려 했고, 물론 우리 부모님은 그런 시도를 두려워했다. 이미 알고 있던 사실이었다. 하지만 어머니가 그 이야기를 대놓고 해 주어서 기뻤다. 내가 "아마 입양이 저를 살렸을 거예요."라고 말한 건 어머니를 달래려고 한 것도, 무슨 신파적인 감정이나 고결한 뜻을 담은 것도 아니었다. 친가족과의 재회는 내게 무수한 진실을 알게 했고 그중에는 감내하기 힘든 것들도 있었다. 하지만 이제 이 한 가지 믿음만은 변하지 않을 것 같다.

그분들은 입양이 내게 최선이라고 생각했어요.

그분들이 옳았어요, 엄마.

"그분들이 입양 결정을 하기 전에 가족 상담부터 받았다면 좋았을 텐데." 어머니는 더 과감해졌다. "네 친부가 친모와 더 일찍 이혼하고 너와 신디를 키웠다면 네가 더 행복하게 자랐을지도 모르지. 그러면 네가 가족과 헤어지지 않았을 테니."

나는 작게 고개를 내저었다. 그 말에 동의하지 않아서가 아니라, 이미 지난 과거를 가정법으로 파악하기란 불가능하단 걸 알기 때문이었다. 30년이 지난 지금 그 많은 사람들에게 무엇이 최선이었는지 말하기는 너무 어려운 일이다. 제시카 언니에게 내가 갑자기 다시 나타나 가족의 비밀을 들춘 게 원망스럽지 않느냐고 물었을 때 언니가 내게 한 말이 떠올랐다. "절대로 널 탓하지 않아. 네가 모든 장막을 열어젖히고 우리에게 진실을 보여 줘서 나는 오히려 기뻐. 사실 좀 힘들긴 했지만 중요한 건 그 결과니까." 언니의 말 덕분에 나는 이 지혜를 더 잘 이해할 수 있게 됐다. 나는 우리들 부모님이 이혼한 뒤에 언니와 행복하게 자랐을지도 모른다. 그리고 내 양부모님은 자신들에게 덜 낯선 다른 입양아를 찾았을지도 모른다.

하지만 나는 입양이 아이들에게 '더 나은 삶'을 준다는 상투적인 이야기를 하는 사람을 보면 나도 모르게 발끈했던 만큼이나, 나한테 '더 나은 삶'이 무엇이었을지 확신하지 못한다. 친부가 다른 선택을 해 나와 신디 언니를 같이 키울 수 있었을까?

물론 그랬을 수도 있지만 그분은 결국 그렇게 하지 않았다. 그분도 우리 양부모처럼 첫 계획이 어긋났을 때 최선을 다해 어떻게든 새로운 방안을 찾았다. 우리가 다시 만난 지금도 나는 그분을 어린 시절 상상에서처럼 아련하게 이상화한 부모의 모습으로가 아니라 본래 모습 그대로 좋아하고 존중하기에, 친부의 아이로 자랐을 내 모습이 잘 그려지지 않는다. 과연 내가 그분의 기준에 부합할 수 있었을지도 모르겠다. 마음 한편에서는 너무 애쓰지 않아도 된 것에 늘 조금은 안도하게 될 것 같다.

친모와는 아직도 소원해진 상태 그대로이다. 제대로 시작도 한 적 없는 관계를 그렇게 표현하는 게 맞는지는 잘 모르겠지만. 여러 이유로 그분이 안됐다는 생각이 든다. 물론 그분은 내가 그런 감정을 느끼길 원치 않을 것이다. 제시카 언니는 그분이 심리치료사의 도움이라도 받았다면 달라졌을지도 모른다고 말한 적이 있다. 하지만 현실적인 장벽들이 있었다. 그분에겐 필요한 도움을 받을 돈이 없었고, 설령 그럴 돈이 있다 해도 한국말을 할 줄 아는 의사를 찾아야 했을 것이다. 친부모가 입양을 추진했을 때, 입양에 관련된 아동 복지 시스템은 한 가족을 더 자세히 들여다보고 위험에 처한 아이들과 위기에 빠진 가족을 살필 기회를 간과하고 지나간 셈이다.

얼마 전 어느 토요일, 축구장에서 아이가 경기하는 모습을 지켜보며 서 있는데 친모가 느닷없이 전화를 걸어 왔다. 나는 무심코 전화를 받았다가 목소리를 듣고 그 자리에서 얼어 버렸다. 몇 년 전 애비가 태어난 지 고작 일주일째에 전화를 받았을 때와 비슷한 기분이었다. '다시는 전화하지 말라고 지금 말해야 해' 하고 생각했지만, 그러지 못했다. 다시 전화하지 말라고 말할 기회가 수없이 많았지만 그 모든 기회를 그냥 흘려 버렸다. 그분이 내 삶에 들어오는 건 상상할 수 없었지만, 나를 잊어 달라고 말할 수도 없었다. 그분의 죄는 명명백백하나 나한테 지은 죄가 아니기도 했고, 신디 언니에게 반감을 느낄 거리를 하나 더 주고 싶지 않기도 했다. 또 한편으로는, 어렸을 때 그분이 나를 찾으려다 문전 박대 당한 일을 떠올린 탓도 있었다.

게다가 만약 내가 '전 당신이 어떤 사람인지 알고, 그래서 당신과 관련된 어떤 것도 원하지 않아요'라고 말한다면, 그건 틀린 말이리란 것도 안다. 그분은 자신이 어떤 사람인지 내가 절대 제대로 알지 못하리란 걸 이미 행동으로 보여 줬으니. 이것은 내가 한때 알았던 버림받은 고통, 자라면서 가졌던 자기 회의와 결핍감과는 또 다른 고통이다. 이제 이런 감정의 이유를 알기에, 여전히 아프지만 견딜 수 있는 슬픔이다.

"이제 입양이 어떤 건지 더 잘 알고 그 아픔에도 더 깊이 공감하는 사람이 많아졌으니, 친부모와 양부모가 자신들과 아이들에게 어떻게 하는 게 최선인지 찾아내면 좋겠구나." 내가 친가족과 재회하고 얼마 안 있어 어머니는 이렇게 말했다.

나는 고개를 끄덕였다. **아무렴요!** 그 말은 마치 내 머릿속에서 쏙 빠져나온 듯한, 입양을 생각하는 이들에게 내가 해 주고 싶은 말이었다. 어머니와의 이런 대화가 친가족을 찾기 전이었다면 절대 불가능했으리란 생각이 떠오른 것은 한참 지나서였다.

친가족을 찾기로 결심하기 전까지 우리 가족에게 내 입양 사실은 중요한 일이기는 하나 단 한 가지 모습으로 고착된 과거 문제일 뿐이기도 했다. 우리 중 누구도 그걸 재고할 이유가 없었다. 친가족과의 재회는 전에는 상상도 못 했던 관계를 회복시켰을 뿐 아니라 기존 관계까지 변화시켰다. 양부모가 친부모를 불쌍한 이민자나 나를 훔쳐 갈지도 모르는 사람들이 아니라 자신만의 감정과 두려움과 결점을 지닌 살아 있는 사람들로 바라보도록 한 것이다. 또 역사와 문화적 뿌리를 통째로 잃어버린 나의 감정에 대해서도 생각하게 했다.

나는 친가족을 찾아 나서고 재회한 일을 절대 후회하지 않을 것이다. 두 행동이 새로운 가능성을 열어젖힌 대신 다른 가능성은 닫아 버렸더라도. 친부에 대해 아주 조금이나마 알게 된 것에도, 신디 언니와 만나고 제시카 언니와 대화를 나눈 것에도 감사한다. 친가족의 중요성과 그들이 내 인생에서 차지하는 자리는 이제 두 번 다시 부정될 수 없다. 그럼에도 한 가지 변치 않는 사실은 내가 내 부모, 양부모의 딸이라는 점이다. 무슨 일이 있어도, 우리가 아무리 서로 달라도 그분들은 앞으로도 쭉 내 부모님으로, 다른 누구도 원치 않았을 때 유일하게 나를 원했던 분들로 남을 것이다.

"엄마, 나 진짜 한국인이야?"

이제 다섯 살이 된 지 며칠밖에 안 된 애비가 소파에 걸터앉아 한 손가락을 책 가장자리에 척 걸친 채로 물었다. 애비는 말을 할 줄 알게 되면서부터 시도 때도 없이 내게 질문 세례를 퍼부었지만 이건 꿈에도 생각 못 한 질문이었다. 왜 이런 질문을 하는 걸까? 내가 퍼뜩 정신을 차리고 대답을 궁리하는데 애비가 덧붙였다. "왜냐하면 아무래도 나는 한국인이 아닌 것 같아서."

애비가 미간을 좀 전보다 더 심하게 찡그렸다. 전에 겪은 적 없는 새로운 순간이었지만 어쩐지 너무도 익숙하게 느껴졌다. 내가 항상 두려워했던, 어떻게든 아이가 피할 수 있기만을 바랐던 순간이었다. "그게 무슨 뜻이야?"

"나는 한국말도 할 줄 모르잖아. 그래서 내가 진짜 한국인이 아닌 것 같아."

나는 잠깐 눈을 감았다. 아이는 화가 난 게 아니라 단지 좀 헷갈려 하는 것 같았지만, 나도 모르게 공연히 화가 났다. 아이에게 미안한 마음이 들어서였다. 왜 이 순간을 미리 준비하지 않았을까? 나도 어렸을 때 혼자 이 생각을 얼마나 많이 했던가!

애비는 학교에서 '진짜' 중국인 친구들은 중국말을 할 줄 알고, 그중 한 친구가 자기한테 너도 중국인이냐고 물었다고 했다. "나는 엄마가 한국인이고, 나는 한국인이자 아일랜드인이자 레몬인이라고 했어."

"레바논인."

"레바논인. 그러니까 걔가 나한테 그럼 한국말 할 줄 아냐고 해서 내가 못한다고 했더니, '그럼 네가 진짜 한국인인지 어떻게 알아?' 하고 말했어."

입양인으로서 나는 다문화 가정이라 할 수 있는 우리 아이들이 언젠가는 정체성에 관해 훨씬 어렵고 복잡한 질문을 스스로 하게 되리란 걸 아주 잘 알았다. 언어라는 리트머스 시험지만으로는 대답할 수 없는 질문들을. 애비는 이미 모르는 사람들이 자신과 제 동생을 두고, **그럼 쟤들은 뭐지?** 하고 궁금해하는 말들을 들은 적이 있었다. 애비는 우리 가족이 다른 가족들과 다르게 보이고, 그게 단지 자신의 엄마가 입양인이라서 그런 것만은 아니란 걸 알았다. 하지만 일단 내가 아직 무슨 대답을 할 수 있는 동안은 큰딸에게 단단히 일러두고 싶었다. 애초에 친가족을 찾아 나선 것도 바로 그 때문이 아니었던가? 아이가 나처럼 자신이 누군지 의문을 갖고 자기 역사에 대해 궁금해할 필요가 없게 하려는 것 말이다.

"너는 진짜 한국인 **맞아**." 내가 말했다. "미국에 사는 한국인 중엔 한국말을 하나도 못하거나 잘 못하는 사람이 아주 많아."

"신디 이모는 한국말 할 줄 알잖아." 애비가 지적했다. 나는 다시 웃었다. 내 아이들이 언제나 신디 언니를 자기들 이모로 알고, 언니네 가족과 함께 방학과 휴일을 보내고, 언니와 언니 남편과 언니 아이를 사랑한다는 경이로운 사실을 새삼 떠올릴 때면 나는 정말 행복했다. "캐리도 한국말 할 줄 알아?" 이제 그레이스보다 두 달 먼저 태어난 언니 딸에게로 초점을 옮겼다.

"캐리는 아직 아기잖아. 신디 이모가 조금은 가르쳐 주셨겠지만 아직 그렇게 많이는 아닐 거야."

"**나도** 한국말 배우고 싶어. 엄마가 먼저 배워서 나한테 가르쳐 줘."

"어이구, 우리 딸!" 나는 속이 뜨끔했지만 깔깔 웃으며 대답했다. "말은 배우는 데 시간이 아주 많이 걸려. 지금 시작해도 언제쯤 너한테 가르쳐 줄 정도가 될 수 있을지 모르겠네."

어리둥절해하는 아이를 보면서 불현듯 녀석이 비행기는 어떻게 계속 공중에 떠 있는지 물었던 때가 떠올랐다. 내가 일단 공부를 좀 해서 완전히 이해한 다음에 설명해 주겠다고 하자 아이가 거의 분개하는 투로 외쳤다. "엄마는 어른이잖아! **평생** 모든 걸 다 배울 시간이 있었으면서 왜 여태 그것도 몰라!" 나는 아무리 똑똑한 어른이라도 세상 모든 걸 다 배울 수는 없다고 설명했다. 그때 아이가 지은 충격과 깊은 실망이 뒤섞인 표정은 지금까지도 내 기억 속에 박혀 있다. 아이는 지금 한국어 학습에 대해 방어벽을 치기에 급급한 나를 딱 그 시선으로 보고 있다.

나도 한국어 공부를 하는 것에 대해 생각하지 않은 건 **아니었다**. 하지만 둘째를 낳고 대학원 진학을 준비하며 계속 배움을 미루고 있었다. 언어를 배운다는 건 한 문화, 역사, 민족과 연결감을 느낄 수 있는 여러 방법 중 하나일 뿐이지만 내겐 늘 가장 중요한 일로 느껴졌다. 대학 때 한국어를 수강해 볼까 하는 생각도 잠깐 했지만 수강생 대부분이 한국어를 '복습'하려는 한국인이란 사실을 알고는 그만두었다. 한국말 생초보인 내가 그 언어에 유창하다시피 한 아이들 사이에 끼어드는 건 어쩐지 부당하게 느껴졌다. 나는 친부나 언니처럼 수월하게 한국말을 하는 한국인들이 늘 부러웠다. 그들의 문화적 정체성은 나보다 훨씬 자연스럽고 확실해 보였다.

그 순간 나는 꼭 애비를 임신했을 때처럼 무거운 결핍감을 느꼈다. 애비를 임신하던 때 나는 아이가 자기 역사 없이 자란다는 생각을 도무지 견딜 수 없었다. 그래서 내 친가족과 연결하고 그들과의 유대를 복원하는 일이 나와 아이 모두에게 좋으리라 믿으며 거기에 초점을 맞추었다. 실제로 그건 우리 모두에게 좋았다. 나는 이 아이가 태어나기도 전에 내게 친가족과 잃어버린 뿌리를 찾도록 영감을 불어넣어 준 것에 무한한 경외감을 느꼈다.

하지만 지금 아이가 이해하는 자기 정체성은, 자신은 이 인종도 저 인종도 아니라는 인식이었고, 나는 아이가 어떻게 자신의 혼합 유산을 온전히 이해하거나 자랑스럽게 느끼도록 도울 수 있을지 종잡을 수가 없었다. 나는 항상 아이가 부정적인 말로 스스로를 정의하지 않기를 바랐다. 예전의 나처럼 **나는 이 것도 저것도 아니야**가 아니라 **이게 나야**라고 말할 수 있기를 바랐다.

내가 부모가 되기 얼마 전, 나처럼 어린 딸을 둔 입양인 친구가 내게 한 말이 떠올랐다. "저한테는 아이라는 생물학적 연결 고리를 가질 수 있다는 게 얼마나 의미 있는 일인지 몰라요. 아이가 뭘 해도 놀랍기만 해요. 저는 아이한테 제가 줄 수 있는 건 뭐든지 다 주고, 가르칠 수 있는 건 뭐든지 다 가르치고, 나눌 수 있는 건 뭐든지 다 나눌 거예요." 어쩌면 한국말을 좀 배우는 게 내 딸의 무한한 호기심을 조금이나마 채워 줄 즐겁고 합리적인 방법일지도 몰랐다. 다른 건 또 뭐가 있을까? 언니 집에 갔을 때 언니가 해 줬던 음식을 만들어 볼 수도 있을 것이다. 친부 부부가 우리 가족을 위해 한국에서 사다 준 한복을 꺼내 언제 한번 입어 볼 수도 있을 것이다. 언젠가는 언니와 내가 자주 이야기했던 대로 우리 아이들을 데리고 한국에 가서 우리 모두를 함께 소개할 수도 있고. 그곳 친척들이 다 사라지기 전에 그럴 수 있기를 나는 여전히 바라 마지않는다.

어쩌면 내겐 이 어떤 것도 바랄 권리가 없는지도 모른다는 회의의 목소리는 무시하려 애썼다. 한국 방문이라든지 언어 학습을 포함한 그 모든 것이 손쉬운 문화적 전유의 미화된 형태에 불과한 거라는 목소리도. 입양이 아니었다면 이런 것들이 내 생득권의 일부라는 생각은 두 번 다시 하지 않았을 터였다. 나는 친가족을 찾아 나선 뒤로 너무도 많은 것을 얻었다. 또 하나의 가족, 내 역사와 정체성에 대한 더 깊은 이해, 내가 확실하게 속한 사람들을. 나는 신디 언니를 만났고, 그것은 어린 시절 가장 자유롭게 상상의 나래를 펼쳤을 때 품었던 희망이나 기대마저 뛰어넘는 일이었다. 이렇게 낯선 이가 내 언니가 되는 일이 가능하다면, 내 유산, 문화적 생득권을 일부나마 되찾고 그 지식과 소속감을 내 딸들에게 물려줄 방법 또한 찾을 수 있을 터였다.

"엄마가 방법을 찾아볼게." 내가 이렇게 말하자 애비는 씩 웃었다. "근데 정말 쉽지는 않을 거야."

"엄마, 나 진짜 열심히 배울 거야. 엄마가 엄청 빨리 배워서 나한테 가르쳐 줘." 애비가 말했다. "한 달이나 두 달쯤 걸려도 괜찮아. 나는 자전거 타는 연습도 더 해야 하고 다른 할 일이 많으니까."

근처 교회에서 하는 한글학교 몇 군데를 찾아 연락했지만 대부분 회신이 오지 않았다. 유일하게 답신 전화를 한 어떤 남자는 한글학교는 어린이들(그리고 한국말을 할 줄 아는 사람들)만을 위한 거라고 알려 주었다. "혹시 미성년자예요?" 그가 물었다. 아니라고 하자 그는 전화를 끊었다. 몇 주 동안 여기저기 전화를 돌린 끝에 앤지라는 과외 선생의 응답을 받았다. 내가 친가족을 찾기 몇 년 전, 대학 때 내게 언니처럼 대해 주었던 같은 이름의 한국계 친구 생각이 났다. "니콜 씨, 메시지 들었는데 한국말을 배우고 싶으시다고요. 제가 가르쳐 드릴 수 있어요. 이번 금요일 저녁 어떠세요?"

우리는 우리 집 앞길 아래쪽에 있는 복합 쇼핑몰 커피숍에서 만나기로 했다. 사십 대쯤으로 보이는, 나보다 키가 작고 호리호리한 여자가 패스트리 진열대 옆에 서 있는 나를 금세 알아봤다. 우리는 커피숍 뒤쪽 테이블 하나를 발견했다. 앤지는 사각 무테안경 너머로 나를 한번 훑어보더니 싱글싱글 웃었다. "아이가 둘이라고 해서 나이가 훨씬 많을 줄 알았어요." 저녁 손님들의 잔잔한 수다 소리와 옆 테이블에서 나는 노트북 키보드 두드리는 소리를 배경으로 앤지가 말했다. "한국말은 왜 배우려는 거예요?"

내가 입양인이라 한국말을 할 줄 모른다고 설명하자 앤지의 눈썹이 단정한 검정 앞머리 밑으로 사라졌다. "양부모님이 한국말 가르쳐 줄 사람을 구해 주지 않았나요?" 이 말에 나는 약간 당황했다. 입양 가족이 아이의 유산을 기념해 주는 새로운 흐름 덕분에 요즘 세대 입양인들은 출생 나라의 언어 수업을 받고, 그 나라 요리를 배우고, 전통 춤이나 음악을 배운다고 들은 적이 있었지만, 내가 어렸을 땐 그런 기회가 별로 없었다. 우리 부모님은 내가 한국에 대해 뭔가를 배우고 **싶어** 할지도 모른다는 건 생각도 못 했을 터였다. 그리고 만약 부모님이 내게 한국어 수업을 한번 받아 보라고 했다면 나는 틀림없이 불평을 늘어놓았을 것이다. 얼굴을 못 바꾸는 것만으로도 충분히 우울한데 주변 사람 그 누구도 쓰지 않는 말을 배워서 그 차이를 더 강조할 이유가 있었겠는가.

앤지는 가방에서 알록달록한 참고서를 하나 꺼내 내게 내밀었다. 아이들이―그중에 한국인처럼 보이는 아이는 아무도 없었다―방긋 웃으며 연노란색 참고서 가장자리를 빙 돌며 춤추고 있었다. 표지 가장자리가 해지고 희미하게 연필 자국이 나 있는 걸로 보아 새 책이 아님이 분명했다. 당연하게도 어린이용 책이었다. 나는 아이들보다 아는 게 적었으니.

"우리 아들이 보던 책이에요." 앤지가 글자가 잔뜩 적힌 페이지를 펼치며 말했다. 그중에 자음은 알아볼 수 있었다. "아들이 어렸을 때 한글을 가르치려 했는데 아이가 배우기 싫어했어요. 이제 꼭 니콜 씨 같아요. 완전 미국 사람이 돼 버렸죠."

다디단 홍차가 식어 가는 동안 앤지는 내게 한국어 자음과 모음을 하나씩 하나씩 가르쳐 주었다. 나는 최선을 다해 앤지의 발음을 따라 하고 빈 종이에 쓰기 연습을 했다. 그다음엔 자모음을 결합해 글자와 단어 만드는 법을 배웠다. 앤지가 "니콜 씨 발음은 거의 한국 원어민 발음이에요."라고 했을 때 나는 마치 학교 선생님에게 칭찬받은 아이처럼 터무니없이 뿌듯했다.

나는 시각 기억이 좋은 편이라 그 자리에서 대부분의 자모음을 외웠고, 놀라운 속도로 따라 쓸 수 있었다. 고등학생 때 배운 일본어 글자보다 쉬웠다. 연필에서 작은 막대와 원과 상자 모양 글자가 꽃피어 나왔고, 이제 그걸 해독하는 법을 배워야 할 터였다. "한국어 쓰기 참 쉽죠?" 앤지가 말했다. "이제 글자를 다 배웠으니 그걸 조합해서 단어를 만들 수 있어요. 뭘 쓰고 싶어요? 혹시 부모님이 한국 이름을 알려 주셨나요?"

앤지의 독려에 나는 새 종이에 친부가 지어 준 내 한국 이름을 조심스레 썼다. 영어로는 'Soo Jung'이라고 쓰는데, 두 번째 음절은 한국어로는 성과 똑같이 '정'이라 쓰고 읽지만 우리 가족은 성을 영어로 쓸 때는 'Chung'이라 쓰고 'Jung'처럼 발음했다. 나는 새로 배운 한글로 삐뚤빼뚤 **정수정**이라고 썼다. 재미 삼아 언니 이름도 썼다. 언니 이름은 **정인정**이다. 우리 이름과 이름에 담긴 같은 글자가 나란히 적힌 모습을 보니 기분이 무척 좋았다. 따로 떨어져 자랐어도 오랜 세월 동안 이 이름들이 우리도 모르게 우리를 하나로 묶어 주고 있던 것이다.

앤지는 내게 참고서 첫 장을 펼쳐 보였다. 그리고 내 한국 이름이 들어간 문장을 하나 쓰더니 그걸 읽어 주고는 내게 따라 하라고 했다. "내 이름은 정수정입니다."

그건 사실이 아니었다. 한때 잠깐 그랬던 적이 있긴 하지만. 나는 내 진짜 이름으로 문구를 바꿔야 할지 말지 망설였다. 하지만 숨을 한 번 깊이 들이쉬고 나서 그냥 그 문장을 그대로 따라 했다. 내겐 너무도 어색한 그 일상적인 말이 자연스럽게 느껴지도록 애쓰면서.

앤지는 내게 이 말을 반복하게 하면서 발음을 조금씩 교정해 주었고 그때마다 나는 점점 더 단단한 소리를 냈다. 그전까지는 이 이름을 내 이름이라 생각해 본 적도, 이 이름으로 나를 소개한 적도 전혀 없었다. 한국말로 하는 거여도, 듣는 이가 달랑 한 명이어도 어색하긴 매한가지였다. 하지만 생각만큼 남의 이름처럼 느껴지진 않아서, 나도 내가 아는 다른 일부 입양인들처럼 내 첫 이름을 부분적으로든 완전히든 다시 쓸 날이 올지 궁금해졌다.

앤지가 수업을 마치고 자리에서 일어나자 근처 바닥을 쓸고 있던 종업원이 우리 가까이로 바짝 다가왔다. 나는 주위를 둘러보고는 어느새 시간이 이렇게 흘러 버린 것에 깜짝 놀랐다. 우리가 그 카페의 마지막 손님이었다. "다음에 오실 땐 자모음을 싹 외워 오세요." 앤지가 자기 아들이 쓰던 참고서를 내밀며 말했다. "책을 안 보고 자모음을 다 쓰고 그걸 글자로 결합할 수 있어야 해요."

나는 자신만만하게 그러겠다고 대답했지만 사실 그 정도로 자신 있는 건 아니었다. 하지만 그 책을 가방에 집어넣으면서 어쩐지 기운이 샘솟고 신이 나기까지 했다. 앤지는 나를 비웃지도, 내가 '진짜' 한국인이 아니라고 뭐라 하지도, 내 나이에 한국말을 배우는 건 불가능하다고 말하지도 않았다. 자음과 모음은 고작 단어와 문장을 만드는 기초 도구에 불과하지만, 빈 종이에 깔끔하게 정렬된 글자들은 이미 친숙하게 느껴졌다. 오랜 친구는 아니어도 새 친구처럼 말이다. 이제 내 친가족의 언어가 전보다 아주 조금은 덜 불가사의해 보였다.

다음 날 아침, 애비가 식탁에 놓아 둔 내 참고서를 발견하고는 당장 탐색에 나섰다. 내가 부엌에서 아침 준비를 하는 동안, 아무것도 모르는 제 아빠에게 질문 공세를 퍼부었다. "이거 뭐라고 읽어? 여기 이 단어는 뭐야? 내 이름은 한국말로 어떻게 써?"

내가 계란과 토스트를 먹는 동안 애비는 거실에 놓인 조그마한 자기 책상에서 열심히 뭔가를 긁적였다. 내가 커피를 다 마실 때쯤 애비는 내게 자신의 결과물을 보여 줄 태세가 되어 있었다. "엄마!" 애비는 노란 색종이 한 장을 불쑥 내 손에 쥐여 줬다. "내가 한 것 좀 봐!"

애비가 한국어 자음과 모음을 하나도 빠뜨리지 않고 전부 다 쓰고 거기에 대응하는 소리까지 덧붙여 놓은 것이었다. 몇 개는 위에 줄을 긋고 다시 쓰기도 하고 작은 실수도 몇 개 있었지만 싹 다 아무 문제 없이 알아볼 수 있었다. 그 열정에는 전혀 놀라지 않았지만 노력만큼은 정말 놀라웠다. 나는 아이에게 엄마 좀 도와 달라고 하고는 아이와 나란히 앉아 테이블 중간에 책을 펼쳐 놓고 따라 쓸 단어들을 골랐다. **가족, 나무, 이야기.** 애비는 **나비**라는 단어 옆에 나비 한 마리를 작게 그려 넣었다.

신디 언니는 우리가 만난 지 얼마 안 됐을 때 내 모든 것이 "'미국인'이라고 외치고 있다."라고 애정을 담아 말했다. 나는 내가 잃어버린 것을 찾아 내 나머지 평생을 다 바쳐도 아주 작은 부분밖에 되찾을 수 없단 걸 잘 알았다. 하지만 아이가 처음으로 한국 글자를 쓰려는 모습을 보면서 내가 친가족을 찾기로 한 건 정말 옳은 결정이었다고 확신했다. 아이에게 처음엔 이모를, 그다음엔 제 생물학적 할아버지를 소개했고, 이제 우리의 공통 유산의 상징을 처음으로 소개한 것이다. 이 모든 것이 치유 행위였다. 여전히 내게 치유가 필요한지는 깨닫지 못한 채였지만. 입양인으로서의 내 정체성은 복잡하고 유동적이지만, 이는 다른 사람들 역시 다 마찬가지다.

나는 애비의 질문을 다시 떠올렸다. **나는 진짜 한국인이야?** 내가 수도 없이 스스로에게 했던 질문이 뜻하지 않게 메아리가 되어 되돌아온 것이다. 내가 아이를 임신했단 사실을 알게 된 순간부터 나는 부모라는 위치가 나로 하여금 하도록 등 떠민 모든 일들, 그것이 제기한 모든 질문과 의심에 놀라지 않을 수 없었다. 내 두 딸은 그 존재만으로도 내가 누군지, 누구이고 싶은지를 끊임없이 생각하게 만들었다. 나는 산란한 가족사와 한국계 미국인으로서의 내 정체성을 간절히 이해하고 싶었고, **아이들도** 그럴 수 있도록 돕고 싶었다.

나는 자라면서 누누이 듣고 자란 입양 이야기가 나란 사람을 새로 만들고, 필요한 모든 것을 주고, 나 자신을 온전하게 느끼도록 만들었다고 여겨 왔다. 하지만 결국 진짜 성장과 치유는 완전히 다른 종류의 급진적 변화에서 일어났다. 내가 한결같이 들어 온 이야기에 의문을 제기할 용기를 찾는 것에서부터 시작해 다른 이야기를 찾고 발견하고 말하기까지, 그 급진적 변화를 통해 진짜 성장과 치유에 이르렀다. 이제 내 아이들은 앞으로 내가 전해 줄 모든 것, 내가 나눌 수 있는 모든 진실에서 혜택을 볼 것이다.

"이제 뭐 쓰지, 엄마?" 애비가 연필 끝으로 참고서를 톡톡 두드리며 물었다. "자음과 모음 한 번 더 써 볼까?"

나는 우리의 참고서 맨 앞장을 다시 펼쳤다. 그리고 새로 배워 이제 익숙해진 글자 행렬을 죽 훑어보았다. 그것들은 우리 둘을 위해 음절과 문장, 나아가 새로운 이야기로 바뀌길 기다리고 있었다. 나는 딸에게 고개를 끄덕이며 그 궁금증 가득한 표정에 미소로 답했다. "그래, 처음부터 시작해 보자."

감사의 말

이 이야기는 친절하고 뛰어난 편집자 줄리 번틴 덕분에 탄생했다. 2015년 11월, 그는 내게 쓰고 있는 글이 있느냐고 묻는 이메일을 보냈다.(마침 써 둔 글이 있었다!) 줄리는 첫날부터 이 책을 위해 싸웠다. 고비마다 내가 믿음을 잃지 않도록 격려했고, 한 단계 한 단계 내 초고를 다듬어 주었고, 앞 절반을 통째로 재구성하겠다고 했을 때도 기겁하지 않았다. 얼마나 대단한 사람인지! 줄리는 자기 책 북 투어를 하는 동안에도 이 책의 상당 부분을 편집했다. 그 고마움은 결코 잊지 못할 것이다.

첫 책을 쓰는 일은 마치 작은 아이가 큰 아이용 놀이기구에 몰래 타는 기분이 들게 한다. 내 에이전트 마리아 마시의 꾸준한 확신의 말과 지지, 믿음이 없었다면 이 여정이 훨씬 힘들었을 것이다. 이 이야기를 초기 단계에서 들어주고 윤곽을 짜는 데 도움을 준 섀넌 오닐과, 그 사이에 편집자에서 에이전트, 대변인, 편집자 중개인이 된 아만다 애니스에게도 감사를 전한다.

이 책에 대해 내가 바란 것보다 훨씬 많은 지원을 해 주고, 출간 전 거의 1년 동안 극심한 불안에 시달린 탓에 책이 나온 후 내가 아무와도 눈을 맞추지 못한 사실에 대해서도 말없이 넘어가 준 캐터펄트 출판사 관계자분들의 배려에 진심으로 감사드린다. 줄리, 앤디 헌터, 제니퍼, 마벨 코비츠, 메건 피셔맨, 레나 모세스-슈미트, 에린 코트케, 케이티 볼랜드, 사라 발라인, 더스틴 커츠보다 더 뛰어난 작가는 없을 것이다. 내가 방향을 잃을 것 같다고 생각할 때마다 마침맞게 조나단 리와 팻 스트라칸이 나를 다독이는 이메일을 보내 주었다. 도나 챙과 니콜 카푸토는 하드 커버 판을 아름답게 디자인해 더 좋은 지금의 모습으로 만들어 주었다. 인내심 많고 유능한 조던 코루치, 와-밍 창, 엘리자베스 아일랜드에게 감사드리며, 줄리와 줄리가 이 책을 만드는 동안 그를 도우며 내 문자 세례에 일일이 답해 준 콜린 드로한과 스텔라 캐봇 윌슨에게도 감사드린다. 유카 이가라시, 메가 마줌다르, 멘사 데매리, 앨리 위스트, 맬로리 소토, 모건 저킨스, 나탈리 드그라핀리드를 비롯한 웹 편집자들에게도 감사드린다. 특히 내게 가장 훌륭하고 친절한 멘토가 되어 준

유카에게 고마움을 전하고 싶다. 그는 나를 이 멋진 편집 팀의 일원으로 만들어 주고, 이 책을 옹호해 주고, 내가 글을 쓰는 동안 중요한 조언과 격려를 아끼지 않았다.

니콜 클리프와 대니얼 맬러리 오트버그에게도 항상 사랑하고 고맙다고 말하고 싶다. 그들은 그 이유를 잘 알 것이다.

초고를 읽어 준 친구 캣 쵸우, 안젤라 첸, 노아 초, 스펜서 리 렌필드, 매튜 샐레시스, 제란 김, 리타 말도나도에게도 심심한 감사를 전한다.

첫 책을 냈을 때 혼자이지 않게 해 준 R. O. 권, 잉그리드 로자 콘트레라스, 바네사 후아, 리디아 키슬링, 크리스털 해나 김, 릴리언 리, 루시 탄의 우정과, 그들의 상상을 초월하리만치 아름다운 책들에 정말 감사드린다.

테일러 해리스, 토프 찰튼, 알리사 케이코 푸루카와, 카리사 첸, 셀레스트 잉, 로라 오트버그 터너, 일론 그린, 에스메 웨이준 왕, 그렉 팍, 알렉산더 치, 자야 삭세나, 제스 짐머맨, 민진 리, 레인보우 로웰, 제시카 발렌티, 재스민 길로리, 켄드라 제임스, 아리사 오, 찬다 프레스코드-와인스틴, 라하와 헤일리, 로즈 에벨레스, 새라 워너, 키르스틴 버틀러, 케이틀린 피츠패트릭, 에밀리 브룩스, 마가렛 H. 윌슨, 헤더 콕스, 제시카 모건, 베스 케파트, 팀 웬델, 랄프 뷔렐레, 수전 챔피언 같은 친구, 작가, 스승에게 진 빚은 헤아리기 힘들 정도다. 모두에게 감사드린다.

잡지 〈토스트〉와 그 독자들, 〈하이픈〉, 아시아계 작가 양성 조직 쿤디만, 그리고 내게 기회를 준 편집자들 모두 힘내시길!

이 책을 쓰는 게 두려워질 때마다(그런 적이 정말 많았다) 입양인 동지들을 생각하면 힘이 났다. 이 책을 읽는 모든 입양인들에게 감사를 전한다. 내가 읽고 배운, 또는 아직 읽지 못한 모든 입양인들이 쓴 책에도 고마움을 전한다. 그들의 목소리가 없었다면 내가 어디에 있었을지, 어떤 사람이 됐을지 상상조차 할 수 없다.

마지막으로, 이 회고록은 내 가족들의 사랑과 인내 없이는 세상에 나오지 못했을 것이다. 댄, 우리의 인생을 가능하게 했을 뿐 아니라 더 멋지게 만들어 주고 누구보다 열심히 내 꿈을 지지해 줘서 고마워! 신디 언니, 내가 몰랐던, 그러나 감히 바랐던 가족이 되어 주고, 내가 그 이야기를 전부 다 써도 되는지 물었을 때 흔쾌히 동의해 줘서 정말 고마워! 엄마, 나를 사랑으로 키워 주고 이 책을 읽고 더 많은 사랑과 진실만을 보아 주셔서 고맙습니다! 그리고 그 모든 이야기를 함께 나누고 내게 너그러이 마음의 문을 열어 준 내 친부와 릭과 제시카 언니, 모두 고맙습니다! 마리, 존, 메건, 톰, 아브라, 오랫동안 나를 지지하고 내 생활을 도와줘서 고마워요! 날마다 보고 싶은 아빠, 아빠가 얼마나 저를 자랑스러워하시는지 알아요. 아직도 유머 감각이 그대로라 정말 다행이에요!

그리고 내가 아는 한 최고의 세대인 19대손 여러분, 이 이야기는 여러분들 것이기도 합니다. 부디 마음에 드셨기를. 여러분은 사랑받고 있으니까요.

옮긴이의 말

그저 평범하게 사는 게 제일이라며 마치 세상을 달관한 듯 말들을 한다. 하지만 평범한 것처럼 어렵고도 특별한 일이 또 있을까. 부모와 자녀로 구성된 '정상 가족'이 아니어도, 가난해도, 장애가 있어도, 이민자여도, 같은 성을 사랑해도, 소수 인종이어도 평범함이라는 범주에서 제외된다. 이 모든 '평범하지 않은' 이들에게는 차별적 시선만이 아니라 부당한 대우와 배제, 때로는 폭력마저 기다리고 있다. 입양 부모와 다른 인종의 입양인으로 자라는 삶도 그중 하나다. 그러나 이 사실을 제대로 아는 사람은 그리 많지 않다. 이 책을 접하기 전까진 부끄럽게도 나 역시 다를 바 없었다. 입양이 대부분 해외입양으로 이루어지고, 그 주요 수용국이 미국과 캐나다, 유럽 등의 서구권 국가들인 반면 주요 송출국은 중국, 한국 등의 아시아 국가라는 점을 생각하면 이 문제는 입양인 대다수가 겪어 온 문제일 터인데 말이다.

그동안 미디어를 통해 국내에 소개된 해외입양인은 대체로 양부모의 학대 등으로 불행하게 자라 자신을 버린 부모와 조국을 원망하는 입양인, 또는 입양 가족에게 따뜻한 사랑과 좋은 교육을 받으며 행복하게 자란 이른바 '성공한 입양인'이라는 두가지 단순하기 짝이 없는 이미지 중 하나를 강요받아야 했다. 그러나 입양인의 삶은 그보다 훨씬 복잡하고 다층적이다. 이 책의 저자 니콜 정은 자신이 '가족에게 충분히 사랑받으며 자랐지만 그럼에도 그 안에서 명백히 이질적인 존재로 느껴 왔다'라고 털어놓는다. 그는 학교에서도 어린 시절 내내 "넌 너무 못생겼어. 그러니까 네 부모님도 널 버렸지!"라는 놀림과 따돌림을 받으며 겉돌기만 했다. 또 '평생 날마다 백인이 아닌 게 불편했으며' 자기 자신을 받아들이지 못해 심리치료를 받을 정도로 힘들었다.

엄밀히 말해 니콜 정의 생부모는 미국의 한국계 이민자이기에 그가 한국에서 해외로 입양된 경우는 아니다. 하지만 이 이야기는 인종이 다른 가족에 입양되어 자란 입양인의 복잡한 감정을 솔직하게 증언함으로써, 그간 간과되어 온 인종적 차이라는 해외입양의 본질적 문제를 돌아보게 한다. 특히 2020년

기준 해외입양 송출국 3위를 기록하고, 전보단 줄었다 해도 여전히 전체 입양의 절반 가까이가 해외로 이루어지는 한국의 현실을 생각하면, 우리에겐 그의 이야기가 의미심장하게 들리지 않을 수 없다. 세계 10위를 오르내리는 경제 대국이 된 나라에서, 무엇보다 저출산 문제가 발등에 떨어진 불이 되어 지난 15년간 출산 대책에 쏟아부은 예산이 380조 원이 넘는다는 나라에서, 어쩐 일인지 자국에서 태어난 아이를 해외로 내보내는 상황만은 방치되다시피 하는 현실이기에 더 그렇다.

한편 이 회고록은 감춰진 진실(잃어버린 자신의 또 다른 가족)을 찾아 나섰다가 마침내 더 크고 단단해진 자기 자신에게로 되돌아오는 감동적인 자아 찾기 오디세이이기도 하다. 늘 그렇듯 그 긴 성장의 여정은, 안온한 신화적 믿음의 세계에서 벗어나 그 믿음을 통째로 뒤흔들어 버릴 수도 있는 진실을 마주할 용기와 결단 없이는 시작조차 될 수 없다. "그분들은 어떻게 날 버릴 수가 있어요?"라는 어린 니콜의 질문에 양부모님은 늘 이렇게 대답했다. "네 친부모님은 널 떠나보내야 한단 사실이 너무 슬펐지만 입양이 너한테 최선이라고 생각했어." 니콜은 이런 일종의 가족 신화를 주입받으며 자라는 동안에도 자신의 생물학적 부모에 대한 온갖 궁금증을 결코 떨쳐 버릴 수 없었고, 결혼과 첫 아이 임신을 계기로 마침내 자신의 뿌리에 대한 궁금증과 정체성에 대한 고민을 해결하고자 조심스레 원가족 찾기 여정에 오른다.

친자매들과 먼저 연락을 주고받게 된 니콜은 자신에게 언니가 있다는 사실에 너무도 기뻤지만, 그 안에 어떤 거짓과 비극이 숨겨져 있음을 감지하고 또 한 차례 선택의 기로에 서게 된다. 기꺼이 암울한 가족사와 마주할지, 아니면 재회의 기쁨만 누리고 적당히 물러서서 양부모가 자신에게 주입한, 이민자 생부모의 자기희생적 결단이라는 표백된 환상 서사에 머무를지. 복잡하고 어두운 진실과 대면할지, 아니면 계속해서 단순하고 아름다운 거짓을 부여잡고 살아갈지. 니콜은 두려움이 앞서지만 그럼에도 연결을 향한 갈망 때문에 결국 비극적인 가족사와 대면하기로 결단한다.

마치 미스터리물처럼 한 겹 한 겹 천천히 진실의 외피를 벗겨 나가는 전개를 따라가다 보면 여지없이 잔혹한 오이디푸스의 운명이 기다리고 있다. 자신의 실제 생부모는 어린 시절 상상했던, 오로지 제 아이의 더 나은 미래만을 위해 고결한 희생을 감수한 완전무결한 존재가 아니라는 사실을 알게 되는 것이다. 그 과정에서 니콜은 인간이란 존재가 얼마나 모순되고 복잡한 존재인지, 진실이란 얼마나 복잡한 것인지를 깨닫는다. 그럼에도 그는 오랜 기간 언니, 생부와 이메일을 주고받으며 시종일관 자신과 그들의 감정과 생각을 제대로 읽어 내려는 노력을 멈추지 않는다. 그렇게 그들과 차근차근 신뢰를 쌓아 나가면서, 자신의 정체성과 가족의 의미에 대해 고민하고 성찰한다. 이런 고민은 자신의 아이들에게 어떤 역사를 들려줄지, 그리고 그 역사를 바탕으로 아이들이 어떻게 스스로를 규정하도록 도울지에 대한 탐색으로까지 확장된다. 그리하여 자신에게 생부모 가족과의 재회는 그 자체로 평화를 되찾는 구원이 아니라, 그제야 주체적으로 자기 이야기를 만들어 나갈 수 있는 뚜렷한 출발점이 된 것임을 깨닫는다.

　이처럼 이 회고록은 재회 이후의 이야기를 들려준다는 점에서도 특별하다. 결혼이 남녀관계의 끝이 아니라 진정한 시작이듯 입양인의 원가족 찾기도 마찬가지이기 때문이다. 이 이야기를 다 읽고 나면, 애타게 찾아 헤매던 원과족과의 눈물겨운 상봉으로 종결되는 기존의 입양인 서사가 어쩌면 허구일 수 있으며, 재회는 원가족 한 사람 한 사람을 조심스레 알아 가고 그들과 신뢰를 쌓아 나가는 세심한 과정이 필요한 과정임을 알게 된다. 니콜 정은 결코 용서와 화해라는 정해진 수순을 향해 강박적으로 돌진하지 않는다. 그는 자신의 양가감정과 생물학적 가족의 감정을 섣불리 단순화하는 대신, 자기 자신과 그들의 복잡하고 자연스러운 감정과 처지를 이해하기 위해 끊임없이 회의하고 상상하려 애쓴다. 그리고 거기에는 늘 따뜻한 공감과, 상대의 감정과 처지를 최대한 정확하게 이해하고 배려하려는 태도가 배어 있다. 이 책이 각별히 아름답고 품격 있게 느껴지는 것은 바로 이런 점들 때문이리라.

이 책을 번역하면서 나는, 어떤 글이 우리에게 깊은 감동을 주는 건 결국 그 글의 주인공들이 타인을 어떤 시선으로 바라보고, 어떤 고민과 선택을 하며 살아가는가에 있음을 다시 한번 확인하게 되었다. 나 역시 살아오는 내내 '모르는 게 약'이라는 말과 '진실이 우리를 자유케 한다'는 말 사이에서 오락가락하기 일쑤였다. 내가 모르면, 혹은 모르는 척하면 '없는 일'이라는, '지혜'의 외피를 뒤집어쓴 달콤하고 게으른 속삭임에 기대고 싶은 적이 얼마나 많았는지 모른다. 하지만 이 책에서 니콜 정은 진실을 있는 그대로 바라보는 용기가 치유와 성장의 첫걸음이자 더 나은 미래를 위한 출발점이라는 사실을 너무도 분명하게 보여 준다. 또한, 오랜 세월 알고 믿어 온 단순한 진실 외에도 수많은 이질적 진실들이 존재한단 사실을 알게 되더라도 그런 사실 때문에 그 단순한 진실이 완전한 거짓이 되는 것도 아니며, 오히려 그 단순한 진실을 더 마음 깊이 받아들일 수 있게 된다는 사실도. 저자의 말대로, 그 탐색의 길에는 위험도 도사리고 있지만 예기치 않은 선물도 함께 준비돼 있기 마련이라는 것도.

그 선물 중에는 저자가 생부모와 언니, 새로운 언어와 문화를 만난 것처럼 완전히 새로운 것들도 있지만, 양부모와 서로를 더 깊이 이해하게 된 것처럼 기존 관계의 질적 변화도 포함

된다. 어쩌면 저자를 더 자유롭게 해 준 기적 같은 사건은 후자인지도 모른다. 아이러니하게도, 우리에게 온 세상이었던 부모가 우리에게 가장 중요한 것을 빼앗는 존재, 우리를 가장 불행하게 만드는 존재가 되는 일이 다반사이기 때문이다. 부모는 우리에게 가장 중요한 존재이기에 그들로 인한 상처와 원망 역시 그 어떤 것보다 쓰라리고 깊은 반면, 제 아이에게 준 상처를 순순히 인정하는 부모는 좀처럼 드물다. 그러기에 어쩌면 가장 제대로 화해하기 힘든 관계가 부모 자식 관계라 해도 과언이 아닐 것이다. 저자의 경우에도 양모가 딸인 자신에 대한 배타적 소유욕 때문에 생모의 첫 접촉 시도를 냉정하게 잘라 버린 사실과, 부모와 인종이 다른 입양인으로 살아가는 자신의 어려움을 이해하지도, 이해하려 노력하지도 않은 사실에 깊이 상처받았다. 하지만 그의 진실 찾기를 계기로 양모가 자신의 무지와 실수를 깨닫고 인정하며, 자신 역시 양모의 처지를 더 깊이 헤아리게 된 모습은 이 책에서 가장 반짝이는 대목 중 하나로 내게 다가왔다.

저자의 어린 딸이 엄마가 자라면서 느꼈을 슬픔을 상상하고 저자가 굳이 그 사실을 부정하지 않는 장면, 그리고 저자가 딸들에게 자신들에겐 '세 세트'의 조부모가 존재하며, 자신들은 한국인도 미국인도 아닌 게 아니라, '한국인이자 아일랜드인이자 레바논인'이라고 스스로를 긍정적으로 정의하도록 돕는 장면도 더없이 감동적이다. 결국 한 개인의 역사도 한 공동체의 역사와 마찬가지가 아닐까 싶다. 그 어두운 부분을 애써 부정하고 지워 없애는 대신 더 제대로 알고 받아들일 때 비로소 나 자신과 내가 사랑하는 이들에게 다른 이야기를 들려줄 가능성의 문이 활짝 열리는 것이다.

2023년 개나리와 목련이 만발한
롱아일랜드에서 번역을 마치며,
정혜윤

내가 알게 된 모든 것

기억하지 못하는 상실, 그리고 회복에 관한 이야기

2023년 7월 31일 초판 1쇄 발행
2024년 12월 6일 초판 2쇄 발행

지은이 니콜 정 • **옮긴이** 정혜윤
펴낸이 류지호
책임편집 곽명진
편집 이기선, 김희중 • **디자인** 쿠담디자인
펴낸 곳 원더박스 (03173) 서울시 종로구 새문안로3길 30, 대우빌딩 911호
대표전화 02-720-1202 팩시밀리 0303-3448-1202
출판등록 제2024-000122호(2012. 6. 27.)

ISBN 979-11-92953-06-9 (03840)

- 잘못된 책은 구입하신 서점에서 바꾸어 드립니다.
- 독자 여러분의 의견과 참여를 기다립니다.
  블로그 blog.naver.com/wonderbox13, 이메일 wonderbox13@naver.com

독자 편집단 추천사

● '나는 어디에서 왔는가?'라는 물음에서 시작해 새로운 이름을 찾기까지, 작가가 삶의 흩어진 조각들을 찾아 가는 과정은 눈물겹지만 거기엔 사랑이 있었다. 책을 읽으며 사랑하는 사람들을 떠올렸다. 내 모든 것이 소중해지는 작품. 모두 니콜의 여정에 함께해 주길.

허수영(@pinelight_book)

● 그녀는 '나'를 인지할 때부터 다름과 차별을 경험한다. 가족을 찾고서 그동안 알 수 없었던 사실과 마주한다. 재배치된 유대 속에서 오롯이 '나'로 살기 시작한 한 여자의 이야기를 담은 이 책은, 살면서 이방인처럼 느껴지는 순간 나에게 위로를 건넬 수 있는 용기를 줄 것이다.

정미현(@mjtalk2)

● 저자는 끊임없이 스스로를 부정하고, 자신의 정체성을 찾고자 갈망한다. 마침내 찾아 나선 자신을 둘러싼 비밀 속에서 마주친 세 개의 이름. 잃었던 이름을 찾는 그 과정은 "나 진짜 한국인이야?"라고 묻는 딸의 물음에 대해 주저 없이 답하기 위한 여정이 아니었을까.

은다솜(@e_e_o_o_v)

● '법률적으로 부모와 자식의 관계를 형성하는 행위', 입양이라는 말의 뜻풀이입니다. 니콜 정은 사전적 의미 너머에 있는 입양의 복합적인 요소를 담담하게 풀어내며 자신의 정체성을 찾아 나갑니다. 니콜에서 수전이 되고, 다시 수정이 되는 당찬 여정은 세상의 모든 입양 가족에게 전하는 응원입니다.

김아름(@book.feel)

● 여기, 스스로 중심이 되어 '자신의 진짜'를 찾아 발걸음을 옮긴 이가 있다. 자신도 알지 못하는 과거를 마주하는 건 어쩌면 상처에 소금을 뿌리는 일인지도 모른다. 그러나 저자는 자신을 완성하는 길이었노라 말한다. 그의 시선을 따르다 보면 사회의 어두운 민낯에서 희망을 보고, 또 다른 나를 마주할 수 있을 것이다.

송나원(@mind_vita)

● 태어나자마자 백인 가정으로 입양된 저자는 태어날 아이의 엄마로서 자신이 설 자리와 앞으로 살아갈 방향을 찾기 위해 원가족을 찾는다. 해외 입양 당사자가 아니면 모르는 것들, 이방인의 삶, 출산, 엄마로서 뿌리를 찾아가는 모습을 퍼즐을 맞추듯 완성해 가는 그에게 응원을 보낼 수밖에 없었다.
임지상(@solomong_books)

● 우리는 우리 자신에 대해 얼마나 알고 있을까. 아니 과연 알고 있다고 말할 수 있을까. 니콜 정은 자신의 비밀스러운 정체성의 조각들을 의지적으로 맞추어 나간다. 비로소 '이게 나야'라고 외칠 수 있었던 그녀. 우리는, 나는, 무엇이 나라고 말할 수 있을까.
강민정(@xx_minjung)

● 입양인에 관한 직설적 토로가 아닌 은유에 가까운 작품. 수정이라는 이름을 찾기까지, 그리고 앞으로도 수정은 평생 풀지 못하는 해답을 찾아 닻 없는 배처럼 표류해야 할지도 모른다. 17만 입양인 시대에 그들의 정체성은 과연 누가 찾아주어야 하는지. 이제는 국가가 나서야 할 차례다.
신경재(@gyeongjae697)

● 몰입감 넘치는 이 책을 읽으며 상상해 봅니다. 평생 몰랐던 동생의 소식을 지금에서야 알게 된다면 작품 속 신디 언니처럼 조심스럽게 그녀에게 다가갈 수 있을지를. 당신도 상상해 보세요. 삶이 뒤집어진다 한들 나를 닮은 따뜻한 가족이 생기는 그 일을.
안서진(@purple_and_book)

● 떨어져 나간 조각 하나가 제자리를 찾아 가는 동안 수많은 질문들이 스쳐 지나간다. 운명에 순응하길 거부하고, 원하는 답을 찾아 나선 입양인 니콜 정의 삶을 쫓아가다 보면 평범하고 당연한 우리의 일상이 얼마나 소중한지 깨닫게 될 것이다.
김정자(@book.jenny.co.kr)